林徽因

的龙泉时光

张昆华 著

云南人民出版社

图书在版编目（CIP）数据

林徽因的龙泉时光 / 张昆华著. -- 昆明：云南人民出版社，2025. 7. -- ISBN 978-7-222-23613-4

Ⅰ．I267

中国国家版本馆CIP数据核字第2025VV1492号

统筹策划：吴兴葵

责任编辑：吴　磊　刘振芳

责任校对：白　帅

责任印制：窦雪松

装帧设计：云南枞颐文化传播有限公司

林徽因的龙泉时光
LINHUIYIN DE LONGQUAN SHIGUANG

张昆华　著

出版	云南人民出版社
发行	云南人民出版社
社址	昆明市环城西路609号
邮编	650034
网址	www.ynpph.com.cn
E-mail	ynrms@sina.com
开本	889mm×1194mm　1/32
印张	8.5
字数	220千
版次	2025年7月第1版
印次	2025年7月第1次印刷
印刷	云南新华印刷二厂有限责任公司
书号	ISBN 978-7-222-23613-4
定价	57.00元

如需购买图书、反馈意见，请与我社联系

图书发行电话：0871-64107659

云南人民出版社微信公众号

再现已逝的历史

——代序之一

吴 然

著名作家张昆华先生，以诗歌、小说、散文享誉文坛，有"文学三头鸟"之美称。他的作品被译成英、法、朝、泰、孟加拉、巴基斯坦等外文出版，声名远播。

他曾任中国作家协会全国委员会委员、云南省作家协会副主席等职，与中外作家广有交往。

这部被列入"滇版精品出版资金项目"的散文集，抒写的就是他在和老一辈作家如巴金、冰心、丁玲、荒煤、光未然、艾芜、冯牧、汪曾祺、哈华等的交往中获得的教益和感动。而有的，如写闻一多、林徽因、沈从文等的篇章，则以大量的阅读积累和深入细致的寻访，以及独到的角度，从渐渐远去的背影中回望苍茫，捕捉真实的、饱满的细节而再现已逝的历史。整部作品文笔之细腻、感情之真挚，让读者如临其境，如闻其声，如见其人，领略到一种独特的文坛风景，并给人以思考的力量。

《春城晚报》吴然

2021.4.1

吴然，春城晚报原高级编辑，中国作协会员，儿童文学作家，云南省文史研究馆馆员。

张昆华散文的价值与魅力
——代序之二

张运贵

张昆华同志是我省著名老作家，曾任《边疆文艺》副主编、云南省作家协会副主席；中国作家协会全国委员会委员、名誉委员；国家一级作家。他长期坚持深入生活，勤奋创作，著作等身、获奖无数，声名远播、蜚声文坛。

张昆华81岁高龄后，仍然笔耕不辍，连续出版了三部作品：两部散文集，一部评论集。

2017年6月，作家出版社出版了他的散文新作：《香格里拉草原上》。

2018年9月，文汇出版社出版了他的散文结集：《冰心的木香花》。

2019年5月，云南出版集团、云南人民出版社，出版了他的文学创作谈：《文学的美感情感》。

一个耄耋老人，厚积薄发，每年出版一部作品，令人十分惊叹和敬佩。至今，他已出版各类文学作品42部（小说、散文、诗歌、评论38部；影视作品2部；录音图书2部），可谓著作等身，成绩斐然，受到世人赞仰！

这一次滇版精品文选精心挑选的他的散文，很多都是他晚年的代表作。其无论思想性还是艺术性，都达到了新的高度。我读完之后深深感到，无论其思想价值还是艺术魅力，都展现出了作者的最高水平，堪称昆华的代表之作、精品之作。

著名散文家秦牧曾说，一个作家应该有三个仓库：生活的仓库、知识的仓库、语言的仓库。昆华的生活、知识、语言仓库的库存非常丰富。所以，他不论创作什么题材的作品，凡是涉及历史、文化、诗词、传说等，都是信手拈来、如数家珍、琳琅满目、天衣无缝，不仅让人大开眼界，甚至让人瞠目结舌。读者在获得美的享受之时，开阔了视野、丰富了阅历、增加了见识、增长了知识。

这本散文集，精选了昆华对我国散文大家们对云南的忆念、抒写、歌吟。如：闻一多、沈从文、汪曾祺、巴金、冰心、冯牧、刘白羽；特别对长期生活在云南的杰出作家，如李乔、彭荆风、苏策、王丕震、郭国甫等，更是倾情叙写，字字情深，句句感人。

昆华这部散文作品的历史性、文献性、文化性、学术性特别突出。他把生活现实、历史史迹、文化内涵、人物性格、科学考察、史海钩沉等有机地融为一炉，使作品的内容特别厚实、内涵特别丰富、线索特别鲜明、细节特别生动，价值分外多面。这是其他散文作品中很少见的。可以说，这既是这部散文的独特之处，也是这部散文有别于其他散文作品，十分少见而不可多得的特殊价值所在。

这部散文，除了他的特殊价值之外，还有其特殊魅力。比如：罕见的历史魅力、丰富的文化魅力、生动的人物魅力、突出的人格魅力、细致入微的抒写魅力、严谨科学的求真魅力等等。

现以《林徽因的龙泉时光》中林徽因、梁思成、金岳霖三人为例，看看他们崇高的人格魅力。当林徽因在英国留学时，徐志摩深深地爱上了林徽因。回国后，1931年11月19日晚上，徐志摩因从南京赶夜班飞机回北平协和礼堂听林徽因中国古建筑的学术讲座，飞机失事而不幸遇难。林徽因悲痛欲绝，胸怀磊落地写了《悼志摩》的长文，"……张开口我们不会呼吁，闭上眼不会入梦，……对这死，我们只是永远发怔，吞咽苦涩的泪"。之后，梁思成去济南处理徐志摩后事时，林徽因专门嘱咐他带回一块失事飞机的残骸，并用一块白绫包起来，一直存放在家里直至终生。可见林徽因光明磊落的情怀和高尚的人格。更有甚者是，1932年，林徽因因同时爱上了梁思成和金岳霖而不能自拔，便坦诚地告诉了自己的丈夫梁思成。梁思成反复苦思和比较后，认为她和老金在一起更幸福，便把他的决定告诉了她。林徽因把梁的决定告诉了金岳霖。老金的回答是："看来思成是真正爱你的，我不能去伤害一个真正爱你的人，我应该退出。"后来，金岳霖终生未婚。他们三人成了金兰之交、终生朋友。如此"三角恋爱"，均在阳光下演绎，掷地有声，感人至深！这种人格魅力，可谓古今罕见！所以，金岳霖称赞梁、林为"梁上君子、林下美人"；胡适称赞林徽因为"中国一代才女"！

昆华这部散文精品，对史实的记叙、对知识的介绍、对历史的钩沉、对人物事迹的考证，严肃认真、细心求证；锱铢必究，一丝不苟。我们读后：真是收获满满、获益多多。因此，我竭力推荐这部散文入选云南滇版精品文选，并热切盼望它能早日出版！

云南师范大学

张运贵

2021.4.3

张运贵，云南师范大学原副校长，文艺学教授，全国优秀教师；中国作家协会会员，文艺评论家。

目录

在聂耳墓前

聂耳墓坐落在昆明远郊西山。那怀抱滇池的蜿蜒起伏的山脉，有人说她酷似睡美人。但随着年代流逝的日出月落，在朝霞暮霭中细赏沉思，我逐渐改变看法转而领悟清代寒士孙髯翁在大观楼长联里所吟诵的"东骧神骏，西翥灵仪"的神妙之笔，也就是坚信环绕昆明东边的是金马山，西边的是碧鸡山——那西山垭口出入昆明的门户不是自古就设有碧鸡关吗？

碧鸡啼鸣！其形象和声音都那么壮美。给西山或睡美人正名为碧鸡山更重要的意义还在于说明：人民音乐家聂耳的英灵，能让碧鸡山昂扬长歌！

每当我从报刊电视上得知小偷拖出了大贪官的尾巴，或是看见黄河断流、长江泛洪，抑或是闻到巴尔干半岛的硝烟，总想走出高楼林立、商场密布的闹市，乘车去葱茏的碧鸡山拜谒聂耳墓；一去又总感到那墓地会飞荡出一阵阵歌声，会飘扬起一面面旗帜……

今年，我选择6月18日，也就是农历五月初五端午节那天，在门楣挂上清香的菖蒲、蒿枝，吃了粽子便上路了。本来按民间习俗端午节是悼念楚国大诗人屈原殉国的日子。但我认为二千多年前的屈原投汨罗江自沉与64年前的聂耳因泳海溺水而逝，都有着某种相同的精神品德的联系，那就是在忧国忧民的悲愤情绪中停止了歌唱。当然我之所以在端午节这天去祭奠聂耳，是为着纪念1931年端午节那天，聂耳在上海给他母亲写的那封信。这封极其珍贵而又鲜为人知的信由聂耳的亲属保存了下来：

"亲爱的妈妈：在我写这封信的现在，我的泪在流着，我的心在跳着。今天是端午节，公司（笔者注：即20世纪30年代很有名气的联华影业公司）的同事们都走光了！他们有家，他们有钱，他们可以安然地过节！我坐在我的小屋里写信，想起几年来的漂泊生活，不禁难过起来……我在精神上可以自慰的一点是他们非常看得起我。他们都认为我是一个纯洁的小孩，很有把握的青年，是一块好材料。我也因此更加努力，不愿把一分一秒有用的光阴耗之于无聊。音乐、戏剧、电影便是我一生的事业，我愿在这一生里去研究、学习，倒也是极快乐的事。因为没有学费，提琴技术的进步，当然慢了许多。近来在作曲上下苦功夫研究，也有几支曲子出现，还受人欢迎，所以在上海艺术界中，提起聂耳已经有相当多的人知道了，尤其是许多电影刊物常常可以见到四只耳朵的名字。妈妈：你应该够开心了吧……"

这就是68年前端午节那天在上海的聂耳的贫困生活与富有精神的真实写照。1912年2月15日，聂耳诞生在昆明甬道街72号成春堂药铺的小楼上。他的父亲聂鸿仪是汉族中医，祖籍玉溪；他的母亲彭寂宽是元江——即红河边的一位傣族妇女。这个汉傣结合的家庭因不堪小城玉溪的穷苦而举家迁居省府昆明悬壶行医。但聂耳4岁时父亲凄然去世，家境更加衰落，由母亲苦苦操劳把几个子女拉扯大。聂耳18岁从云南省立第一师范学校毕业时，即于1930年7月从昆明塘子巷南站乘法国式小火车由滇越铁路绕道越南转赴香港到上海谋求出路。他的日子过得特别艰难，每一天都要扣算着每一分钱的收入与开支，一边学习音乐，一边创作音乐。他母亲出自于能歌善舞的民族，父亲生长于云南花灯音乐故乡的世家，因而他从小就受到彩云高原上民族民间音乐的滋养，无论是在小学、中学、师范，他都是学生中出类拔萃的演唱演奏的音乐人才。到上海后的第二年，苦难的中华和苦难的聂耳被日本侵略者强占我东北国土的"九·一八"炮声激愤了。祖国被刺刀肢解而鲜血淋漓，聂耳由爱国爱民而热血沸腾。在短短的两三年间，这位20刚出头的年轻人便成为中国无产者的优秀作曲家，陆续创作了《开矿歌》《码头工人歌》《前进歌》《大路歌》《开路先锋》《卖报歌》《铁蹄下的歌女》《塞外村女》以及《金蛇狂舞》《翠湖春晓》等传遍大江南北、长城内外的震撼民族灵魂、鼓舞中华精神的歌曲乐曲。尤其是在1935年初春，无论是思想和艺术都已十分成熟的聂耳，一个个音符就像那志士鲜血浇灌的花朵而盛开胸怀。他接受了田汉、夏衍的表现爱国青年知识分子走出书斋奔赴抗日战场的电影《风云儿女》主题歌《义勇军进行曲》的谱曲任务后，整个中国四万万同胞的声音都融入了聂耳心脏跳动的声音。音乐家成了祖国和人民的代言人。聂耳用颤抖的左手拿着田汉在狱中写在两张香烟壳上的那首歌词，握拳的右手挥动着从胸膛涌出了"起来！不愿做奴隶的人们"的旋律……

由于国民党反动派猖狂进行"文化围剿"，将田汉逮捕投入南京监狱之后，聂耳也面临着同样危险的命运。1935年4月15日，聂耳怀揣《义勇军进行曲》的乐谱初稿离沪赴日避难。东渡大海，三天后他到达东京，暂住神田区神保町二丁目十二番地二娓原方房东家。远离祖国、漂泊异域的聂耳满怀更加强烈的爱国热情修订了《义勇军进行曲》，并即寄上海。

正当聂耳的这首不朽之作由千千万万风云儿女传向全国亿万民众

的时候，聂耳却在他到达日本3个月即1935年7月17日下午在藤泽市鹄沼湾被东太平洋的狂风巨浪淹没了宝贵的生命。其时年仅23岁半，在他羁旅的驿馆里只留下一把从祖国带到日本的小提琴，琴盒里有几朵干枯的缅桂——那是春天里他母亲从邮自故乡昆明的家信中夹寄给儿子的金黄色花朵……

除了聂耳给母亲的家信是新近才发现的，其他那些难忘的故事都已经相去久远了么？不！我每一次去拜谒聂耳墓，都会想起那些岁月，都会在心里重温一遍那段历史。从祖国北京天安门广场到高黎贡山的边防哨所，从东海上破浪航行的舰艇到红河岸边的傣寨小学，每当早晨注目国旗升起、倾听国歌乐曲，我们都会觉得聂耳与我们站在一起。今天我特意去聂耳故居甬道街的花鸟市场采了24朵新鲜的缅桂花，用红线串成一个小小花环。几经转车，来到苍松翠柏簇拥着的聂耳陵园。正是红日当顶，一缕缕阳光从枝叶间投射到青草地上，让人想到那就是一条条五线谱，而音符便是那一棵棵生机蓬勃的绿树。也许聂耳会用它们进行谱曲吧，整个墓区形似一把聂耳所钟爱的提琴。沿着花岗岩铺砌的台阶，一级级走完24级，标志着聂耳不到24岁便走到了人生的尽头。聂耳的墓穴坟茔恰在琴身的发音孔上。墓碑镌刻着郭沫若手书的"人民音乐家聂耳之墓"9个大字。当我默默地将缅桂花环敬献在墓前，似乎从那墨玉色的碑石上望见了聂耳的身影；当我走向墓后去拜读墓志铭时，仿佛从墓前那7个花坛所象征着的7个音阶上，听到了聂耳的歌声……

哦，并非仿佛，我真正听到了由《义勇军进行曲》定为国歌的歌声。于是，我跟着唱了起来。不一会儿我便发现那是一队队由火炬红旗引路的、前来瞻仰聂耳墓的小学生在山林中的24级台阶上一边行进一边歌唱的。我感到在碧鸡山墓地安息的聂耳并不孤寂。世世代代，只要中华民族存在，聂耳的生命和歌声就存在！

（原载《人民日报》1999年8月5日；曾载《东陆时报》1999年7月14日；入选《西部文化散文·鸟和云彩相爱》，百花文艺出版社2000年10月出版；入选《人民日报上的聂耳》，云南人民出版社2008年6月出版。）

聂耳始终之地

人生的道路，无论是短暂或漫长、暗淡或辉煌、曲折或顺畅，都不过是从生到死、从始至终，如此而已。这个万古不变的规律，对伟人或凡人都一样。因此人们对故人的纪念或缅怀，大都沿袭着一条道路或一种方式，不是到他出生的地方，便是到他安息的地方；不是在他的故居献上一朵红玫瑰，便是在他的墓地献上一炷紫檀香……

但是对于聂耳，人们除了为他敬献上红玫瑰或紫檀香，还想唱一唱他的歌，让他知道我们活在他的歌声中，他也活在我们的歌声里：因为他是一位为国歌作曲的音乐家。

我常常会在冬末春初、乍暖还寒，梧桐树叶飘完落尽的日子里，去拜访昆明市盘龙区甬道街72—73号那栋普通的楼房，把一支红玫瑰插在门窗上，面对着"聂耳故居"的文物保护碑久久地默然而立，在心里轻声唱着"起来，不愿做奴隶的人们"的同时，我仿佛会听到1912年2月15日的黎明，聂耳在这栋小楼上诞生时如歌的啼哭。

我也常常会在云浓风重、骤雨间晴，老松树绿了松针、挂上松球的日子里，去拜谒昆明西山聂耳墓地，一步步跨上那象征着聂耳生命年华的24级石阶，在聂耳墓碑前敬上一炷紫檀香，在心里轻声唱着"把我们的血肉，筑成我们新的长城"的同时，我似乎会听到1935年7月17日下午日本鹄沼大海吞没聂耳生命时虎啸般的涛声……

那时，无论是面对聂耳故居或面对聂耳之墓，无论是听到他出生的哭声或听到他"最后的吼声"，我们都会让《义勇军进行曲》即国歌的一个个音符去叩问聂耳出生之地和安息之地的始终往事，翻阅岁月流逝时聂耳故居和聂耳墓地所蕴含着的那些真实的历史篇章。

聂耳故居矗立在昆明老市区繁华的花鸟市场中间。那红玫瑰的清香和笼子里的鸟鸣，那老板的叫卖声和游客的讨价声，都不会淹没这栋楼房温文尔雅、简朴高贵的身影。虽然屋里没有陈设与聂耳有关的文物，但住在这里的主人都能凭着祖辈的记忆，为你讲述聂耳家的种种故事。这里为什么叫甬道街呢？那是因为清朝的云贵总督府就在街北的即今日的胜利堂的位置上。当年的达官贵人们每日上班下班，都要从这狭小的甬道经过。有的官员为便于公务，便在这里购置土地建造了西边两层楼房、东边照壁、南北各一厢房含小院的"三坊一照壁"住宅。清朝末年随着王朝的夕阳西下，官员们大多迁居离去，这里便租给手艺人，成为昆明有名的羊皮、金箔作坊或店铺。光绪二十八年也就是公元1902年残叶遍地的秋天，聂耳父亲聂鸿仪和母亲彭寂宽夫妇从祖籍玉溪来到省城昆明谋生，租下这栋小楼挂牌"成春堂"悬壶行医，与现在的住户杨家共用后院成为邻居。聂鸿仪、彭寂宽夫妇在这里居住十年后，聂耳于1912年2月15日即阴历大年除夕前的腊月二十八那天早晨，在这栋楼房里诞生。

聂耳出生的这个日子对我们的提醒并值得我们研究的是，历史的偶然与必然相结合的某种特殊现象：彭寂宽在清朝末代皇帝宣统三年也就是宣统的最后一年孕育了聂耳，腹中的聂耳却跨越了改朝换代的动荡时光，在清王朝刚刚崩溃，民国初建立的第一个年头的两个半月后的那一天，降临到这个硝烟弥漫、多灾多难的世界上。是聂耳有意选择这一天出世，还是时代让聂耳必须在这一天出生的呢？我们无法解答。但我们可以想想，在聂耳出生前的百多天日子里，正是中国人民为结束两千多年的封建王朝，推翻清朝260多年统治而进行最后斗争的电闪雷鸣的时候。聂耳在母亲不平静的胎胞里躁动着，也一定被辛亥革命10月10日的武昌起义和昆明10月30日即阴历九月九日的"重九起义"的枪炮声和呐喊声震撼了。我们之所以要强调这种震撼，是因为蔡锷、唐继尧等将军的新军所攻打的清王朝在云南的最后堡垒——总督署衙门，就在聂耳出生的楼房北面只有数百米的地方。这难道不会使我们想到护国起义的军号声，不仅是对袁世凯复辟帝制的梦想的埋葬，而且也是对后来谱写了《义勇军进行曲》的聂耳的催生吗？

然而不幸的是聂耳生长到4岁时，父亲病故，母亲一人担负起行医养家的重任。聂耳是家里最后出生也是最小的孩子，在他之上有三个哥哥、两个姐姐。这样一个7口之家，靠一个粗通切脉诊病配药的傣族妇女维持，其贫苦状况可想而知。甬道街又是地处"总督衙门"的城中闹市，房租昂贵难付，便在聂鸿仪逝世3年后举家迁居端仕街，不久又搬往更偏远的青云街。可惜聂耳童年和少年时代居住过的端仕街、青云街的房屋都已被拆迁，早已难觅故居痕迹。

值得庆幸的是，甬道街这栋小楼在沧桑岁月中没有湮灭，被留下来作为历史文物。在聂耳7岁那年即1919年聂家搬走后，杨氏门中从曾祖父杨暹、祖父杨春霖以及与聂耳同辈、相差5岁的杨镒和后代子孙一直都住在这里，成为聂耳故居的守护者和见证人。当然，聂耳故居也并非原封不动的从清朝时代原模原样地保存到现在。20世纪30年代因拓路，小楼附属的厨房、书房、两厢耳房被拆除；到40年代中期为纪念抗日战争胜利，省府主席龙云和卢汉将军决定在清朝总督署旧址建造"抗战胜利堂"（即今日的人民胜利堂），因扩大广场、拓宽街道，那栋小楼虽被拆改后移，但仍用原屋材料、保持原屋面貌建造。因而我们可以背靠历史、面对现实，理直气壮地说，还是那"三厢一照壁"的老地方，还是那座老楼房，它依然是真正的聂耳出生并度过7年的聂耳故居。虽然聂耳故居里已没有聂家留下的生活物品，但我每次前来拜谒，都能在杨家后人的讲述中感觉到，从屋里一根根古老的梁柱，从房顶一片片古老的青瓦，从屋后一块块古老的石板和那眼古老的水井里，依旧回响着聂耳童年的欢声笑语和聂耳母亲唱给聂耳听的玉溪花灯小调……

由于聂耳在学校期间参加了一些进步的革命文艺演出活动，被国民党反动派列入黑名单。为了躲避抓捕，聂耳被迫于1930年7月10日乘法式小火车离开昆明。谁也不曾想到，聂耳的此次离别昆明，竟然成了他与故乡和亲人的永诀。聂耳从滇南河口出境，取道越南再经香港前往上海。聂耳顶替他三哥聂叙伦在上海云丰申庄当了会计。在半年多的时间里，聂耳成天与算盘、账簿和拉货板车打交道，与爱打麻将的店友相处，心里感到无聊和厌烦。随着云丰申庄因亏本倒闭，聂耳失业落泊。聂耳根据报纸上的招聘广告，去报考音乐家黎锦晖主办的明月歌剧社，被顺利录取，拉起了他心爱的小提琴。1932年4月，聂耳通过戏剧家田汉与地下党组织取得联系，参加了宋庆龄领导的由张曙、任光、吕骥、安娥等革命音乐家组成的苏联之友社音乐小组。这正是日本帝国主义疯狂侵略中国的年代，爱国激情使聂耳热血沸腾。由于与黎锦晖在音乐的时代性与艺术使命上存在分歧，聂耳离开了明月歌剧社。1932年8月，聂耳来到北平，参加了左翼戏剧家联盟的各种活动，但因北平难以求职，生活无着落，同年11月返沪。鉴于聂耳的思想觉悟与音乐的突出表现，随即被地下党组织安排到联华影业公司工作。1933年初经田汉介绍、夏衍监督，聂耳在联华影业公司的一个摄影棚里秘密地举行了入党宣誓，成为一名共产党员，迈上了如聂耳自己所说所向往的"代替大众在呐喊"又"保持高度艺术水准"的新兴的革命音乐家的道路。

1933年夏天，聂耳创作了他的第一首电影歌曲《开矿歌》。这是联华影业公司拍摄的电影故事片《母性之光》的插曲。接着聂耳又为独幕话剧《饥饿线》创作了插曲《饥寒交迫之歌》，又为街头的小报童创作了《卖报歌》。聂耳不仅担任联华影业公司音乐股主任，为影片作曲、配音，辅导演员唱歌，还担任中国电影文化协会组织部负责人等职务。聂耳终因劳累过度，一次在影片外景拍摄中突然发作脑溢血而昏倒在地。可是住院7天后他又出院投入紧张的影业音乐工作。由于聂耳积极参加左翼文艺的各种活动产生巨大影响，联华影业公司老板迫于国民党反动派的压力，以聂耳"有病需要休养"，而于1934年1月解雇了他。地下党组织随即又安排聂耳进入英资企业的百代唱片公司承担录音、作曲等工作。这期间聂耳先后为田汉的歌剧《扬子江的风暴》创作了《打桩歌》《打砖歌》《码头工人歌》《苦力歌》等中国最早的劳工歌曲；还为电影《桃李劫》谱写了主题歌曲《毕业歌》；为电影《大路》谱写了《大路歌》《开路先锋》；为电影《飞花村》谱写了《飞花歌》《牧羊女》等歌曲。同时，聂耳还组建了百代国乐队，亲任队长兼指挥，经常演奏他整理改编的《金蛇狂舞曲》《翠湖春晓》等具有昆明风味的民族器乐曲。上述电影歌曲与民族器乐曲都由百代公司灌制了唱片而广泛传播，大受欢迎。但因其中的《飞花歌》《牧羊女》也被美商的胜利公司灌制了唱片引起英商的百代公司老板不满，聂耳于11月底辞职，离开百代公司又回到联华影业公司工作。聂耳在为该厂拍摄电影《新女性》配音和创作了主题歌

《新女性》组歌之后，1935年初为田汉新写的话剧《回春之曲》谱写了4首插曲：《告别南洋》《慰劳歌》《梅娘曲》《春回来了》；接着又为电影《逃亡》谱写了《逃亡曲》《塞外村女》两首歌曲。就在聂耳创作热情高涨、音乐艺术更加成熟，不断写出一首又一首优秀歌曲的时候，得知田汉被南京国民党政府逮捕之前写出了抗日救亡的电影故事，接着又由夏衍完成的文学剧本《风云儿女》正需要写一首主题歌和一首插曲，聂耳找到夏衍要求完成这一重要的作曲任务。夏衍很了解聂耳的思想感情与音乐才华，当即同意了聂耳的要求。聂耳捧着田汉在南京狱中写于香烟壳上的《义勇军进行曲》歌词，激情燃烧，胸怀潮涌，边弹钢琴边唱乐句，夜以继日、废寝忘食地谱起曲来，很快便完成了初稿。接着又谱写了插曲《铁蹄下的歌女》。但这时上海的白色恐怖日益严重，聂耳与田汉的组织关系又是公开的，聂耳随时有可能遭到逮捕。根据地下党组织的紧急安排，聂耳于1935年4月15日从上海汇山码头搭乘日轮"长崎丸"前往日本，19日到达东京。由于得到旅日昆明作家张天虚和几位左翼文人的帮助，聂耳住下后，第二天就开始了《义勇军进行曲》的修改。聂耳三天三夜的大海航行，思考着祖国的灾难、人民的抗争，看那滔天的海浪犹如悲壮的音符在胸中跳荡，增强了改好《义勇军进行曲》的精神力量与艺术力量。聂耳在田汉原词"每个人被迫着发出最后的吼声"之后，连续加写了三句"起来！起来！起来！"，又把田汉原词"冒着敌人的飞机大炮前进"改为"冒着敌人的炮火，前进"，并加写了叠句"冒着敌人的炮火，前进"，接着又在叠句之后加写了"前进！前进！前进——进！"经过几天的歌词修改和完善乐曲，聂耳反复唱给朋友们听，直到自己和朋友们都感到十分满意了，才于5月16日定稿，随即把《义勇军进行曲》手稿从日本寄回上海……

之后，聂耳在东京开始他制定的"三月计划"：学习日语和考察日本的音乐、歌舞、戏剧、电影；在参加日本组成的歌舞团进行巡回演出前的一段时间，聂耳应友人的邀约前往离东京西南50多公里的藤泽市鹄沼海滨休憩避暑，游玩了8天，7月16日聂耳写下了他生命中的最后一篇日记，次日，即1935年7月17日下午，海风如狼啸，波涛似虎口，聂耳在入海游泳时不幸溺水而逝……

第二天，受中国左翼作家联盟东京分盟的指派，张天虚从千叶县房州赶到鹄沼，察看并处理聂耳后事，三天后张天虚捧着聂耳的骨灰返回房州；接着，左联东京分盟举行了聂耳追悼会，林林、东平、蒲风、杜宣、林为梁、黄新波等300多位作家、画家、文艺家出席，张天虚泪流满面，以悲痛哀切的声音在追悼会上报告了聂耳溺水身亡的经过和聂耳短暂一生的经历及其革命音乐创作的卓越成就……直到次年，即1936年7月，张天虚几经辗转，才将聂耳骨灰及遗物送回上海。其中有一把聂耳生前最心爱的小提琴，琴盒里有几朵干枯却依然散发着芳香的昆明缅桂花，那是聂耳母亲夹在信中寄到东京的故乡的花……经过筹备，一个月后的8月16日，上海文化界著名人士和聂耳生前的友人，还有聂耳为之写过歌曲的码头工人、筑路工人、卖报儿童、普通市民等上千人挤在金城大戏院的场内场外举行了聂耳追悼会；歌声哭声响彻会场内外。更为难得的是，一年前在南京狱中送出《义勇军进行曲》歌词的田汉，闻聂耳在日本溺毙噩讯后，又在南京被软禁的状态下写了悼诗以表哀思：

一系金陵五月更，

故交零落几吞声。

高歌共待惊天地，

小别何期隔死生。

乡国只今沦巨浸，

边疆次第坏长城。

英魂应化狂涛返，

重与吾民诉不平。

追悼会上田汉送的花圈上就写着这首"泪随笔下"的挽诗。令人伤痛的是，《义勇军进行曲》成为田汉与聂耳合作的绝唱。聂耳再也不能为田汉作的词谱曲了。在聂耳23载年华中，真正从事音乐创作的岁月仅有两年多。在这么短暂的人生中用这么短暂的时间，聂耳创作了36首歌曲、6首民族器乐曲和口琴曲。多吗？不多。但这位伟大的音乐家，却在不多的音乐作品中，获得了永恒的生命，他创作的歌曲将被中华民族的子子孙孙永远的传唱下去……

追悼会后，聂耳的骨灰盒暂留上海，存放在他七叔的家里。正如画家黄永玉为作家沈从文墓地的题词所说："一个士兵要不战死沙场，便是回到故乡。"聂耳是要回到故乡的。次年即1937年8月，在聂耳离家7年后，由他的三哥聂叙伦从昆明赴上海，又从上海经香港、越南，逆行当年聂耳离家的路线，把聂耳的骨灰盒捧回昆明，让聂耳的英灵随着遗骨回到了故乡。

怎么安葬呢？聂叙伦找到西山华亭寺老和尚洽谈。那时已是抗日风云骤起的中华大地，连老和尚都看过电影《风云儿女》，会唱电影主题歌《义勇军进行曲》。便付少许款项征得碧鸡关之下、高硗之上的碧硗精舍上端一块土地，又在滇池边的村庄找到石匠，很快就修好了墓地。在滇军60军由卢汉将军、张冲将军率部离滇开赴抗日前线的爱国热情高涨的金秋，10月1日滇云文化名人楚图南、徐嘉瑞、郑一斋、郑子平等和聂家众多亲友在墓地举行葬礼，当殓有聂耳骨灰的青花瓷瓶徐徐下放墓穴，亲友们掬起一把把红土去掩埋聂耳的骨灰时，人们纷纷洒下泪水打湿了与聂耳相伴的红土，还有人轻声唱起《义勇军进行曲》送别这位音乐家。墓碑上刻着徐嘉瑞撰写的"划时代的音乐家聂耳之墓"。这便是聂耳最早的墓地。安葬聂耳入土4年后即1941年8月10日，当年从日本护送聂耳骨灰回上海的著名作家、长篇小说《铁轮》的作者张天虚病故于滇池之滨呈贡县城龙街家中。张天虚是中共地下党员，1938年10月滇军60军开赴抗日前线时，被党派到张冲任师长的184师工作，参加了台儿庄禹王山血战。1939年初，张天虚因积劳成疾患了肺结核病，获准离开战场回家乡养病，病稍好一点又急赴缅甸仰光创办《中国新报》宣传抗日，又因操劳过度，病情更加严重，于1941年1月再次回乡养病，不幸于半年后逝世。遵照张天虚生前愿望，1943年张天虚遗骨被亲友从呈贡迁到滇池对岸西山安葬于聂耳墓地右侧。两位患难与共、生死之交的朋友在九泉之下相邻而居，英灵不再孤寂。上苍的这种安排，是否当年在日本鹄沼海滨为聂耳料理后事时，张天虚就已经许下心愿了呢？

1954年春天，政府重修聂耳墓地，把当年徐嘉瑞题写的聂耳墓碑换成郭沫若手书的"人民音乐家聂耳之墓"的墓碑。碑上阴刻郭沫若写的墓志铭："聂耳同志，中国革命之号角，人民解放之鼙鼓也……"与此同时也重修了张天虚墓。张冲将军为其抗日部下题写了墓碑："青年文艺工作者张天虚之墓"。由于郭沫若与张天虚早在30年代就熟识，郭沫若也为张天虚撰写了500余字的墓志铭，其中写道：

"西南二士，聂耳天虚：金碧增辉，滇池不孤。义军有曲，铁轮有书；弦歌百代，永世壮图。"由此可知聂耳与张天虚的情谊和他俩在音乐与文学上的重要贡献。

后来，有关人士考虑到聂耳墓地山势狭小陡峭，不便于开展大型纪念活动，建议另选墓地。1980年5月，昆明市人民政府把聂耳墓迁移于西山高处，在太华寺与三清阁之间，选定背靠青山、面向滇池的一长片宽阔的坡地筑墓重新安葬了聂耳。1985年又将墓园另行设计，改造扩建，成为思想与艺术交融的聂耳永久的安息之地。据聂耳家人说，那里是聂耳学生时代最爱去郊游的地方。新建的聂耳墓园体现了人民音乐家的生命本质与《义勇军进行曲》的旋律、节奏、气势。墓园主体造型既像云南民族乐器月琴，也像聂耳生前使用过、至今仍存留下来的那把小提琴。墓穴坐落在琴盘的发音孔上，仿佛聂耳仍在歌唱。

"闻其歌者"，正如郭沫若撰写的墓志铭所说："莫不油然而兴爱国之思，庄然而宏志士之气，毅然而同趣于共同鹄的。聂耳乎，巍然其与同族并寿而永垂不朽乎……"墓碑依然沿用郭沫若1954年2月书写的"人民音乐家聂耳之墓"九个大字。墓体用黑色大理石砌成，墓前置放汉白玉浮雕白色山茶花花环，环中突起"1912—1935"聂耳生卒纪年。墓后正中和两侧为石刻屏风，上刻郭沫若手书的聂耳墓志铭和田汉当年写的那首悼聂耳诗和国歌曲谱以及歌中所唱的长城等。墓前立一尊聂耳在沉思的塑像，像前布设7个花坛，象征着7个奇妙的音符，园中层层而上的24级石阶表示聂耳不到24年的坚强的生命。墓园有西山的云和滇池的风来来往往，催鲜花四季常开，护松柏年年翠绿，陪伴着聂耳的灵魂。墓园右侧建有陈列聂耳遗物和生平照片的纪念馆，走进去就能与聂耳倾心交谈……

在聂耳墓园纪念馆里，看着聂耳父母和聂耳童年、少年、青年时代的照片，很自然地便会联想起市区甬道街上的聂耳故居。那里是聂耳的出生之地，这里是聂耳的安息之地，中间是聂耳人生的历史道路。从生命之始到生命之终，这两地虽然只不过相距24个春夏秋冬，但聂耳却用有限的生命创造了无限的中华民族心声，使我们永远唱着聂耳的歌曲"前进！前进！前进——进！"

（原载《云南日报》2007年2月16日；曾载散文集《五华如歌》，云南民族出版社2006年11月出版；又载《民族文学》杂志2007年10期；入选文史集《永恒的记忆——云南日报上的聂耳》，云南人民出版社2008年6月出版；入选文史集《口述昆明》，云南民族出版社2008年10月出版；入选散文集《云南的云》上海文艺出版社2009年3月出版；入选《昆明经典文库·昆明的眼睛》，云南人民出版社2011年10月出版。）

巴金与个旧

巴金在百年人生中，四次到过云南。但要谈论"巴金与云南"，首先得说巴金与个旧。个旧，自从法国人修通了滇越铁路之后，人们都知道那是全中国最大的锡城。然而个旧这地名却是彝族话，意为种苦荞的地方。百年前殖民者从彝族的苦荞地下开采出源源不断的矿石，冶炼成白银一样的锡锭又滔滔不竭地流向欧美各国。这是千千万万砂丁也就是矿工用汗水、鲜血和生命换来的金属长河浪花，因而个旧这座锡城又被称为"死城"。

巴金是写锡城或"死城"文学作品的第一位作家。那是80年前的1932年春天，巴金刚写完长篇小说《春天里的秋天》，又有编辑向他约稿。那时巴金还不认识云南，更没有到过个旧。巴金在上海根据留学日本的云南好友黄子方给他讲述的零星故事而于五六月间急速地写作了中篇小说《砂丁》，旋即分两期发表于《申报月刊》。9月，巴金赴青岛在沈从文任教的青岛大学宿舍里为《砂丁》写了序言，10月，由上海开明书店出版发行……

巴金在序言中写道："……说《砂丁》是匆忙中的产物，并不是一句夸张的话。而且说我所有的文章都是在匆忙中写成的，也不是一句夸张的话。但是我仍旧爱这篇小说，就像爱我的其他的作品。因为它和我的别的作品一样，里面有我的同情，我的眼泪，我的悲哀，我的愤怒，我的绝望。是的，我的绝望，我承认，但这并不是一切……"当年28岁的青年作家巴金由此而与云南个旧开始了永远难解的文学情缘。巴金后来回忆《砂丁》的创作时，这样写道："我没有到过那个城市，不曾接触过那些人物，不了解那里的生活环境……也没有任何具体的材料，就凭着两三个简单的故事，搭起中篇小说的架子，开始写起了银姐和升义的会面……"所以，巴金从听讲到写作到出版《砂丁》起，就播种下亲临个旧访问的心愿，以便把"匆忙中写成的"小说修改得更丰满更厚重更感动人。然而时光从未等人，从1932年春天直到1960年春天，跨越过漫长的28年之后，巴金才终于有机会到达个旧，深入到矿山、矿坑、矿工之中，生活了6天。这是巴金对云南的第4次也是最后一次造访。此后由于历次运动不断，巴金屡遭种种磨难，始终未能把《砂丁》深入加工重新写成长篇小说。直到巴金逝世前两年，在庆贺巴金百岁诞辰的活动中，在巴金曾经留下足迹的个旧金湖北岸的文化广场上，在锡城矿工和各民族群众的欢呼掌声中，落成了巴金在云南的第一座金铜雕塑像！从那以后，在巴金的塑像前，当夕阳照射着老阴山一个个废旧的矿洞或一片片种满苦荞的坡地，常常会有老矿工或青年学生捧着巴金1932年春天写作的《砂丁》，诵读着开篇的句子："黄昏。一条窄小的土路在灰白的暮色中伸出来……"或是默念着小说最后的结尾："那个时候是会到来的，但是她和她所爱的人以及那无数砂丁的骨头早已在坟墓里腐烂了。"

巴金1960年3月对个旧虽然是匆匆访问和匆匆离开，但却使个旧获得了巴金珍贵而长久的爱。巴金记得个旧"春天的风轻轻地揩去我脸上的尘土，从不远处送来鼓声和人们的笑语，山坡上高高低低一幢一幢土红色和灰色的楼房，人们告诉我它们都是工人的宿舍。我不由得想起小说里没有窗户的阴冷潮湿的'伙房'。过去那两座光秃秃的山——老阴山和老阳山不仅绿树成荫，而且修建了不少美丽的楼房。我住的宾馆是在过去的乱坟堆中间建筑起来的。再也找不到乱坟堆，也看不到死城了。我来到一个充满生活力的兴旺的城市……"刚回到上海，巴金在3月25日便写了散文《个旧的春天》，在他主编的《收获》杂志上发表；5月11日，在杭州的西子湖畔想念着滇南个旧的金湖又写了另一篇散文《忆个旧》，由《上海文学》发表。巴金在散文中说："我的心还留在个旧。"

真是此情绵绵无绝期。离别个旧20年之后，应《个旧文艺》主编王梅定之约，巴金在1980年11月写作了《关于〈砂丁〉》一文，发表于香港《文汇报》1980年11月29日副刊；后征得巴金同意改题为《我与个旧》发表于《个旧文艺》1981年第3期。巴金深情而真诚地写道："我跟锡城分别后，一晃就是二十年。我得到了'第二次的解放'，锡城经过十年浩劫也得到了新生……关于《砂丁》，我想说的话就是这么一些。我现在的想法有了改变，我认为用不着改写它了，就让它这个样子存在下去吧，因为我并没有讲过假话。"

这就是巴金的《砂丁》！巴金在1980年11月写的《关于〈砂丁〉》一文是这样开头的："昨天在旧书堆里发现一九三二年排版的中篇小说《砂丁》的清样，是用铜订书钉订好的一个本子。它跟着我经过了战争，又经过多次的运动，还经过人生难逢的大抄家，竟然没有一点伤痕，真是想不到的事！"

值得个旧、值得云南、值得我们中国现当代文学研究者铭记的事，还有1985年应《个旧市文化志》编辑写信请求，巴金将1932年上海开明书店出版的第一版《砂丁》仅存的孤本，在扉页亲笔写下"赠个旧市文化局"并签名盖章遥寄个旧珍存！《砂丁》终于回到故乡，并以他当年初生时的文学光芒而燃烧成不熄的经典火炬，世世代代闪耀在个旧矿工和各民族群众的心中!

回顾《砂丁》艰难跋涉的历史行程,我从中发现巴金特有的一种执着认真的创作精神,我把它称之为"巴金文学精神"!在今天和今后,这种"巴金文学精神"都会给我们很大的鼓舞。

(原载《人民日报》2012年8月29日;入选《人民日报2012年散文精选:诗人江湖老》,人民日报出版社2013年3月出版;又载《云南日报》2013年4月27日;入选散文集《冰心的木香花》;文汇出版社2018年9月出版。)

仰望夜空巴金星

对于伟大的中华民族，2005年10月17日是应当永载史册或永铸丰碑的日子。在黎明的朦胧曙色中，那艘奇妙的神舟六号宇宙飞船，在飞行一百一十五小时三十二分、围绕地球旋转七十七圈之后，降落在内蒙古四子王旗大草原上，费俊龙、聂海胜这两位航天英雄顺利完成任务，安全回到了祖国的怀抱。可是就在当天的傍晚时分，在东海之滨的上海华东医院里，文坛巨匠巴金在躺卧了多年的病床上，永远地躺下了。在巴金心脏停止跳动、双眼紧闭之后，那颗一九九九年经国际小天体命名委员会批准的、中国科学院北京天文台发现并命名的"巴金星"的小行星，或许是真正融入了巴金的灵魂，变得更加明亮了……

神六凯旋，巴金远行，都显示着中华民族的精神火光，是那么的灿烂和文明。

怀着对巴老逝世的悲痛，仰望夜空那颗"巴金星"，不禁想起许多难忘的往事。

2000年初春，我去北京出席中国作协全委会。3月16日那天上午，委员们应邀参观新近落成并正式开展的中国现代文学馆。大家在馆内楼上楼下边看边议论，都认为中国现代文学馆不仅是中国作家的、全世界华人作家的，而是首先应当把它看作是一座巴金文学灵塔或宝库。那天我应约带了我那时已经出版的二十五本小说、散文、诗歌等著作敬赠文学馆收藏。简单的赠书仪式后，老舍先生的儿子、时任馆长的舒乙先生要我讲几句话。他的用意大概是以此表示欢迎更多的作家向文学馆捐赠著作吧。我便在香花四溢的馆内咖啡厅向在座的作家们发表了自己的感言："我之所以走上文学道路，首先是巴金先生的激流三部曲《家》《春》《秋》引领了我；今天拙著荣幸被中国文学馆收藏，首先也要感谢巴金先生，是巴老建议策划，捐资出力，经过长期的共同奋斗，文学馆才得以建成。因此，在我进馆的时候，我久久地注视着抚摸着文学馆的门把——巴金先生的铜手模。虽然时值早春的寒冷，但是，渐渐地我感到了巴老的铜手模是多么的亲切和温暖……"

巴老的铜手模！赞赏文学的铜手模，爱护文学的铜手模，守望文学的铜手模……这真是一个平凡而杰出的创造，充满诗意和美学的铸造。巴老伸出慈祥而有力的手指，那宽大深厚、包容一切的掌心，不但为我们打开了文学的大门，还召唤着我们一步一步往前行进。那天上午我们在文学馆里，感受到了虽然并不是很广阔的中国现代文学馆，但馆内却蕴藏了宏伟而丰硕的中国现代文学森林。森林里不但有一棵棵长青的大树小树，还有果实、鸟巢、花朵、小草、落叶和泉水……离开的时候，我又一次去门上与巴老的铜手模紧紧相握，仿佛是想从巴老的手上汲取文学的力量……

这使我想起10多年前与巴老的真正握手。那是个冬末春初乍暖还寒的一天晚上，冯牧领着我们一群作家去北京饭店探望来京开会的巴老。房间很小，已是高朋满座，来客依然很多，我们只能像小溪流般地依次进入房内见一见巴老，与巴老握手后便又退出让其他作家进来。当我与坐在沙发上的巴老握手时，冯牧介绍说："这是云南作家张昆华……"巴老虽然是第一次见我，但却显出熟悉的表情，说："哦，云南，我去过好多次，我还给你寄赠过我的书呢……"

我边说："是的，谢谢！"边让出位子，走到房外。那时我很激动，也很高兴。我虽然在上中学的少年时代就读过巴老的小说，但获得巴老签名赠我的《巴金论创作》却已是30多年后的1983年4月。这本光辉的巨著使我在新时期的文学创作中获得十分宝贵的经验。其实那时我与巴老并不相识。我们都知道，巴老的夫人萧珊在"文革"中遭受迫害而不幸逝世，使巴老身心受到巨大的伤害，造成无法弥补的损失。到了70年代末期，巴老在度过史无前例的浩劫和持久深重的灾难之后，身体十分病弱，需要一位生活秘书，便选定了巴老的弟弟李济生的女儿李国燪。那时国燪在沧源阿佤山插队落户当知青，但要回上海侍奉巴老却困难重重。李济生先生找我帮忙。我那时任《云南日报》副刊主编，以职务之便托人说情，国燪才得以离开贫困落后的阿佤山回沪。在昆明临别前，国燪送我一包阿佤山绿茶，并说她父亲和巴老很喜欢喝云南茶。大概就是这个缘由吧，到了那年，巴老二月出书，四月就在李济生先生签字之后又亲自签名赠书与我。此后1984年巴老患帕金森氏综合征，虽然手抖写字不便，却仍然将他在1986年底新出版的《巴金六十年文选》亲笔签上"张昆华同志巴金"将书寄赠给我。巴老手迹的每一笔每一画和书中的每一篇文章都给了我很大的鼓舞。1994年，巴老因脊椎压缩性骨折住进华东医院治疗，已经不能用手写字了，他才在1996年出版的《巴金七十年文选》的巨著的内封上盖了红色的"巴金"印章寄赠予我。就这样我从巴老签名盖章赠我的一本本著作中学习着，看到了巴老的人格力量：要讲真话。看到了巴老的文学力量：爱人敬人。

为了感谢巴老对我们的关心爱护，同时也对巴老略表敬意，2003

年10月金秋巴老诞辰百年之际，我写了"巴老：恭贺百年华诞，您的健康长寿是中华民族的自豪和幸福"的贺寿词和巴老爱喝的西双版纳糯米香小沱茶寄去。没几天我便收到已是九旬高龄的济生先生回信。自从巴老卧病不起，不能写字不能说话后，都是济生先生代巴老寄赠书信与我联系。这封信这样写道：

> 同一天先后收到来函和茶叶，实在高兴，却又感到惭愧，真是受之有愧也。你的心意，当即转告巴老，唯他目前苦境中难以话出。百岁高寿闻之者无不额手称庆，近五年来身卧病床，不能言，无法动弹，全靠鼻饲与药物系着生命，奈何！长寿而无健康，老实说，活着又有什么意思，生命又能发挥什么作用？他不得已时曾说：愿为大家活着。却也是苦痛着自己，为他人而活着……神舟五号上天落地一切正常，大喜事也，值得庆幸，引为骄傲……

读信后我久久含泪不已。巴老"愿为大家活着"的品德，已经早就在很早很早以前的人生实践和文学创作中闪烁着光芒了。就是他的那双手，写出了多少现代文学的经典名著，扶持了多少现代文学的优秀作家；就是他的那双脚，踢踏着朝鲜战场三八线上那弹片混杂、硝烟熏黑的山岗和泥土，叩问过越南战场十七度线南北那血泪浸透、烈焰烧红了的江河与丛林……当然，在那些年代里，去战场的作家很多，但像巴金那样年高体弱的文学大师，那样不顾生死、勇往直前地走向炮火纷飞的前线，投入抗美援朝的战士和邻国朋友们的怀抱里，在当代中国文坛上，除了他和老舍、刘白羽、杜宣、菡子等，我们还能再数得出几位呢？他还在20世纪四十到六十年代全身心地多次地拥抱了云南个旧锡矿砂丁的黑暗岁月与光明憧憬，写出了中国最早的为矿工呐喊的小说《砂丁》……可是，怀着一颗红心，这么忠诚于祖国和人民，这么革命，这么遵命，这么卖命的巴金先生，在"文化大革命"中，受到残酷批斗，下放劳改，从思想到身体都历尽折磨、饱经屈辱。虽然这一切毕竟都已成为过去。后来世道变了，巴老终于熬过了"运动"的苦难，但又陷入了疾病的苦难。真让人感到命运之神是多么的不公、多么的不平！我们只能默默地祝愿巴老减轻病痛，健康活着！

想不到两年之后，又是金秋十月，当神舟六号顺利上天又胜利返回祖国大地，在巴老101岁的诞辰即将到来之际，巴老却永远地离开了我们，升到九天之上成为永不熄灭、更加耀眼的"金星"了。

这天夜晚，我在星光下漫步着，心泣无声地吟诵出一首哀悼巴老的四行诗："巴金百年人生路，中国百年文学史；巴老辞世精神在，永远的文学旗帜！"第二天即2005年10月18日，我把悼诗抄写于信笺并附当天《春城晚报》发表的悼念巴老的两个专版的图文寄往上海，请悲痛中的李济生先生代为敬献在巴老的灵前。

（原载《春城晚报》2005年10月19日；又载《文艺报》2005年11月5日；入选《散文选刊》2006年第5期；入选散文集《云南的云》，上海文艺出版社2009年3月出版。）

闻一多的歌

昆明闹市中心的翠湖，今年冬季依然以翠绿的湖水、翠绿的杨柳又迎来成千上万的海鸥。每当它们铺天盖水地飞起飞落，我就会联想到西伯利亚遮天盖地的雪花。

西伯利亚唯其偏僻、遥远、荒凉、严寒，不是常有许多爱国志士从圣彼得堡、莫斯科被流放到那里，囚禁其政治生命、扼杀其艺术生命、了结其不屈的人的生命么？虽然这都是翻过去的史书了，但也由此可见西伯利亚的冬季是多么难以生存，像海鸥这样坚强地酷爱自由的精灵，都还要在秋末冬初伸展其柔美而充满毅力的双翅穿越千山万水来到彩云之南的红土高原做客，与昆明的高楼大厦和数百万人群和谐相处，无忧无虑地谈情说爱、生儿育女、繁衍家族，直到开春之后才返回那冰雪解冻的漠漠北国……

海鸥凭着它们的翅膀甩开了西伯利亚的风雪而来昆明避寒，也说明昆明即使是在冬季也温暖如春。但今年的海鸥无论是歇在石栏杆上梳理羽毛，或是伴随游艇发出欢鸣，抑或是掠过树梢表演翔艺，肯定会发现翠湖已经与往年景致不同，多了色彩，多了灯彩，那都是为了迎接澳门回归祖国而增添的时代风采。置身于这样喜庆中华民族继香港回归之后的又一盛大节日，我当然会站在翠湖遥想澳门、眺望澳门，去追溯澳门远去的岁月。记得在上小学时我就从历史老师写在黑板上的粉笔字里知道了那作为祖国之子的澳门的故事：秦始皇统一中国时，澳门就已纳入中国版图，属南海郡番禺县；晋代属东官县；隋朝属南海县；唐朝属东莞县；宋代属香山县；南宋末年曾是赵宋皇朝与元军作最后较量的海面战场；元、明朝代一直对澳门行使着直接的领土管辖和主权。在明朝嘉靖十四年即公元1535年澳门开埠，也才允许葡萄牙人和其他外国商船在澳门附近海上进行贸易。直到18年之后即1553年葡萄牙人通过贿赂收买当地官员，以晾晒水浸货物为由，要求上岸，得到批准，从此葡萄牙人便逐渐聚居成村，开始长期居留，但从葡萄牙人占据澳门至鸦片战争前近300年间，明、清政府也一直对澳门拥有主权，依法进行管理……

　　回顾400多年的春雨秋风，我必然要想起许多爱国者与澳门的历史联系，而我首先会追思三位中国人民的优秀儿子。第一位是在鸦片战争前夕，于1839年9月巡视澳门，宣示中国在澳门充分行使主权的林则徐。第二位是在1990年9月15日提出"共同努力，实现祖国统一"的解决香港、澳门、台湾问题的"一国两制"的伟大构想，又在1992年春天站在南海边放眼港、澳，向海外赤子挥手召唤的那位老人邓小平。第三位便是在1925年7月4日出版的《现代评论》杂志上发表光辉诗篇《七子之歌》的闻一多。林则徐虽然卫国失利，但他的爱国精神却点燃了中华民族心中的烈火。邓小平则是在经过10多年的改革开放使中国强大起来的时候，以"一国两制"的理论为灯塔，指引着港、澳相继返回祖国母亲的怀抱。闻一多在74年前就与澳门相约，为漂泊南海的赤子唱出了动人魂魄的歌，特别值得我们引以为荣的是这三位爱国伟人都曾经多次到过或多年住过昆明。暂且不说林则徐、邓小平与云南的不解之缘，因为那是应该大书特书的辉煌篇章。就讲闻一多的昆明情结吧，我敢说，除了生他养他有他血脉之源的故乡湖北浠水，普天之下没有哪个城市的人比昆明人更熟悉闻一多的了。

闻一多在1919年五四运动爆发时就担任北京清华学校学生会书记并于此时开始创作新诗，1922年大学毕业后赴美留学，1923年出版的第一部诗集《红烛》就表达了这位青年诗人强烈的爱国主义情感。1925年，闻一多回国任北京艺术专科学校教务长，即以当时被列强占据的澳门、香港、台湾、威海卫、广州湾、九龙、旅顺、大连七地分别为题抒写下七首诗统称为《七子之歌》，诗人在每一首诗的最后一句都发出共同的呼喊："母亲！我要回来，母亲！"

仿佛这是历史老人与岁月风云的特意安排，如今，诗人替澳门表达的愿望终于实现，在诗人诞辰一百周年之际，澳门就要回到母亲怀抱了。此时此刻怎能不缅怀闻一多呢！他是爱国爱民的子规鸟，每一声都啼出心音，泣出鲜血！当年他来昆明，不是像今天的海鸥那样来躲避风雪、寻求温暖，那时的昆明还很寒冷。他在抗日战争的烽火年代1938年到达昆明执教于西南联大，在昆明生活8年，而最终被反动派罪恶的子弹夺去了年仅48岁的宝贵生命！也许正因此，不少昆明人都想在此时此刻去他殉难之地把澳门回归的喜讯告慰他的英灵！

我从翠湖边沿着西仓坡拾级而上。行走不到300米，便是西仓坡与府甬道的交叉路口。这两条小巷与闻一多的命运紧密相连。1946年7月15日上午，闻一多从西仓坡经府甬道转文林街上云南大学至公堂出席被国民党特务杀害的民主斗士李公朴死难经过报告会，在1000多人的集会上发表了正气凛然的《最后一次的讲演》。下午到府甬道14号出席《民主周刊》社为李公朴被刺杀而举行的记者招待会。会后闻一多由长子闻立鹤陪伴回家，那是不过几百米的西仓坡巷道，只是几分钟的路程呀，他便在夕阳西下离寓所门口3米处倒在黑暗的枪口之下……

半个世纪之后的冬季，府甬道路旁有一棵桃树欣喜地提前开放了火红的花朵。玉兰树的枝头已张开雪白的花蕾，洋溢着高雅的芬芳。从府甬道往南插入西仓坡便是一条花木掩映的长廊。紫色的叶子花在架上灿然绽放，像一串串爆竹。梧桐虽在飘落着黄叶，但碧绿的迎春花枝上已开出金色的花朵。艳丽的一串红一棵挤着一棵在路边绣出红色的地毯。梅、竹、杉、柏、朴树相间并列于巷道两旁，以枝叶摇曳着绿色的生机。当年，闻一多生活过的这条巷道，并没有这些绿树碧草红花。今天的这些花木都是居民们为纪念这位爱国诗人而在他走过的道路上特意种植的。他们记得闻一多曾经写过这样的诗句："我要赞美祖国的花，我要赞美如花的祖国！"

只有到了今天，闻一多浪漫的诗句才成为现实的风景。因此我觉得去拜谒闻一多殉难处和闻一多故居，就用不着另带鲜花。他天天都有鲜花陪伴着。只要用心声向先生亲切地报告说：您所企盼的澳门回归祖国母亲的日子——1999年12月20日已经来临……

当我在向闻一多故居墙壁上的闻一多画像鞠躬致敬时，忽然从右侧传来一阵歌声。一看，原来是佩戴着云南师范大学校徽的一群男女学生来到闻一多殉难处纪念碑前，诵读和唱起了闻一多《七子之歌》的第一首《澳门》：

你可知"妈港"不是我的真名姓？
我离开你的襁褓太久了，母亲！
但是他们掳去的是我的肉体，
你依然保管着我内心的灵魂。
三百年来梦寐不忘的生母啊！
请叫儿的乳名，叫我一声"澳门"！
母亲！我要回来，母亲！

在闻一多为祖国献出生命的地方诵读和唱起这首诗歌，我相信闻一多能听到，澳门能听到，祖国母亲能听到，因为这是与历史永存的诗歌。闻一多在诗歌中获得了永恒的生命！

（原载《云南日报》1999年12月27日；入选散文集《漂泊的家园》，袁鹰序，云南人民出版社2004年5月出版，2008年9月荣获中国散文学会第三届冰心散文优秀奖；又入选散文集《冰心的木香花》，高洪波序，上海文汇出版社2018年9月出版。）

林徽因的龙泉时光

我曾经不止一次地踏上北京金水桥头，仰望天安门城楼上的国徽，那么庄严肃穆，那么慈爱大度，那么内涵丰富；想象不到如此宏伟的国徽的设计小组中竟然有一位重要参与者是柔弱秀气的林徽因。是的，就是那位早在1931年4月就在刚刚创刊的《诗刊》第二期发表她第一首诗《谁爱这不息的变幻》的林徽因。她在这首诗中写道："谁又大胆的爱过这伟大的变幻。"写此诗后19年，也就是1950年6月21日，正是林徽因用她写中国早期新诗的那支金笔又满怀豪情地写下了新中国国徽定稿图案说明辞：

"一、形态和色彩符合征求条例须庄严而富丽的规定。二、以国旗和天安门为主要内容，国旗不但表示革命和工人阶级领导政权的意义，亦可省写国名。天安门则象征五四运动的发源地和在此宣告诞生的新中国。合于条例"中国特征"的规定。三、以齿轮和麦穗象征工农，麦稻并用，亦寓地广物博的意义，以绶带紧结齿轮和麦稻，象征工农联盟。"

国徽图案和说明辞立即由清华大学送往中南海。两天后，即1950年6月23日全国政协一届二次大会召开，毛主席在大会上指着林徽因、梁思成主持设计的国徽图案，提议全体起立鼓掌通过时，林徽因以设计小组代表的身份亲临现场，也跟着大家站起来，在毛主席和委员们的热烈掌声中，流下了眼泪……这是由于她的智慧和心血开放了花朵，结出了果实。在国徽设计过程中，许多新的构思都是林徽因首先提出并勾画成草图，亲自带着图版到中南海向国家领导人汇报讲解意图，听取意见并一次次修改使之完善完美；而这一切都是林徽因在病中进行的。她此时怎能不激动万分？难道这不是"伟大的变幻"？可见青年时期林徽因的唯美诗意，蕴含着深远的寄语。

我也曾不止一次地漫步天安门广场，来到人民英雄纪念碑前，仰望高耸入云的碑身，那么伟岸巍然，那么风骨挺拔，那么气魄撼天，然后低下头来，久久地凝视着纪念碑底座装饰的浮雕、底座上的花圈等等，我知道，其主要设计和建造者也是林徽因。1950年9月20日中央人民政府主席毛泽东颁布了国徽的命令之后不久，1951年林徽因被任命为人民英雄纪念碑建筑委员会委员。她参与其中，从总平面规划到装饰图案纹样，都作了精心设计绘画；不仅是设计者也是实干者。对此，有史实为证。1953年3月，林徽因给在外地考察的丈夫梁思成的信中这样写道："我的工作现实限制在碑建会设计小组的问题，有时把几个有限的人力拉在一起组织一下工作，技术方面讨论如云纹，如碑的顶部……所以也趁此时再要求增加技术人员加强设计实力，反映我们去掉大台认为对设计有利，可能将塑型改善……"可以说，林徽因为中华民族的人民英雄们画下的每一朵花、每一片叶，已成为她另一首无字的诗篇；那浮雕上的线条、图案、饰纹铭刻着林徽因的美学经典与爱国热情，是值得千千万万民众一再赏析、一再阅读的艺术瑰宝！人民英雄纪念碑的设计与建造，真是浇铸着林徽因生命的最后岁月，凝结着林徽因精神的最后光彩。人民英雄纪念碑建成之后，这位积劳久病，肾脏已切除一侧；肺叶布满空洞，结核病菌已侵害全身的诗人和建筑学家，不得不住进医院治疗。但为时已晚。1955年3月31日夜半，也许知道自己即将告别人世，弥留之际，林徽因向护士提出要见一见就住在她病房隔壁的也是身患肺结核病的梁思成，想给她结婚27年的丈夫说几句话。护士说，夜深了，有话明天再说吧！梁思成终于没有听到林徽因最后想说的那几句话。数小时后，第二天的黎明之前，也就是4月1日6点20分，林徽因在北京同仁医院走完了她51岁的人生历程；4月2日《北京日报》刊登林徽因逝世讣告；4月3日在北京东城金鱼胡同贤良寺举行了告别林徽因遗体追悼会……

每当想到这些，我会自然而然地抬起头来，视线从人民英雄纪念碑穿越天安门广场上的人群，掠过天空中飞翔的鸽子或漫游的风筝，远望天安门城楼上的国徽，更加理解林徽因人生的价值。是的，在国徽和人民英雄纪念碑这两件伟大作品中，林徽因留下了她的艺术力量与思想希望。但对此，世人或后人恐怕知之者不多。因为在当年那个时代，谁敢把新中国的标志——国徽和人民英雄的化身——纪念碑的设计完善与建造完美的创作真相公之于众呢？知之者讳莫如深，不知者便不知了。但是我想，不管哪个时代、哪个年代，当人们向国徽和人民英雄纪念碑举目致敬时，毫无疑问地，这其中也就包含着向林徽因、梁思成这两位主要设计者与建造者致敬的成分了。因为历史已经与国徽和人民英雄纪念碑凝聚而同在！

这种认识与情感的产生，不仅仅是出于某时某刻；而是某时某刻的萌发积累成某月某年，然后又由某月某年的汇流而成溪水奔腾的浪花。历史的浪花长流，终于促使我毅然成行。那年，我去北京出席中国作家协会全国委员会的一次会议。恰逢早春三月，一阵阵暖风突破了寒冬残雪的包围；高大的白杨树和低矮的小草都已悄悄地呶出淡绿色芽包，犹如林徽因当年写下的诗句。我乘地铁来到西郊八宝山革命烈士公墓，说明来意和身份，经管理人员的引领，终于找到了林徽因的墓地。八宝山革命烈士公墓的设计，林徽因生前也是参与了的。林徽因逝世后，她虽然没被定为革命烈士，但以她当时的地位和身份，北京市人民政府作出决定，把林徽因遗体安葬在八宝山革命烈士公墓，这也是理所当然、有情随缘的。林徽因的墓体由梁思成亲自设计，表达出一种素朴淡雅、端庄贤淑的美，好似她生前形象的化身。当时，人民英雄纪念碑建筑委员会还决定，把林徽因生前为人民英雄纪念碑亲自设计的一方汉白玉花圈雕刻样品，即遗留下来的备选品，转而移做她的墓碑。橄榄树枝怀抱着的牡丹象征高贵、荷花象征纯洁、菊花象征坚忍；而且三种花都仿佛在散发出一阵阵清香。这都充分体现了对林徽因的赞美与尊敬。

然而时过境迁、风云突变。不幸的是，北京市人民政府1955年为林徽因竖立的墓碑，碑上雕刻着的"建筑师林徽因之墓"八个大字，在10多年后的那场"文革"浩劫中，被砸掉了。30多年后的今天，我眼前面对的依然是没有墓碑铭刻的林徽因的墓地。这无碑名的墓地，要不是公墓管理人员的指点，我哪里能猜出来认出来呢？我含着眼泪向林徽因逝世后希望安息但不得安息、向往宁静但不得宁静的墓地，深深地鞠躬、默默地拜谒！在这位我所敬仰的诗人的墓前，我不敢说出我本想说的那些为她痛鸣呼喊的诗句！也由于我的胸中突然翻腾起林徽因早在1936年12月出版的《诗刊》第三期发表的那首《你来了》的诗中，就已经写出了今天应该说出的话，于是我轻轻地吟诵着：

> "但我不信热血不仍在沸腾；
> 思想不仍铺在街上多少层；
> 甘心让来往车马狠命的轧压，
> 待从地面开花，另来一种完整。"

因为我似乎感觉到这冷寂的林徽因墓地里，仍然有林徽因的热血在沸腾！是的，林徽因生前有着许多官方头衔，诸如清华大学建筑系教授、北京市都市计划委员会委员、中华人民共和国国徽设计小组成员、人民英雄纪念碑建筑委员会委员、全国第一次文代会代表、北京市第一届人民代表大会代表等等，而且还是毛主席主持全国政协委员会鼓掌通过国徽图案时，就站在荣光照耀的位置上的国徽设计小组的代表。如此这般显要高贵的林徽因，不应当在生前受到尊敬吗？梁思成被批判、打倒、斗争、专政之后，也死于"文革"重重磨难的1972年……

唉！我总在想：历史怎样才能还其本来真实、公正、合理、尊严的面目呢？过去，我对林徽因的了解十分肤浅，甚至模糊茫然。只是通过阅读她的少数诗歌、散文，而认为她是一位（20世纪）30年代的欧化的唯美派诗人。从天安门城楼上的国徽，到天安门广场上的人民英雄纪念碑，再到八宝山革命烈士公墓里的林徽因墓地，我不但感觉到林徽因的热血仍在九泉之下沸腾，而且也被林徽因在诗中所写的："待从地面开花，另来一种完整"所感动。我一步一回头地离开了林徽因墓地。我无从知道哪一天，当我再来拜谒时，那块残破的墓碑，会换上新雕刻的墓碑吗？或者依然保持着"文革"中砸破的碑，只不过在墓侧另立一块石碑，碑上有新镌的铭文加以说明历史的真相……

我走出八宝山革命烈士公墓，沿路看着一座座墓碑一掠而过。我知道每一位安葬在墓园里的逝者，生前都有属于他自己的历史。但我不知道他们死后是否还会知道死后发生的历史？比如林徽因生前，学者胡适曾美誉林徽因是"中国一代才女"。林徽因逝世后，哲学大师金岳霖在林徽因灵堂敬献的是"一身诗意千寻瀑，万古人间四月天"。萧乾夫人文洁若在1992年第一期《随笔》杂志发表的《才女是可以双全的——林徽因侧影》的文章中说："林徽因是我平生见过的最令人神往的东方美人……林徽因的一举一动都充满了美感。"这真是才女赞才女、美人夸美人的千古绝唱。美国汉学家费正清的夫人费慰梅在《回忆林徽因》的文章中也曾经说过："她身上有着艺术家的全部气质。她能够以其精细的洞察力为任何一门艺术留下自己的痕迹。"

从北京回到昆明以后，我继续寻觅林徽因留下的艺术痕迹。我购买了或借来了梁思成、林徽因有关建筑学的论著以及林徽因的诗文集阅读学习。我终于逐渐走进了梁思成、林徽因的人生历程、艺术境界、建筑殿堂之中……

林徽因在1933年3月发表于《新月》杂志的诗《莲灯》中这样写道：

"算作一次过客在宇宙里，
认识这玲珑的生从容的死，
这飘忽的过程也就是个——
也就是个美丽美丽的梦。"

是的，林徽因活着的人生是个美丽的梦，死后的墓地也是个美丽的梦。她确实可以称得上是"玲珑的生从容的死"，生死都是美丽的梦。

林徽因祖籍福建福州。祖父林孝恂为清朝进士；父亲林长民曾任北洋政府司法总长等职。林徽因1904年6月10日出生于浙江杭州，幼时由祖父母抚养；8岁时，随家移居上海；12岁时，举家迁往北平，在北平培华女中读书。1920年4月，林徽因16岁时，跟父亲林长民为国联之事远赴欧洲。在伦敦期间，林徽因受到房东女建筑师的影响，对建筑学产生了强烈的兴趣。也就在此时，她认识了1921年赴英国剑桥大学当特别生的诗人徐志摩，从而对新诗也萌发了特别的爱好。建筑学和新诗这两粒种子，在这位聪慧的少女心里同时播下，从而决定了林徽因的一生命运。第二年林徽因随父亲离开欧洲回国，继续就读于北平培华女中。

林徽因1923年便开始参与徐志摩、胡适等在北平成立的新月社的文学活动。林徽因始于伦敦的与徐志摩的恋情，因徐志摩已有妻室，加之年龄差异颇大，19岁的她遵从父意，终于用理智克服了感情。徐志摩也中断了对林徽因的爱情追逐，在《偶然》这首诗中宣告，"我是天空里的一片云/偶尔投影在你的波心/你不必讶异/更无须欢喜/在转瞬间消灭了踪影/你我相逢在黑夜的海上/你有你的方向/我有我的方向/你记得也好/最好你忘掉/在这交会时互放的光芒"。虽然林徽因与徐志摩抑止了爱情，但他们依然保持着纯真的友情。后来的徐志摩之死便与此有关……

1924年6月，林徽因与父亲为她选定的梁启超长子梁思成结伴飞离北平赴美国宾夕法尼亚大学留学；本想双双就读建筑学，但因建筑系不招收女生，林徽因便改而攻读该校美术学院，同时选修建筑系课程。这便是林徽因与梁思成的学识与爱情的青春时代。林徽因到美国留学的第二年，即1925年底，父亲林长民在北洋军阀与奉系军阀混战时，牺牲于不明不白的枪林弹雨之中。这一惨剧，对林徽因的精神打击很大。但她仍坚守父亲生前的愿望，刻苦学习，于1927年获美术学院学士学位；梁思成获建筑系学士学位，双双毕业于宾夕法尼亚大学。他俩从美国转赴加拿大渥太华。1928年3月12日，由时任中国驻加拿大领事馆总领事的姐夫周希哲和姐姐梁思顺在领事馆的客厅里为他俩举行了婚礼。接着这对恩爱夫妻开始了长达5个月的漫游欧洲的蜜月之旅。直到8月从苏联乘火车回国，又从北平赶赴沈阳东北大学组建了中国第一个建筑系。3个多月后，梁启超病危，梁思成、林徽因立即赶回北平伺候。1929年1月19日下午，梁启超溘然长逝，终年57岁。梁启超这位中国近代思想文化界的巨子，安葬于北平香山卧佛寺旁的山坡上，墓碑便是梁思成、林徽因共同设计的第一件作品。两年后，梁思成、林徽因怀抱他们不满三岁的女儿梁再冰离开东北大学回到北平，开始了他们孜孜不倦、苦苦追求的建筑学研究与艺术创造的人生岁月；他们居住的东城北总布胡同3号的小四合院成为文化名人徐志摩、金岳霖、张奚若、周培源、钱端升、沈从文、萧乾等经常聚谈的场所；客厅也被誉为"太太沙龙"……

在这里，不能不提到林徽因在北平期间发生的一个凄美动人的故事。1931年初，徐志摩与陈梦家、方玮德创办了中国第一份《诗刊》杂志，对新诗运动起到了推动的作用。也因着徐志摩的约稿，林徽因于1931年4月在《诗刊》第二期发表了她的第一首诗《谁爱这不息的变幻》，从而引起诗坛的关注。但林徽因依然与梁思成专注于中国古建筑的考察与研究，时至11月11日徐志摩因事去了上海，随后又转道南京。而11月19日当晚，林徽因将在北平协和礼堂举行中国古建筑学术的英文演讲。徐志摩从电报得知后，为了赶回北平聆听林徽因的演讲，却因当天没有班机，便想方设法从南京乘了一架空运邮件的小飞机急飞北平。飞机在徐州降落下客后，再次起飞，因为雾浓云重，在山东济南附近撞山坠机，徐志摩不幸遇难身亡。林徽因、梁思成得知这一噩耗后，便在当晚，两人一起用铁树叶和白花制作了哀悼的花圈。林徽因悲痛欲绝、胸怀磊落地写了《悼志摩》的长文，发表在1931年12月出版的《北平晨报》"哀悼志摩专号"上。林徽因在文中写道："……张开口我们不会呼吁，闭上眼不会入梦，徘徊在理智和情感的边沿，我们不能预期后会，对这死，我们只是永远发怔，吞咽苦涩的泪，待时间来剥削着哀恸的尖锐，痂结我们每次悲悼的创伤。"林徽因之所以特别哀悼，是因为她知道徐志摩的空难之死，是为着赶回北平于当晚亲临现场听她的建筑学演讲。这极度的悲痛又何时能了？1931年11月22日，梁思成从北平赶赴济南参加处理徐志摩后事时，林徽因还专门嘱咐梁思成带回一块失事飞机的残骸。林徽因用一块白绫包起那块飞机残骸，一直存放在家里，伴随终生。徐志摩遇难4年后，林徽因又写了《徐志摩去世四周年》的长文，发表于1935年12月8日《大公报·文艺副刊》上。文章一开头便这样写道："今天是你走脱这世界的四周年！朋友，我们这次拿什么来纪念你？前两次用香花感伤地围上你的照片，抑住嗓子底下叹息和悲哽……"我们从林徽因悼念徐志摩的两篇文章的字里行间，除了能看见她的泪珠，还能看见她品德的高尚、思想的坚贞。徐志摩是为不能忘却的爱而死，林徽因是为弥足珍贵的情而悲。这在中国诗坛早已传为佳话。

现在我们再从诗文转而追寻林徽因的建筑学事业的足迹。从我们现在掌握的资料来看，仅从1930年到1945年间，林徽因与梁思成在中国的黄河南北、长江两岸的大地上，亲临河北、山西、北平等15个省市的200多个县，考察了各地上千个古建筑物；1936年夫妻共同登上北京天坛祈年殿的屋顶，开创了女人把皇帝祭拜上天的神圣殿堂踩在脚下的先例。他们对许多古建筑物作了测绘，写出论著，从而开始创建并发展了中国前所未有的建筑学科，其成就之卓越、学术之精深，对文物保护所起到的巨大作用，都得到了中国和世界建筑学界的认同与敬佩。

当我通过各种论著、多篇文章，对林徽因、梁思成所考察研究过的上千座的其中有几百年、上千年的古建筑物产生了可阅读而不可仰望、更不可亲临现场的敬畏感的时候，有文友告诉我：你虽然无法去全国各地观赏林徽因、梁思成所考察研究过的古建筑物，但你却完全能够去瞻仰这两位建筑学大师在他们一生中唯一亲自建筑并居住过的一幢房屋，并且那房屋就坐落你的身边，屹立在你的眼前……

这真是让人喜出望外！原来林徽因、梁思成的人生轨迹与建筑学、文艺创作的某些珍贵的遗留，并非都是那么远在千里之外而遥不可及，他们有一段已经远逝了的历史，依然留存在我们昆明市的同一片蓝天白云之下，同一条静静奔流的盘龙江边，同一个声名远扬的龙头村里，那就是被昆明市政府于2003年5月依法公布为市级文物保护单位的"梁思成、林徽因旧居"。

可是，拜访梁思成、林徽因旧居的愿望，却被各种原因把时间的距离拉得很长。经过许久的期待，终于在昆明市盘龙区宣传新闻中心的安排下，在今年初秋的那一天得以实现。当我们驱车来到龙头村棕皮营，仿佛是投身于梦醒的城市里的乡村或正在寻梦的乡村里的城市，虽然梁思成、林徽因旧居作为市级文物保护单位已有8年，但漫长的岁月过去，我们眼前看到的，除了镶嵌在大门右侧围墙上那块雕刻着"梁思成、林徽因旧居"的碑石，连块说明碑文都还没有竖立；门前墙外是一片残砖乱石，几丛杂草蔓生。环顾周围，尽管东南西北都耸立着一幢幢新建的钢筋水泥高楼大厦，但"梁思成、林徽因旧居"就凭着它那块"文物保护单位"碑石的文化力量，让房地产开发商拆迁者的庞大强力机械，未敢越过保护范围半步，而只不过让肩并肩、胸贴胸的楼群遮挡了东方的朝阳或西边的夕阳，无法阻拦的只是南来北往或北吹南刮的一阵阵冷风，还有那从阅读史料中得知的初建时"这里茂林修竹、田畴水塘、景色优美"的自然生态早已不复存在而无法不感慨万千。我不禁伏在门缝上窥视那被红色砖墙拥抱着的那片121.87平方米土地上平实素朴的旧居，依稀可见庭院里的绿树红花，偶尔还能听到三两声小鸟的啼鸣……

我正惶恐于友人说的，曾有拜访者要么找不到旧居，要么找到旧居而被锁拒在门外不得入内。幸好我们是事先联系安排好的。等没多久，一位中年人微笑着走到门前，掏出钥匙给我们打开了大挂锁，推开了两扇铁门；在跨进院内的那一步，在与这一步同时看到院内的生机盎然的景物时，说真的，我的精神为之一振。据介绍，开门者即守护者，是当年老房主的亲家的入赘孙女婿，名叫顾彪。只是出于对祖上和对梁思成、林徽因的尊敬与感情，顾彪从20世纪80年代起就住在这里，熟悉这里的一砖一瓦、一草一木，便指点着讲述着这座旧居敞开着的往事以及隐藏着的故事……

林徽因、梁思成之所以携全家来到昆明，那得从抗日战争说起。1937年7月，正当他们在山西五台县发现唐代佛光寺为一千多年的古建筑而欣喜不已的时候，北平爆发了七七卢沟桥事变。当他们绕道急忙赶回北平北总布胡同3号家中，只见宋哲元部29军已在家门口挖了战壕，准备与日军大战一场。林徽因在当时由北平寄往北戴河女儿梁再冰的信中记下了这段珍贵的史料："……我们这里一时也很平定，你也不用记挂。我们希望不打仗事情就可以完；但是日本人要来占北平，我们都愿意打仗，那时候你就跟着大姑姑那边，我们就守在北平，等到打胜了仗再说。"信刚发走，中国守军就悄悄地撤走了。7月28日，日军占领北平。一天，落款为"大东亚共荣协会"的请柬送到家中，邀请梁思成、林徽因出席一个联谊会议。林徽因把日本人的请柬撕碎了。几天后的一个清晨，他们全家带着简装的行李离开了日寇铁蹄下的北平……他们乘车乘船又乘车，几经辗转，经天津越过大海到烟台再到潍坊转济南，又从济南经徐州、郑州、武汉，于9月中旬到达长沙。这时从北大、清华、南开等大学南下的教授们也都聚集在长沙，准备南行前往昆明。就在11月下旬的一天下午，日军第一次轰炸长沙；炸弹摧毁了他们暂住的楼房，一家人逃跑中，又有一颗炸弹落在身边，幸好没有爆炸，才得以幸存。四处无居所，便和北平老邻居金岳霖住进长沙圣经学院。就在那么硝烟未散的几天中，北平文化界著名人物沈从文、曹禺、张奚若、杨振声、闻一多、朱自清、孙伏园、萧乾等又与林徽因、梁思成欢宴聚谈，但在日机轰炸下的长沙，已没有北平"太太沙龙"的气氛了。

长沙当然不能久住。11月底，梁思成、林徽因一家老小5口人，乘上公交客车取道湘西前往昆明。一路上行行停停，从常德到沅陵，还抓紧时机浏览了城西北山坡上的唐代建筑龙兴寺；接着又前行从辰溪、怀化到晃县，在这湘黔交界的边地，林徽因患了肺炎，高烧不止，医治半月后病情才得好转。这次重病，埋下了林徽因后半生肺结核的病根。接着便抱病乘车过贵阳、安顺、镇宁、普安，进入云南的富源，经曲靖，终而到达此行的目的地昆明……

一路上，林徽因都画了详细的地图，教女儿梁再冰辨认并牢记；这才留下了当年的行程记录。之所以把林徽因、梁思成一家人从1937年8月离开北平到1938年1月到达昆明的旅途作上述简略介绍，只不过想说明一点：他们含辛茹苦，饱经忧患，到达昆明真不容易啊！

林徽因和她母亲、丈夫梁思成、女儿梁再冰、儿子梁从诫一家5口人刚到昆明时，借住巡津街9号，名为止园的前昆明市长在盘龙江边的一座旧宅，倒也宽敞宁静。但不久主人将房屋收回他用，林徽因一家便迁到翠湖边租房居住。这时沈从文、杨振声、萧乾、金岳霖等也住到了翠湖边离西南联大不远的北门街上蔡锷将军的旧居；还有李公朴开办的北门书屋；这些场所又成了文友们聚谈相会的沙龙。这些日子的生活，林徽因久久难忘，在她后来回到北平写的几首诗中都留下鲜明的记忆。比如发表于1948年2月《经世日报·文艺周刊》第58期上《昆明即景》中的《小楼》，便是写邻居"张大爹临街的矮楼，半藏着，半挺着，立在街头，瓦覆着它，窗开一条缝，夕阳染红它如写下古远的梦"；写顺城街的《茶铺》"这是立体的构画，描在这里许多样脸，在顺城脚的茶铺里，隐隐起喧腾声一片"；再如发表于1948年5月《文学杂志》第二卷12期的《对北门街园子》："别说你寂寞；大树拱立，草花烂漫，一个园子永远/睡着；没有脚步的走响。你树梢盘着飞鸟，每早云天/吻你额前，每晚你留下对话/正是西山最好的夕阳"……

可惜作为抗战大后方的昆明，林徽因在这些诗中所描绘的平静生活，没有持续多久，便被日军的飞机在1938年9月28日第一次大轰炸中，用硝烟和弹片破坏了。正如当年西南联大学生汪曾祺写的《跑警报》那样，人们一听见警报声从市中心的五华山响起，便放下一切跑往郊外田野或山林躲避轰炸。于是，与其跑躲，不如外迁。先后相继有吴文藻、冰心夫妇；沈从文、张兆和夫妇以及费孝通等迁往南郊呈贡；闻一多全家、朱自清全家迁往北郊；而由傅斯年、顾颉刚、冯友兰、杨振声等主持的中央研究院历史语言研究所则迁至龙头村宝台山的弥陀寺。研究院拥有的大量历史语言学术图书资料也一同搬到弥陀寺。大殿成为当时中国最完整的文史图书馆。而这些图书资料也是梁思成、林徽因、刘敦桢所领导的中国营造学社必须依靠使用的。为便于建筑学研究的需要，他们便随之迁到龙头村邻近的麦地村兴国庵内……

兴国庵我们也曾进去拜访过。从石碑上铭刻的"大清嘉庆三年冬吉住持"得知建庵年代。这是土木结构建筑，占地面积446.5平方米。经火灾后重建，现更名为"兴国禅林"。就由于中国营造学社在庵内办公居住过，虽然至今依然香火兴旺，也被公布为盘龙区重点文物保护单位。当年庵内最大的娘娘殿，也是营造学社的办公室，临时搭建的绘图木板与供奉香火的案头摆在一起，诵经声在烛光闪闪中悠悠飘落。林徽因一家就住在大殿旁的一间泥土地的小屋里，阴暗潮湿难耐，便撒些石灰吸水。学社的其他成员和眷属，也挤在庵内的几间小屋里。就这样凑合着住了半年多。其间梁思成结识了龙头村里的李荫春先生。李先生是位国语教师，早在1919年就与苏鸿纲、徐嘉瑞等文人创办了昆明私立求实中学，在文化教育界享有盛名。李先生在兴国庵看到梁思成、林徽因一家老小居住的艰难处境，便乐意把他家后院的一块园地借给梁林夫妇建造居住的房屋；以他们走后房屋便归他所有为条件。双方协商达成君子协定，取代了世俗的文字契约。于是，1939年5月，梁思成、林徽因这对踏访、考察、研究过上千座中国古代建筑物的夫妇，在龙头村中的棕皮营、金汁河畔的古树旁，开始了由他们自己设计绘图，自己购买材料，有时甚至自己当小工建造的第一幢也是最后一幢住房……

历史事实证明，抗日战争时期在昆明工作过的上百位文化名人，他们都是租借民房或寺庙暂住栖身的。而唯一自己出资并动手建造住房的，便只有梁思成、林徽因。也许与他们夫妇平生从事建筑学研究有关，或者是出自他们夫妇对生活的热爱、对人生的信心、对家庭的关怀、对抗日战争胜利时日的坚忍期待？而且他们夫妇当时的经济收入微薄，加之抗战时期物价飞涨，在建造过程中，他们夫妇"不得不为争取每一块木板、每一块砖坯，乃至每根钉子而奋斗！"直到房屋建成，花费的钱财已超出原先预算的两三倍，不仅耗尽了所有的积蓄，还欠了许多债务。当时林徽因在给友人的信中写道："现在我们已经完全破产，感到比任何时候都惨。米价已涨到一百块一袋，我们来到的时候是三块四，其他所有的东西涨幅差不多一样。"这种生活困境，直到1940年9月，收到美国汉学家费正清夫妇汇来给林徽因治病用的100美元支票，才得以还清了建房的借款……

此时，面对70多年前建造在李荫春家土地上的而今已成为"昆明市市级文物保护单位"的"梁思成、林徽因旧居"，我心里仿佛有许多话想大声地对"旧居"说，但一转念，我改而轻声地说出了："梁思成、林徽因你们好！"

在龙头村民居建筑"一颗印"的房群中，梁思成、林徽因自己设计建筑的这座土木结构平房，确实与众不同。青瓦白墙，紫漆门窗，80平方米的三间正房坐西向东，一棵开着黄花的槐树，一棵挂着红果的桃树，一棵披着绿叶的柏树，用它们的枝枝叶叶抚摸着低矮的房檐；房顶的青瓦犹如倾斜的天空。在主房的对面建有一排稍为窄小的坐东向西的附属房，也是三间，南边的那间住保姆，中间的那间为厨房，其间伸出一堵风火墙，阻隔着北边那间柴房，以防范火灾。主房与副房之间留有一条通道，自然形成长方形的小庭院；有狗尾草随意生长、蒲公英竞相开放，倒也幽然成为风景。我们分别从主房侧门走进住房，东西北面各有木格长窗，采光明亮。靠北边的那间较小，为林徽因的母亲领着他们11岁的女儿梁再冰居住，正中的那间较大，为梁思成、林徽因领着他们8岁的儿子梁从诫居住；两室之间有内门相通，便于照应。靠南边最宽敞的那间作客厅，为友人们相聚畅谈的场所。最具特点的是吸收了西方建筑的模式，在客厅的西墙下修造了壁炉，寒冷时便投燃柴炭取暖；需要引起留意的是两间住房和客厅都安装了松木地板，屋里不再像兴国庵内的泥土地面那样潮湿了。对这座房屋，林徽因理所当然地充满了感情。她在给远在美国的友人的一封信中曾经这样写道："有些方面它也有些美观和舒适之处。我们甚至有时候还挺喜欢它呢。"不过，我们此时所看到的是，室内没有梁思成、林徽因遗留的或征集得来的任何文物资料的陈设，总是显得有些空寂或失落。但有当下房主顾彪满怀深情地用龙头村乡民的方言，像博物馆的讲解员那样告诉我们，这座土木建筑的平房，1939年年中动工，经过半年多施建，于1940年2月春节前入住。但这座花费巨大又称心如意的新建房屋，梁思成、林徽因一家人只居住过9个多月。这是由于日机对昆明的狂轰滥炸，昆明已不太安全，国民政府指示中央研究院历史语言研究所、中央博物院等科研院所再次往大后方的大后方迁移。为了利用史语所的图书资料，中国营造学社也如前一样跟着史语所转移去四川宜宾的乡下李庄。林徽因带着母亲和儿女乘坐史语所提供的大卡车，于1940年11月29日驶离昆明。梁思成因为行前突然生病高烧不止，便留下来医病。那时由于西南联大在四川找不到适宜的地点搬迁，只好继续留在昆明，金岳霖便照旧住着他在梁思成、林徽因夫妇主房加建的"耳房"；后来陈梦家也从城里搬来住进了梁思成、林徽因的房屋。直到抗战胜利，西南联大北迁，这座房屋才遵照当初的协议，无偿归属土地主人李荫春所有。此后，这座房屋旁的大块空地便建成私家花园，成为小有名气的棕皮营花园。解放后的很长时间内，园林与房屋一并被村里的生产大队卫生所使用。改革开放有了新政策，这才物归原主。1982年房主李先生去世，他儿子在北京工作，无直系子女接收，便请亲家代管。2003年，房子被市政府公布为市级文物保护单位后，对外表作过必要的修缮，就是我们现在看到的这般模样……

这么一讲，这座房屋的历史就颇为清楚了。想想，林徽因、梁思成离开他们所建的这座至亲至爱的房屋已有70多年，其间又经历了这么多的周折，能完整地把房屋保存下来也就十分幸运了。周围有多少古代的"一颗印"民居建筑，都早已灰飞烟灭，变成一座座高楼大厦了。所以，当我走进这座房屋，仿佛仍感觉到林徽因、梁思成的音容笑貌，像一幅幅水墨画张贴在墙壁上；林徽因、梁思成的气质精神，依然在旧居里飘逸闪耀。我虽然是第一次进入这座"旧居"，但似乎已在梦中来过。我不禁伸手去抚摸墙壁，抚摸房门，抚摸窗棂，抚摸壁炉，甚至弯下腰去抚摸地板；然后又抬起头来抚摸木柱上的一颗生锈的铁钉……我说不清我的抚摸是刚才问候林徽因、梁思成的延续呢，还是想在旧居里寻觅当年林徽因写下的那些优美的诗句，想象当年梁思成在这里绘下的那些珍贵的古建筑图案……

当年，无论林徽因在麦地村兴国庵还是龙头村这座新建的房屋里工作或生活，都是十分辛苦劳累的。这里是远郊农村。那时没有电灯，点的是菜油灯；没有自来水，用的是从水井里提到瓦缸里储存的水；没有煤气焦炭，烧的是煤灰掺沙土和成的小煤球；没有电话，不是写信就得靠走路传话。林徽因为了增加收入，常常要走半天路、翻三四座小山头进到城里在云南大学讲授英语；回来还得买些物品挂在肩上；搬到这座新建的房屋以后，每天来回往返于龙头村住所到麦地村兴国庵的乡间小路。不过，林徽因走在金汁河的堤岸上，看古老的柏树、桉树在风中起舞，听河里的浪花从松华坝流向滇池吟唱的山歌；有时兴趣来了，还会走到附近的瓦窑村里，蹲在土窑边，观赏那些刚出窑的陶器，与制陶烧陶的师傅畅谈而忘了要赶回家去烧火做饭。在这种清贫艰苦的日子里，林徽因的精神没有被压垮。就在开始动工新建龙头村的这幢房屋时，林徽因在兴国庵内写了一首新诗，寄托着她对抗日战场上的牵挂。那是发表在1939年6月28日香港《大公报·文艺副刊》上的《除夕看花》："新从嘈杂着异乡口调的花市上买来，碧桃雪白的长枝，同血红般的山茶花。着自己小角隅再用精致鲜艳来结彩，不为着锐的伤感，仅是钝的还有剩余下！明知道房里的静定，像弄错了季节，气氛中故乡失得更远些，时间倒着悬挂；过年也不像过年，看出灯笼在燃烧着点点血，帘垂花下已记不起旧时热情、旧日的话。……月色已冻住，指着各处山头，河水更零乱，关心的是马蹄平原上辛苦，无声的刻画，除夕的花已不是花，仅一句言语梗在这里，抖战着千万人的忧患，每个心头上牵挂。"这样的诗句在70多年后，在这幢房屋已建成又变为"梁思成、林徽因旧居"的房间里想起来，我忍不住沁出了泪水……可是当我想到林徽因也曾在兴国庵潮湿拥挤的小屋里写过的另一篇题目为《彼此》的散文时（发表在1939年2月5日《今日评论》第一卷6期），我又禁不住为林徽因的坚强风骨而激动起来。她这样写道："……经过炮火或流浪的洗礼，变换又变换的日月，难道彼此脸上没有一点点记载这经验的痕迹？但是当一整片国土纵横着创痕，大家都是'离散相失……去故乡而就远'，自然'心婵媛而伤怀兮，眇不知其所跖'……我认得有个人，很寻常地过着困难日子的寻常人，写信给他的朋友说，他感到无论如何在这时候，他为这可爱的老国家带着血活着，或流着血或不流着血死去，他都觉得荣耀，异于寻常的，他现在对于生与死都必然感到满足。这话或许可以在许多心弦上叩起回响，我常思索这简单朴实的情感是从哪里来的。信念，像一道泉流透过意识，我开始明了理智同热血的冲动以外，还有个纯真的力量的出处。信心既可产生力量，又可储蓄力量。"

　　我之所以引录林徽因在昆明郊区麦地村兴国庵写的诗文，只是想让我们了解一位柔美却又坚强、善良贤淑却又热血澎湃、真实可敬的林徽因。这就是她和梁思成为什么要在龙头村借地负债也要建造自己的住房的精神之所在。在长江、湘江两岸从炮声隆隆到太阳旗挥舞着步步进逼；从《义勇军进行曲》的歌声唱遍黄河南北到日寇刺刀戳向中华民众的胸口而让鲜血染红了南京的大地；林徽因此时在她的诗文中表达的是一种信心和这种信心产生的力量。为此，直到今天和今后，我们当然要重视"梁思成、林徽因旧居"保存着的市级文物所必然要显示出的文化价值；但是我们也要发掘、发现、发扬在抗日战争最为艰险、艰苦、艰难的岁月里，林徽因为什么还那样充满信心地不断写出情感燃烧、艺术精美的诗文？梁思成为什么还那样执着顽强地持续考察与研究祖国古建筑并写出了开创性的能够以古为荣、光耀千秋的学术巨著《中国建筑史》？就是在昆明期间，梁思成于1938年冬天便调查测绘了昆明和近邻的安宁以及楚雄、姚安、大理、丽江、鹤庆等地的古代建筑物50余处，还考察了昆明的民居建筑。1939年9月到1940年2月期间，梁思成和刘敦桢率领中国营造学社人员调查测验了四川、西藏35个县的古建筑达730多座。梁思成两次长期外出，林徽因则留守中国营造学社在古老的兴国庵、在自建的新屋里研究、整理梁思成他们的调查测验资料，还为云南大学设计了女生宿舍"映秋院"等等。当我在"梁思成、林徽因旧居"的房间里走来走去的时候，我产生了某种想法：只有把物质的和非物质的文化遗产结合交融，不但"旧居"将会得到更加有效的保护，而且"旧居"也必将会为昆明历史文化名城增添更加辉煌的历史文化光彩。因此，我向陪同我们访问的一位有关领导说，如果像湘西凤凰县城的沈从文故居那样，将来能够对"梁思成、林徽因旧居"进行必要而又有可能的历史文化从形式到内容的充实与展览，那么这里肯定会成为昆明一个新的旅游文化亮点。我认为，文物保护单位的历史文化分量，绝不是文物保护的某个级别就能界定或限制的。从某种程度上讲，有的级别低的文物单位其影响甚至有可能超过有的级别高的文物单位。而"梁思成、林徽因旧居"的文物价值及影响，绝不是某某级别就能体现的。建筑当然是文化，是凝固了的艺术。如果"梁思成、林徽因旧居"，不是梁、林设计建造并且居住过，那么其建筑物本身的文化艺术就不会有现在如此璀璨夺目了。我们仅就"梁思成、林徽因旧居"的主人对中国营造学社所作出的重要贡献；以及与之相关的中国营造学社当时又对中国古建筑的考察、研究和保护所作出的贡献；这两者都可以认为是前所未有的。这么一来认识，"梁思成、林徽因旧居"就不仅仅是一般的土木结构建筑物了，需要升华的是这幢平凡的建筑物里所包容着的不平凡的历史文化内涵；梁思成、林徽因在日军轰炸昆明的战争危机之中，还那么沉着坚毅、不畏艰难的生活着，快乐着，奉献着，这种精神不是特别感人么？

而且，"梁思成、林徽因旧居"除梁、林主人之外，还有哲学大师金岳霖也在这里居住过，他扩建的"耳房"不仅在当时，就是现在也仍然是一道独特而又普通、迷人而又淡然的风景线。为了拓宽和深入"旧居"的历史文化范畴，我随之走进"耳房"，去探寻金岳霖的故事……

为了认识"耳房"，我曾经粗略查阅过金岳霖的某些历史资料。金岳霖1895年8月出生于清朝从事洋务的一位三品官员的大宅中，1984年10月逝世于北京，享年89岁。金岳霖1914年19岁时毕业于清华学校；后公费赴美国留学；1920年25岁时获美国哥伦比亚大学博士学位，后赴英国留学，深受英国哲学家休谟、摩尔、罗素等的影响；在此期间还同时去德国、法国进修，可以说是欧洲主要各国哲学的博学之士。金岳霖留学多年后于1925年回国，即就任清华大学逻辑学教授，开中国逻辑学教育之先例。第二年，金岳霖创办清华大学哲学系并任系主任；从事哲学教学6年之后，1931年还到美国哈佛大学短期进修后又重回清华大学任教。此后，从1938年到1946年间在昆明任西南联合大学哲学系教授长达8年之久。抗战胜利后，西南联大撤销，清华大学从昆明搬迁回北平，金岳霖历任哲学系主任，文学院长；1952年全国六所大学即北京大学、清华大学、燕京大学、南京大学、武汉大学、中山大学的哲学系合并为北京大学哲学系，金岳霖任教授兼系主任；1955年调任中国科学院哲学研究所任研究员兼副所长；1979年任中国逻辑学会会长……

金岳霖一生从事哲学研究与教学，并有许多重要著作在国内外发表与出版。但他本人最看重的是三部巨著，即被列入"大学丛书"1936年出版的《逻辑》，被当年誉为"国内唯一具有新水准的逻辑教本"；1940年《论道》出版，获得国家教育部优秀学术著作二等奖；1948年哲学巨著《知识论》出版，获得学术界高度评价。晚年著有《罗素哲学》，逝世4年后才得以出版。有评论家指出：金岳霖仅凭《逻辑》《论道》《知识论》这三部著作，就已经"使他成为体系精深、世界闻名的哲学家"了。清华大学哲学教授张岱年曾在《忆金岳霖先生》一文中引用他哥哥张申府的论述，"如果中国有一个哲学界，金岳霖先生是哲学界第一人"。接着张岱年还补充道："金先生以严密的逻辑分析方法讨论哲学问题，分析之精、论证之细，在中国哲学史上，可谓前无古人。"清华大学文学院长冯友兰则说，金岳霖在中国现代思想史上开创了"三个第一"："中国第一个真正懂得近代逻辑学的人；中国第一个懂得并且引进现代逻辑学的人；是使认识论和逻辑学在现代中国发达起来的第一个人。"

就这么一位中国近代史上的哲学大师金岳霖，怎么会成为"梁思成、林徽因旧居"的"耳房"房客呢？这首先得从1921年说起。这一年徐志摩、金岳霖都在英国伦敦留学，他们是好朋友。如前所述，其间林徽因与父亲林长民也在伦敦。他们就此而互相认识，互有好感。1931年11月徐志摩因乘邮政小飞机从南京赶回北平聆听林徽因用英文演讲中国古建筑而在济南附近撞山遇难，林徽因悲痛至极，金岳霖是了解而钦佩的，因为从那时起，金岳霖与梁思成、林徽因一家同住北平北总布胡同3号一座四合院里。只不过林徽因全家住前院，是大院；金岳霖一人住后院，是小院，另有旁门出入。那时金岳霖在清华大学任教，清华园也有宿舍，在清华上课时就头天从城里去学校，第二天上课。不上课时，金岳霖就住在北平城里写作，一般除早餐外，中、晚都会去林徽因家吃饭。因为金岳霖是单身汉，不便开火做餐。如此一直到1937年七七事变。在长达6年的时日里，林徽因家成了北平文化名人聚会的沙龙而被称为"太太的客厅"。睦邻而居的金岳霖与林徽因此时产生了恋情。这段"爱和友谊"的往事是林徽因逝世多年后，梁思成讲给他的第二位夫人林洙并由林洙写进书里公开出版而广为人知的。梁思成说："……可能是1932年，我从宝坻调查回来，徽因见到我时哭丧着脸说，她苦恼极了，因为她同时爱上了两个人，不知道怎么办才好。她和我谈话时一点不像妻子和丈夫，却像个小妹妹在请哥哥拿主意。听到这事，我半天说不出话，一种无法形容的痛楚紧紧地抓住了我，我感到血液凝固了，连呼吸都困难。但是我也感谢徽因对我的信任和坦白。她没有把我当成一个傻丈夫。怎么办？我想了一夜，我问自己，林徽因到底和我生活幸福，还是和老金在一起幸福？我把自己、老金、徽因三个人反复放在天平上衡量，我觉得自己尽管在文学艺术各方面都有一定的修养，但我缺少老金那哲学家的头脑，我认为自己不如老金。于是，第二天我把想了一夜的结论告诉徽因，我说，她是自由的，如果她选择了老金，我祝愿他们永远幸福。我们都哭了。过几天徽因告诉我说，她把我的话告诉了老金。老金的回答是：'看来思成是真正爱你的，我不能去伤害一个真正爱你的人，我应该退出。'从那次谈话以后，我再也没有和徽因谈过这件事，因为我相信老金是个说到做到的人，徽因也是个诚实的人。后来的事实证明了这一点。所以我们三个人始终是好朋友。"

我之所以抄录梁思成的这段真诚的自白，是因为除了梁思成自己，任何友人或作家都不可能把金岳霖与他们夫妻间的关系说得如此真切和透彻。从1932年初到1937年8月，长达5年间他们前院后院的邻居、中餐晚餐的同桌、周末假日的聚谈，相互间没有诚实、信任、道德，能维持好朋友的关系吗？美国友人费正清的夫人费慰梅都说老金"实际上是梁家后来加入的一分子。"但他们爱情与友谊泾渭分明，道德底线坚如真金。

1938年到达昆明后，西南联大的教授们大都住在翠湖附近，因为那里离西南联大、云南大学校址不远。梁思成、林徽因一家住北门街时，金岳霖住处离他们家不远。那时，金岳霖最驰名于师生间的故事是，他饲养了一只老公鸡，有空便抱着公鸡出去与昆明的小朋友们斗鸡玩；那只老公鸡简直成了他的亲密好友，还常常跳到饭桌上与他一起进餐，伸出长脖子到他的碗里啄饭吃……

1940年初春，金岳霖与一些朋友从城里到龙头村梁思成、林徽因刚建成的新屋聚会。金岳霖很自然会想起北平两家人同住北总布胡同前院、后院的那些日子。但此时新建成的房子只有三间，没有金岳霖的栖身之地。这当然难不倒建筑学家梁思成。他拉起金岳霖走到新房的外头，当即商量决定在南边加盖一间比正房稍微矮小一点的"耳房"。而且很快建成后，金岳霖就从城里搬来入住了。原先我以为

"耳房"是在门外另开门户,像北平的北总布胡同的前院、后院那样各有出入通道。但这间"耳房"只在自己的东西南墙上各开三个小窗,房门却是从里边开,连着梁思成、林徽因家的客厅,简直就像是一只灵敏通窍的"耳朵"了。对此,林徽因当时给远在美国的友人费正清的夫人费慰梅的信中写道:"我们现在住在离昆明城8英里的中等规模的村子尽头新建的一所居室的住宅里。它周围的风景还不错,没有军事目标……春天里老金在我们的住宅尽头处加了一间'耳房'。这样整个北总布胡同集团现在就齐了,但天知道能维持多久。……日本鬼子的轰炸或歼击机的扫射都像是一阵暴雨,你只能咬紧牙关挺过去,在头顶还是在远处都一样,有一种让人呕吐的感觉。可怜的老金,每天早晨城里有课,常常要在早上五点半从这个村子出发,而还没有来得及上课,空袭就开始了,然后就得跟着一群人奔向另一个方向的另一座城门、另一座小山,直到下午五点半,再绕许多路走回这个村子,一天没吃、没喝、没工作、没休息,什么都没有,这就是生活……"

尽管"大后方昆明"常常处于日帝飞机的炸弹轰炸、子弹扫射,生活如此艰辛,可是在小小的"耳房"里,金岳霖照样睡觉,读书,写作,按其生活哲学怡然自得地生活着。《论道》这部书就是在"耳房"里修改定稿,于1940年出版的。对这部书,冯友兰认为是新理学的重要著作,是"现代化与民族化融合为一。论道的体系确切是'中国哲学',并不是'哲学在中国'"。金岳霖在写《论道》的同时,也就开始写作构建新儒学体系的《知识论》了。金岳霖曾在"自述"中写道:"花时间最长,灾难最多的是《知识论》那本书。这本书我在昆明就已经写成。那时候日帝飞机经常来轰炸,我只好把稿子带着跑警报,到了北边山上,我就坐在稿子上。那一次轰炸的时间长,天也快黑了，我站起来就走，稿子就摆在山上了。等我记起回去，已经不见了。只好再写。一本六七十万字的书不是可以记住的，所谓再写只可能是从头再写新的……"这部"新的"《知识论》，金岳霖也是在"耳房"里开始"再写"的。请看，在金岳霖一生中最重要的三部哲学著作中，就有他较为满意的两部著作与"耳房"存在着密切的"血缘"关系。但过去人们也许并不太关注"耳房"为金岳霖的哲学著作所提供的良好的写作环境，包括住房与精神两个方面的条件。然而这也是认识"梁思成、林徽因旧居"的历史文化价值所不可或缺的内容。以往不少人士往往感兴趣于在正房与"耳房"之中同住一屋的金岳霖与林徽因的"爱和友谊"的关系。是的，金岳霖的"耳房"，与梁思成、林徽因的卧室之间只隔着客厅，他们说话的声音稍大一点便能相互听见。"耳房"成了聪慧的"耳朵"。有一封林徽因在1940年9月给美国朋友费慰梅写的信，可以说明他们之间的生活距离是何等的亲近。林徽因在信中写道：

> "亲爱的慰梅和费正清：读着你们8月份最后一封信，使我热泪盈眶地再次认识到你们对我们所有这些人的不变的深情……战争，特别是我们自己的这场战争，正在前所未有的阴森森逼近我们，逼近我们的皮肉、心灵和神经。而现在却是节日，看来却正像是对——逻辑的一个讽刺（别让老金看到这句话）。老金无意中听到了这一句，正在他屋里咯咯地笑，说把这几个词放在一起毫无意义。……"

因为金岳霖教的是"逻辑"，林徽因写好后先给梁思成读信时，他在对面屋里听到便咯咯发笑，由此林徽因才又在信中添写了老金的反应。而老金与费氏夫妇也是好朋友，才使此信洋溢着亲切的情趣……从中也可以看出，金岳霖与林徽因的"逐林而居"的关系，正如他们的一位老朋友所指出的，是"人与人关系臻于最美最崇高的境界"。说到金、梁、林三人之交，当年梁思成就曾经对旁人说过："我们三个人始终是好朋友。我自己在工作上遇到的难题也常去请教老金，甚至连我和徽因吵架也常要老金来'仲裁'，因为他总是那么理性，把我们因为情绪激动而搞糊涂的问题分析得一清二楚。"

在"梁思成、林徽因旧居"的"耳房"里，联想金岳霖与林徽因、梁思成之间的"爱和友谊"，这是自然而然的事情。令人感动的还有一件事。有一年，时值初夏，金岳霖在北京饭店包厅请客。友人们来后都不知老金为什么请客。这位年近90的老金，在宴会开始的时候，站起来举起红葡萄酒，才宣布理由："今天是徽因的生日……"在林徽因逝世20多年后，老金依然清楚地记得林徽因的生日是6月10日，并宴请友人共同纪念，令主客一起感动。虽然爱已成往事，但情却依旧与日俱增。不久之后，老金安然离世，不再遗憾的是，他在生前终于为林徽因的生日尽了最后的心愿。金岳霖一生未娶。梁思成去世后，金岳霖与梁从诫同住，晚年由从诫照顾生活，比（20世纪）30年代在北总布胡同住前院、后院还要亲密无间，也算享了梁思成、林徽因儿子的福……

怀着对梁思成、林徽因、金岳霖的敬仰之情，我走出"旧居"，走出"耳房"，却走不出在这4个房间里发生的那些应当铭记、值得深思的往事。我此前读过的那些有关的诗文图书资料，更增添了鲜明的记忆。窗外门外的庭院里，依旧花开花落，草青草黄，依旧跟着日月的轮回进行着自然界的轮回。然而自古以来都有一个不变的规律：

物是人非。我们只能踏着林徽因当年留下却已模糊了的脚印，走在庭院的小径上。走出几步，我回头看了看"旧居"的厢房，中间的厨房里是储水的大瓦缸。据说，当年的林徽因就是从大瓦缸旁边，拎着小木桶，从那里再经过这里，才走到花园里的水井汲水的。瓦缸与水井相距不远。我们跟随顾彪走去，在没有见到水井的时候，首先闻到了一阵桂花的清香。抬起头来，只见一棵古老的桂花树站在围墙边。再一看，那眼水井就在那棵桂花树下。来到桂花树和水井之间，顾彪拍拍桂花树，转身又拍拍水井的石圈，兴高采烈地说：老人们讲，这是百年古树，但年年照常开花，就因为它一直站在百年古井旁边，根须从不干渴。桂花树果然繁茂旺盛，那细小的金色花朵掩映在绿色的枝叶间，如同夜空里的点点星星。只是枝干上挂着十几只瓦罐，是在老树上嫁接新苗，以便移植，让古树多子多孙。我伏身井圈，只见井水透明如镜，闪耀着蓝、青、黑、白的色彩，漂浮着细碎的金桂花瓣；当然这水井也曾投映过林徽因的身影，笑容，汲水的木桶，还有她瘦弱的双手……可以看出这高出地面的井圈，是后来罩在旧井圈上面的，原先的井圈虽然是花岗岩雕凿而成，石质再坚硬也经不住岁月的打磨，井圈周围已被提水的柔软的绳索勒出了一道道深痕。我伸手下去摸了摸，仿佛这不是创伤的疤痕，而是汲水人欢快的记忆。遥想当年，到这古井里提水的，肯定不会是母亲，因为她老；不会是梁思成，因为他有腰伤残疾；也不会是女儿"宝宝"或儿子"小弟"，因为他们还小；那就必然是林徽因与这口水井打交道的次数最多了。因此，这井圈上的一道道深痕，不就是林徽因在井边洗衣洗菜，或是从井里提起一桶桶水走回厨房去煮饭烧汤或烧开水而增添或加深的劳动记录吗？顾彪说，那时龙泉村还没有自来水，而村子之所以被取名

"龙泉"，就是因为这里有"龙"，常年喷涌泉水，水质又清又甜，直到今天，这口古井里的水还可饮用……

站在桂花树下、水井旁边，我突然产生了灵感。记得我曾经在北京金水桥头仰望过国徽、在天安门广场仰望过人民英雄纪念碑、在八宝山革命烈士墓园里拜谒过林徽因的坟墓，那时我几次萌生过为林徽因吟诗献辞的激动，但总觉得当时即便写了也是不如林徽因的作品，不要献丑吧！此时我觉得我写的再不好也要借桂花树和水井来赞美梁思成与林徽因了。我当即在小采访本上写下了两行诗句：

一身金桂飘清香，
满井龙泉映时光。

写毕，我还想起当年金岳霖也曾为梁思成、林徽因夫妇撰过一联"梁上君子，林下美人"，不也被笑纳了吗？我写的这两句诗，借百年古树古井抒情，想必梁思成、林徽因也会接受的吧？

在即将告别"梁思成、林徽因旧居"的时候，我在庭院里默默地站着、想着：去年，为了铭记梁思成在二战期间为保护日本奈良古都免于被美军轰炸所作出的重要贡献，日本人在奈良竖立了梁思成的雕像；今年，为了纪念梁思成110周年诞辰和梁思成在中国古建筑学研究与教学的高度成就，清华园矗立起了梁思成的雕像。那么我想，我们昆明市盘龙区是否也可以像清华大学那样，在"梁思成、林徽因旧居"——这唯一由两位建筑学家亲手建造的故园里，竖立起梁思成、林徽因夫妇的雕像，并在他们身旁也竖立起哲学家金岳霖的雕像呢？让他们三位永远屹立在"旧居"和"耳房"组成的小院里，守望着他们生前在这里共同度过的那段珍贵的龙泉时光!

2011年9月于昆明

（原载《中国作家》2012年7期；入选文史集《口述昆明》第8辑，昆明市委党史研究室编辑，云南民族出版社2014年12月出版；入选散文集《冰心的木香花》，高洪波序，上海文汇出版社2018年9月出版。）

冰心的木香花

　　每年的深秋季节，总有鸿雁往来于奔流不息的长江两岸，于是，那标志着对方华诞的美丽花朵，便相互呈献在我国文坛北南两位老寿星——冰心和巴金的笑颜之前……

　　那幸运的花朵就是红玫瑰。如此举世瞩目的祝贺礼仪和引人敬慕的情感表达，已经持续多年了。如果巴金送冰心大姐的红玫瑰是95朵，那么冰心送巴金小老弟的红玫瑰就是91朵。这当然是去年10月和11月间的佳话。这两位世纪同龄的文学大师的友谊一如红玫瑰那样光辉灿烂而又常开不谢。

　　可是，冰心老人除了喜爱红玫瑰之外，又有谁知道，她还喜爱着我们昆明特有的一种花呢？

　　那一年的10月4日，秋高气爽，白云在蓝天中悠悠飘荡。当冯牧到云南边疆采风之后，将由昆明飞返北京的明亮的早晨，我和朋友们到巫家坝机场送行。我的任务是捧着一束红玫瑰、康乃馨、马蹄莲等鲜花组成的红土高原的彩色花束，一直到冯牧登上舷梯，我才把这束鲜花交到他的手上。

　　第二天晚上，当繁星洒落在滇池的秋水之上，我与冯牧通了电话。他说，上午他由木樨地去魏公村给冰心老人祝寿。当他献上那束昆明的鲜花的时候，冰心老人十分高兴，她看了又看，闻了又闻，好像见到了久别的友人。因为抗日战争时期的1938年盛夏到1940年深秋，冰心老人在昆明翠湖之滨的螺峰街和滇池东岸的呈贡乡村居住过。冰心老人说，那美丽的鲜花使她想起了云岭之南的彩霞……

我随即轻声地背诵出冰心老人在1982年专为《春城晚报》写的一篇美文《忆昆明——寄春城的小读者》："对这座四季如春的城市，我的回忆永远是绚烂芬芳的。这里：天是蔚蓝的，山是碧青的，湖是湛绿的，花是绯红的……"

冯牧在电话上连声应和：是的，我也有亲身感受。接着，冯牧告诉我，冰心老人又一次向他提起昆明有一种令她难忘的花，叫木香花，长长的藤子，有敦厚的小刺，叶子很细很密，莹白的花朵一串串一簇簇，淡淡的香气四溢，把春风熏得纯净芬芳，小蜜蜂在花间飞来飞去，是一种既高雅又朴素的花……

冯牧（20世纪）五十年代在昆明生活多年，到北京后又常来云南。他说他知道昆明真是花开四季的城市，他能说出许许多多花朵的名字，可就是没听说过木香花，便问我知不知道这种花——这种在冰心老人的心目中珍藏了几十年的记忆中的花。

我回答说，从冰心老人所形容的这种花来想象，一定是生命力很强的很可爱的花，我应当是熟悉的，可我一时也不能把我认为的那种花和木香花的花名对上号。昆明虽然是我出生的地方，但可能由于对同一种花的花名的叫法不同，我确实说不清什么是木香花……

昆明的秋天是漫长的，绿叶渐渐地发黄，慢慢地变红，迟迟不肯飘落。然而昆明的冬季又是异常的短暂。当北国的海鸥飞临翠湖的堤岸，又恋恋不舍地在滇池的浪花与船帆之间嘎嘎地啼鸣着翱翔，不知怎么的，昆明的春天竟然来得这么快，似乎是在一个长长的夜晚，或者一个匆匆的早晨，各种颜色各种形态各种香气的花便争先恐后地开放了！我得去打听和辨认冰心老人向冯牧问起的，而冯牧又向我问起的木香花是哪种花了。

首先在冯牧和我都曾经居住过的国防文化宫内的文园寓所的小花园里，接着在小西门、蒲草田、潘家湾等大街小巷的居民住宅的墙头和倚着栏杆的树蓬上，我看到了与冰心老人所形容的那种十分相似的花。但是这种花，我从小的时候就从妈妈那里知道，是叫小粉团花或者叫藤蔷薇，可并不叫什么木香花的呀！

对这种半信半疑、似是又仿佛不是的小粉团花或木香花的追寻和探问，使我披戴着翠湖的波光花影，漫步踏上青石板铺成的小坡，穿过水晶宫巷道来到了冰心老人当年居住过的螺峰街。其实这条所谓的街也只不过是一条蜿蜒的小巷而已。有枇杷树枝伸过门头开着淡黄的小花、有紫红色的三角梅绽放在墨绿色的叶子间，就是没见冰心说的那种花。问了几位中年人，都摇头不语。再敲门而入，问一位在小院里晒太阳的老人，"您可知道冰心在螺峰街住的是哪间房屋？？"老人将将长长的胡子回答说："我只是上小学的时候读过冰心的《寄小读者》，可不知道冰心在哪儿住过……"从街头走到巷尾，把我的询问拉得很长很长，仍没有结果。

第二天，我挤上了公共汽车，从东站的菊花村出发，汽车翻越过关上，沿着金黄色的油菜花田野和粉红色的桃花园之间的郊区道路行驶，来到了冰心老人当年居住过的呈贡。步入小镇与乡村接壤的巷道，一股幽香随风袭人，我即刻惊喜地欢呼起来：啊……

我终于发现了我所要寻找的花。但我不知道把这种花叫作小粉团花还是木香花为好。田间的栅栏，农家的围墙，井边的凉亭，攀满了冰心老人所说的"长长的藤子，有敦厚的小刺，叶子很细很密，莹白的花朵一串串一簇簇"的花……

我在花丛夹峙的小路上走着问着，问了一位洗衣归来的少女，又问了位骑牛放牧的娃娃，再问了一位吸着旱烟的老农，都说：木香花，木香花，木香花……

　　哦，同一种花，因城郊市村不同而叫法也不同。那么冰心老人抗日战争时期曾在呈贡生活过，她认识和记得的花名理所当然地就应该是木香花了。这种印证同时也是发现，发现了冰心老人在情感深处开放的木香花，就是我所喜爱的小粉团花。

　　几次春秋交替，直到1993年4月下旬，冯牧才有了第11次的云南之行。那是建在澜沧江上的漫湾电站的施工的管理局邀请我去访问，我又转而代为邀请冯牧前往。我们把冯牧从昆明机场接到北郊的莲花宾馆住下，他就殷切地对我说："我上次来云南是秋天，见不到木香花，现在是春季，可以看到冰心老人思念不已的那种花了吧？"

　　晚饭后，我特意领冯牧去散步。步出莲花宾馆，来到了明清将领吴三桂夏宫旧址莲花池畔。别说莲花没有了，就连池水也已干枯，只有关于吴三桂爱妾陈圆圆梳妆台遗址的一块残破了的石碑，屹立在一家过桥米线餐馆的楼前。我找到了不久前我还见过的攀爬着木香花的那棵老柳树，有长长的刺藤，密密的绿叶，遗憾的是花朵已经凋谢。我们来迟了几天。而昆明之春又是那么早早地降临，又轻悄悄地走了。离开昆明，此后的几天我陪着冯牧在哀牢山和无量山之间的澜沧江上的漫湾电站建设工地访问。5月初，当我们转道经南诏古城大理去剑川石宝山游览的路上，我们怀着久别重逢的欣喜，发现了一大蓬一大蓬开得洁白如雪的木香花。那花在山野间一开就是几十里，蔓延到田畴天边，甚至于让人感到连云彩也浸透了香气。

　　我们一次又一次的停车下到路边，选择繁茂丰盛的木香花丛，我拉起一枝又一枝木香花让冯牧连连拍照。他边拍边说：太美了！太美了！要是冰心老人能亲眼看到，她不知道要怎样高兴呢！

然后，我们到达纳西人的家乡丽江访问。在玉龙雪山下的白沙和雪松村的乡间小道，冯牧又为那雪水滋润的木香花拍了许多照片。他说，看来我们是在云岭山脉踏着木香花的花瓣追赶春天的脚印了。面对着蜜蜂嗡嗡吟唱的木香花丛，冯牧告诉我，其实，冰心老人第一次给他说起昆明的木香花，是在那史无前例的"大革文化之命"的10年浩劫之中。那年北京的冬天，令人感到异常的寒冷。造反派把冰心、光未然、冯牧等集中在中国作协被称作"牛棚"或"黑窝"的小院子里写检查，交代"三反"言行。那时，冰心老人已年届古稀，被革命左派勒令每天早晨必须从魏公村到王府井的"牛棚"报到，除了写交代，便是做扫地、扫厕所等劳动以进行"触及灵魂"的改造。冰心老人天不亮就得起来，挤一个多小时的公共汽车赶到作家协会的"黑窝"，中午就吃从家里做好了带来的一个铝盒里的饭菜，对她那样瘦弱的老人，可想而知是多么的艰苦，这无疑是一种折磨与摧残。有一天，在作协院子里扫着落叶和积雪的时候，冰心悄声地问冯牧"你知道昆明的木香花吗？"只有沙沙的扫地声。冯牧说不出来。冰心老人接着说："冬天过后，木香花就要开了，那花朵比雪花洁白，清香清香的……"

这时，光未然拖着扫把走近了些，说："我知道木香花，抗日战争时期，我教书的昆明女子中学的校园里，就开着好多好多，把铁栏杆都遮盖了……"

冯牧说，那时他一眼瞥见了冰心老人在寒风中抖动的缕缕白发，不知为什么，他突然想起了英国大诗人雪莱的一句诗：既然冬天来到，那么春天还会遥远吗？冯牧觉得，他从冰心平凡而意味深长的关于木香花的询问中，感受到了一种启示，一种春天的花开的气息仿佛从落叶和积雪上飘然而起……

那年，冯牧从澜沧江漫湾电站建设工地、大理苍山洱海间、丽江玉龙雪山怀抱、香格里拉草原湖泊等滇西北访问采风回到昆明后，立即到博物馆附近的图片社洗印出一张又一张木香花的照片。那些密集如云的木香花已经把春天留在了画面上。

冯牧返回北京，一直到10月5日，他带着那些木香花照片去为冰心老人的93岁大寿祝贺。当晚，我从昆明给冯牧打了电话。他告诉我，是的，那就叫木香花。她老人家还把照片凑近了闻了又闻，似乎想重温她年轻时就熟悉和喜爱的木香花的香气。当冰心老人得知那些照片是在大理的剑川和丽江的山野间拍摄的，就说：同昆明的一模一样，说明云南的木香花到处都有呀！

1994年，冯牧率领中国作家访问团来到昆明，又去了大理、丽江，并且在玉龙雪山下度过了他人生的最后一个中秋节。这不是木香花开放的季节，可冯牧对我说，他希望1995年来昆明过春节，看看翠湖飞舞着的来自西伯利亚的海鸥，同时在飞返北京的时候，给冰心老人带上一束昆明的木香花……

但是，冯牧的愿望没有能实现。春节他没有来，木香花盛开的时候他也没有来。他患了不治之症住进医院。直到夏日的玫瑰开放，6月初，冰心的小女儿吴青教授由北京飞到昆明，她在《中国妇女报》副总编谢丽华的陪同下，来我家吃米线。也许由于吴青与我同年同月生，我们一见如故，自然说起了木香花、螺峰街、呈贡，她说她那时才有两三岁，只觉得天是蓝的，云是白的，花是红的，除此便只记得妈妈了。而她妈妈关于昆明的木香花的怀念，对吴青来说，那只是个真实而幼稚的童话罢了。

吴青返回北京几个月后，噩耗传来：冯牧于9月5日中午与世长辞。这位为冰心老人写过《仁者长寿》的散文家，怀着没能由昆明带一束木香花去北京敬献给他的冰心大姐的无法弥补的遗憾，永远地去了。而他生前是多么敬爱冰心老人呀！他曾经给我讲过许多感人肺腑的关于冰心老人的故事。那些故事像一曲曲乐章常常在我心间回响，也像一朵朵木香花年年春天在我眼前开放……

不觉又是冬季的末尾。前些天我去莲花池畔看了看，那披戴着绿叶的长藤上，已挣出木香花的花蕾，犹如一颗颗碧绿的玉石。当滇池的春风吹起，花，自然而然地会开。我想，我将要采下一束花盛如霞的木香花托乘机飞京的友人给冰心老人捎去，让她不是从照片，而是从真实的阔别56年的花蕊间闻到昆明遥远而又亲近的芬芳的木香花气息。

如果冰心与巴金的友谊象征是红玫瑰的话，那么，我感到，冯牧对冰心老人的尊敬之情，是否也像木香花一样高雅、纯洁，始终焕发着春天的光彩呢？啊！木香花……

（原载《边疆文学》1996年第10期；又载台湾《青年日报》1998年1月22、23日；又载台湾《台南四川同乡会年刊》1998年号；又载《人民政协报》1998年4月23日；入选散文集《云雀为谁歌唱》，香港洪波出版公司2008年出版；作为书名入选散文集《冰心的木香花》，文汇出版社2018年1月出版；又载上海《文学报》2018年11月29日；入选《作家文摘》2018年12月28日；又载《昭通日报》2019年2月12日。）

拜访冰心

　　早春三月北京城，从塞外吹来的风，说不上尖刺也不算是温柔吧，但却迈起鲜活而轻盈的舞步穿入或纵横或弯曲的每一条古老的胡同，带着长城那边银河的流动、绿草的萌芽、黄花的孕蕾混合而成的潇洒气息，在频频地拉扯着那封闭了长长冬季严寒的变黄变脆并已开始断裂的窗纸……

　　这不是春之小夜曲吗？这本应会使我愉快的声音反而让我整夜地感到不安。

　　我这次由数千公里之外的昆明飞到北京，是因为我的散文《东巴故园情》（在《香港文学》1995年12期发表时用的是原来的题目《梦回云杉坪》）荣获中央台第八届"海峡情"征文一等奖，前来参加颁奖活动。3月29日下午是周末，为北京医院例行的探视病人时间。按预先联系好了的，我约上文友李迪、丁道希到314房拜访了荒煤先生。这位83岁高龄的著名作家脱下住院的病号服，穿上朱砂色暗花的毛衣与我们欣喜交谈，合影留念。我们送荒煤先生一本华龄出版社刚刚出版的由他亲笔题写书名的《远行的冯牧》。冯牧先生去世半年，这本由百多位各民族作家撰写的纪念文集便编印出来了，荒煤先生双手捧着书本，百感交集，异常动情地说："书出得很快，编得很好……"

　　我在一旁介绍说："封面用的冯牧先生的照片是丁道希那年在

长江三峡航行的轮船上为他拍摄的。书的两位主编，除您熟识的高洪波，就是这位李迪，他们春节都没休息，一直忙着编辑、校对……"

李迪补充道："我们想在清明节前把这本书送到冯牧先生的亲友和各位作者手中，以表达对远行者的哀思……"

荒煤先生的眼里有泪花在缓缓地流动，他望着我，用略为沙哑的低音说："冯牧生前几次叫我老师。我告诉他，不要这样称呼我。虽然（20世纪）30年代末期我在延安鲁艺给他们上过文学课，但那时我也只大他五六岁。此后长期以来，我们相互理解，相互支持，是相处很好的文友和同事。我很尊重他的人品和文品。不久前，我们还共同主编过'文学评论家丛书'一套16本，冯牧的那本叫《但求无愧无悔》，可是书刚出来，他便离我们永远地去了，唉，怎么就这样去了呢？"

我知道冯牧与荒煤有着半个多世纪的深情厚谊，一棵树倒了，另一棵会倍觉孤寒。为不让他有更多伤感，我便将话题转而谈云南，谈大理的苍山洱海，谈西双版纳的热带雨林，后来由森林谈到石林并带出电影《阿诗玛》。荒煤先生从民间长诗《阿诗玛》谈到女演员杨丽坤因电影而深受迫害，思路犹如阿诗玛的家乡圭山的泉水潺潺流淌。我乘兴为他轻声唱起了《阿诗玛》的插曲："马铃儿响来玉鸟唱，我陪阿诗玛回家乡……"

荒煤先生哈哈地朗声大笑，出现了自从生病住院以来少有的愉快。我告诉荒煤先生，我从北京飞回昆明后，便要去参加路南县（今石林县）和昆明市文联举办的石林笔会。我一定要在石林的剑峰池大声地呼喊："阿诗玛，你在哪里？"那时，石林的四面八方都会发出回声："阿诗玛，你在哪里？"

因为这句话是粉碎"四人帮"后，荒煤先生为了争取电影《阿诗玛》的平反开禁而在《人民日报》上写的一篇文章的题目。我当时在《云南日报》主编副刊，就回应说，荒煤先生这篇文章的呼唤是从"文革"极左路线的禁锢中解冻电影的第一声春雷……

荒煤先生大概是看见了窗外那一排青翠的雪松了吧，便转而问我："阿诗玛的故乡石林，早已是桃红柳绿了吧？昆明的春天总是比北京来得早！"

我联想起不久前荒煤先生题字签名送我的他那本散文集《冬去春来》，书名不正是此时的写照吗？而且最巧的是书名是冰心老人在1994年春节为之挥毫题写的。荒煤先生为此书写的"后记"的最后一句话是这样说的："但愿我这暮年的冬去春来的有感而发的散文也真的能写到21世纪。"

由此我便自然而然地想到冰心老人在今年也是冬去春来的时候，以96岁高龄的苍劲的手笔为我写了散文集《梦回云杉坪》的书名。获得这珍贵无比的冰心手迹，是我的荣幸。冰心老人在病中还如此关怀着我们晚辈的文学创作真是使我感激不尽。我此行北京的另一个愿望，就是能有机会拜访冰心老人。

出了位于西厢的荒煤先生的病房，我往东厢走了几步，看见那标号为304的病房门上赫然挂着一块牌子，书写着"谢绝探视"四个严肃的大字。我的心立刻咚咚地乱跳起来。我早就打听到，那304病房就住着冰心老人。这位与世纪同龄的文学寿星已经在北京医院住院很长时间了。她的健康、她的病情，牵动着许许多多作家和读者的心绪。此刻，仅仅差这么几步，我就可以进去拜见我敬仰已久的冰心老人了！可是我不能。事先没有约定，我怎敢贸然去打扰呢？

说不清是惆怅、忧虑、焦念，抑或是渴望、向往、期待的情感更盛吧，回到住所，夜里是久久地难以入眠。在床头灯下翻着一本《冰心名作欣赏》，对这厚重的书，一时竟然不知该从哪一页看起？

我第一次读到的冰心作品，是她23岁时由商务印书馆出版的她的第一本诗集《繁星》。当然，那绝不会是书刚出版的1923年的春天。那时我还没有出生呢！而是在她和吴文藻先生刚从日本回到北京的1952年。这一年的8月初，我们镇沅县警卫营经过整编，我被编入中国人民解放军39师117团。我们这群年轻的士兵由一位军务参谋率领着从景谷的深山老林里起程向团队所在地墨江县城进发。第一天宿营磨黑盐井。第二天沿着小黑江、把边江顺流而下，渡过驿路上锈蚀斑驳的铁索吊桥，来到通关大山坡脚，已是夕阳西下鸟儿归林的时候。并不口渴，因为沿途都有山泉可以啜饮，但却深感饥饿了。爬了好一段山坡，在路边找了些鸡嗉果吃，正不知野果是酸是甜，突然一阵清风从乱石丛中吹出一本残破不堪的小书，我连忙拣起，用沾染着红色果汁的手指翻开一看，哦，是冰心的《繁星》。日月轮转，岁月虽把纸张浸黄，有的墨迹也模糊剥落，但我仍喜不自禁。

在我上中学的时候，鲍丕杰、李翼华两位老师曾给我们在课外讲起过冰心，说这位作家的作品除《繁星》之外，还有《春水》《寄小读者》等。但在我那穷乡僻壤的哀牢山和无量山之间的小角落镇沅县城按板井，我没有见过一本冰心的著作。

这不是奇迹便是幸运。在（20世纪）50年代初期的那场暴风骤雨中是谁把这本看旧了的《繁星》从哪家的深宅大院里拿了出来，又遗落在如此荒凉的山野而恰好又被我在行军路上偶然地得到了呢？

"繁星闪烁着——

深蓝的太空，

何曾听得见它们对语？

沉默中，

微光里，

它们深深的互相颂赞了。"

　　这就是我身心流动于无量山脉中第一次读冰心的第一本诗集《繁星》中的第一首诗的情景。那情那景我会记忆终生。那天也真灵验，读了《繁星》，果然是直到繁星出现在房顶上空的夜晚，我们才到达那犹如横卧在银河岸边的宿营地通关小镇。人间烟气迷蒙，只有高远的天空清清朗朗。通关是古代南方丝绸之路上的一道雄关要隘。衰败的马店院落里堆满了不知是哪朝哪代遗留下来的一堆堆马掌铁，锈水如血，在星光下涂抹着那一块块凹凹凸凸的青石板。我走进了如豆的油灯难以照亮的马厩旁的休眠大通间。那夜似乎是我人生的新启蒙。我从《繁星》中摄取了爱心的暖光。而那正是我少年时代最为痛苦和悲凉的岁月。祖父和父亲在上一年先后含冤惨死，祖母也刚刚在饥寒交迫中去世，姐姐远嫁他乡抱母井，母亲也不知流落何方……家破人亡的重重灾难沉沉地压迫在我的心上。而通关的山脉正是来自我故乡的无量山的桉板井，那相连的土地怎不使我想起那些伤心痛心之事呢？昏暗之中读着《繁星》，我流出了眼泪……

　　"是回忆时含泪的微笑？"似乎冰心在74年前的诗句就写出了我1996年初春在北京此时的心情。

　　从1952年夏天在那艰苦的行军驿路上初识那清纯如水晶的《繁星》之后，我可以说我拜读了几乎所有冰心老人的著作和译作。可是40多年来，我始终未曾有幸拜见过这位文学大师。而我又是多么期待着这珍贵的机会啊！去年初夏，冰心老人的女儿"老二"吴青教授到昆明讲学期间，由《中国妇女报》副总编辑谢丽华陪同到我家小聚，吃了她50多年前在昆明郊区呈贡吃过的记忆已经模糊的那种长长的用大米做成的米线。当我说起自己一直有想见冰心老人的心愿时，吴教授微笑着说："我娘也肯定乐意见你。你下回来北京的时候，我替你安排。"

可是就在"海峡情"征文颁奖活动结束的那天，我们前脚刚离开京郊的丰台宾馆，吴青教授作为人大代表就进了丰台宾馆出席北京市人大会议。这种交错和她要开重要会议，是否意味着她没有空了呢？这正是我的忧虑以及因此而通宵难眠，并在难眠中怀着希望……第二天早晨，当我观赏着窗外西坝河岸上的杨柳在一夜之间已由嫩黄增添了些许翠绿时，电话来了，谢丽华告诉我，吴青专门从人大会请了假，由丰台进城到北京医院，安排我下午去医院病房看望冰心老人……

这喜悦正如那早春的柳芽滋滋地在迎着阳光增长。上午我决定去雍和宫。这是我四年前初秋在拉萨的大昭寺阳台上仰望布达拉宫上空的彩云时就萌生的向往。我到过北京多次，可就是没有一次去过中国内地规模最大的并拥有被称之为"天下之绝"的紫檀木雕刻的五百罗汉山、金丝楠木佛龛、白檀香木佛像。这回我终于如愿地朝拜了除西藏之外最宏伟的藏传佛教殿堂和神佛。

下午，我穿过川流不息的车辆和人群赶到北京医院大门口。我当兵时的年轻的老战友杨浪、谢丽华夫妇已乘他们刚买的切诺基越野车先行到达，在门口等候。这是3月30日的北方之春，天也蓝了，云也白了，雪松也由青色开始转绿。我们披载着春光走进医院侧门的鲜花店里。我特意挑选了开得正好的10朵红玫瑰并配以6枝满天星——大约有百束朵小花。我特意问了老板这花来自何方？她显得自豪地说：那当然是从昆明空运来的了。我们这店里四季鲜花不断，除了那四季如春的昆明，哪儿能供应这么好的花？我犹如他乡遇故知般地高兴，说：对了，我就是要昆明的花。捧着满天星花簇拥着的红玫瑰，走在清新宁静的医院小路上，我闻到了故乡的花香。想起冰心老人的散文名篇《我和玫瑰花》。文中说小时候是从《红楼梦》知道红玫瑰的，"我就对这种既浓艳又有风骨的花，十分向往"。但直到1918年秋季她进了北京协和女子大学，才在礼堂的廊前台阶两旁看到了"又红又香，无人不爱"的玫瑰，"我们同学们都爱摘下一朵含苞的花蕊，插在鬓上"。冰心老人喜爱红玫瑰，可以说是众所周知。近几年来，每年的10月和11月的深秋季节，巴金老人和冰心老人都会按照对方的岁数送上与年龄相等的红玫瑰制成的花篮以祝贺"大姐"或"小老弟"的华诞。我把它称之为"南巴北冰的红玫瑰祝寿佳话"。这举国瞩目的礼仪，温暖着鼓舞着多少人的心啊！

因此，我第一次拜望冰心老人，当然要选择红玫瑰。至于满天星，那是象征着我在44年前在把边江江边的通关大山的行军路上第一次读到的那本《繁星》。正是那像繁星一样放射精彩的诗句，给了我青年时代的诗歌创作以独特的影响。这就是我要给冰心老人奉献这两种花的一番心意……

正想着，不觉已来到了我头天张望过的304病房门口。依然挂着那令人望而止步的"谢绝探视"的牌子。但我们已得到特许，便轻轻地叩门。

门开了，是神情轻松的吴青教授把我们迎了进去。病房里没有医院的那种药物气息，而闻到一股淡淡的清香。

轻轻地，轻轻地，我们向冰心老人走近。她仰卧在病榻上，白的床单，白的被子，白的枕头，白得像洁净的雪。但冰心老人的头发是黑白相间的华发，目光闪烁着灵气和神韵，清癯的脸上带着微笑，是极其自然的，有光彩的微笑，显得那么亲切、敦厚。可是见到老人的鼻孔插着吸氧的软管，又使我深感不安……

谢丽华、杨浪跟冰心老人颇为熟识，吴青便重点介绍我。她俯身贴近老人的耳边说道："娘，这就是云南作家张昆华，上个月你曾为他的散文集《梦回云杉坪》题写了书名。"

老人侧过头来看着我，我连忙把花束举向老人作了敬献的表示，并接着说："十分感谢了！您老人家96岁高龄还为我题写书名。这本书很快由北京华龄出版社出版。今天我送上10朵昆明的红玫瑰，是祝愿您老人家活到百岁以上，带领我们从这个世纪跨向下一个世纪，那时再续写《寄小读者》！"

在吴青接过花束的时刻，冰心老人特意向我说："谢谢！"虽然声音细弱，是由吴青放大了再传达给我的。但我还是听到了冰心老人本人的语音了。这当然也是我平生第一次听到冰心的声音。而第一次听到的便是"谢谢"，我的心里怎能不涌起春天般的温暖呢？这时，我看到了冰心老人的床旁，除了鲜花，还亮着一盏橘红色的灯。不知怎么，我立即想起巴金老人几年前在给冰心老人祝寿的那封信中这样写道："九十岁！你并不老！你的文章还打动千万读者的心。最近我常想，你好像一盏明亮的灯，看见灯光，我们就心安了……"

因为巴老的这封信被叶稚珊女士写给冰心老人的《送你一束红玫瑰》所引用。而这篇散文刚好与我为巴基斯坦翻译成乌尔都文出版的儿童文学《蓝色象鼻湖》所写的序言，一起刊登在1989年11月23日《人民日报》副刊上。几天前我曾将这张我保存了6年之久的报纸转送给了冰心老人。于是，我便复述了巴老的这几句话来表达我此时拜望冰心老人的心情。吴青在一旁补充道："就在你们到来之前，我刚刚给我娘读过《送你一束红玫瑰》。巴老的那封信，是我娘拿给叶女士看的。"

是的，我熟悉的那张报纸，就放在花瓶旁边。接着我拿起一张照片，这是前些日我在春光明媚的昆明拍摄的木香花的照片，请吴青给冰心老人观看。我解释说："我曾经听我的老师冯牧讲起过，因为他常来云南，您不止一次地向他提起昆明的木香花，说那素洁高雅的木香花，香气扑鼻，能香到心里头去！"

吴青把木香花照片凑到冰心老人面前。老人一眼就认出她思念了50多年的木香花，有些激动地说："嗯，是的。谢谢！"

木香花为何能引起老人的思恋呢？抗日战争中卢沟桥事变爆发后，冰心老人与吴文藻先生举家离开北平南迁，赴上海转香港取道越南的海防再改乘法国式小火车从河口入滇到达抗日大后方昆明。那是1938年9月。当时吴青还不满周岁。先是住在五华山、圆通山和翠湖环卫之中的螺峰街。后来因为日本侵略者的飞机不断来轰炸昆明，冰心带着女儿迁居郊外呈贡，住进了被当地人称之为"华氏墓庐"的祠堂里。冰心一家在那个滇池之滨的乡镇一住便是两个春天。而昆明城乡的春天那真是木香花铺天盖地的季节。无论是日军的炸弹或是飞涨的米价，都阻挡不了木香花的花朵盛开和花香四溢。因而冰心老人此后无论是到了重庆、北平、东京或又重归北京，都总是怀念着昆明的木香花。我本想剪几枝真的木香花送给冰心老人。但到京领奖开会的日期肯定已错过花开季节。我便在三月初木香花繁盛的日子里到昆明第一中学的校园拍下这张照片：一朵朵一簇簇银色的木香花挤成一团团的云，在绿叶翠枝间透露出一片片蔚蓝如宝石般晶莹的天空，还有几只金色的蜜蜂在花枝间飞来飞去，嗡嗡地吟唱春的歌曲……

冰心老人长时间地看着照片，必定在遥想那彩云之南的昆明的螺峰街或是呈贡郊区了吧？也许是她的内心升起一股春天的万木复苏的生灵之气，我发现她的容颜微微泛起玫瑰花一样的红润……

这当然是由我的观察和希望所传导给我的神奇感觉和美妙联想。我相信冰心老人很乐意怀念昆明。昆明是她充满母爱和青春的一段岁月的符号。记得几年前，只有9岁的佤族小女孩张可与妈妈一起去给冰心老人祝贺90大寿。张可送给冰心奶奶一幅《雏鸡图》，9只毛茸如花的小鸡生动活泼，把冰心老人逗乐了。冰心老人得知张可家住昆明北门街时，便兴高采烈地说："那我们是邻居街坊了。我们家抗战时期住过的螺峰街就连着北门街。"

冰心老人再老都有一颗纯真的童心。我向冰心老人说："我很爱读您1982年7月8日专为《春城晚报》写的散文《忆昆明——寄春城的小读者》，我甚至能背诵开头的几句：'40年前，我在昆明住过两个春秋。对这座四季如春的城市，我的回忆永远是绚烂芬芳的。这里：天是蔚蓝的，山是碧青的，湖是湛绿的，花是绯红的。空气里永远充满着活跃的青春气息……'"

冰心老人很高兴地听着我的背诵。这一气呵成的精短散文不足180字，但却以情感的浓墨重彩描绘了昆明的美丽。我从我在医院看护母亲的日日夜夜里感受到对于病中的老人，多讲讲她那些愉快的往事，尤其是她青少年时代的生活和快乐，是很有好处的。我便又说："您老人家57年前的冬天在呈贡乡间，您把住所'墓庐'易名为'默庐'，曾经写了篇描绘呈贡风景的《默庐试笔》发表在1940年2月28日的香港《大公报》上，我记得文中有这么一段：'我的寓楼，前廊朝东，正对着城墙，雉堞蜿蜒，松影深青，雾天空阔。……出荆门北上斜坡，便到川台寺东首，栗树成林，林外隐见湖影山光，林间有一片广场，这时已在城墙之上，登墙，外望，高冈起伏，远村可见。我最爱早起在林中携书独坐，淡云来往，秋阳背暖，爽风拂面，这里清极静极，绝无人迹，只有两个小女儿，穿着橘黄水红的绒衣，在广场上游戏奔走，使眼前宇宙，显得十分流动，鲜明。'"说到这儿，我转身面向吴青，幽默地说："吴教授，那时你才刚刚学会走路，你是老二，按冰心老人文辞的排列顺序，你大概穿的是水红绒衣吧……"说得吴青笑了！冰心老人也高兴地说了声"谢谢！"

冰心老人在昆明两年，其中一年多居住在呈贡。她为呈贡简易师范义务教学，与那些少男少女们相处，感到很是快活。吴文藻先生在市里的云南大学任教，周末便临时雇马骑上回家团聚，被朋友们称为城乡骑士。在那抗日战争的困苦阶段，冰心老人从昆明的人文和自然景观中得到了难忘的美好感受。因此她总是怀念生活于昆明的岁月。她在前后相距40多年写的关于昆明的这两篇散文，我以为都是她最重要的著作之一。这或许是我出生于昆明而怀有的偏爱吧！但冰心老人何尝又不是偏爱昆明呢？

又如她的另一名篇《小桔灯》虽然写的是抗日战争中重庆郊区的故事，但冰心老人在85岁高龄的金色秋天，特别为《春城晚报》由吴然主编的儿童文学副刊题写了刊名《小桔灯》。这盏"小桔灯"已经成为昆明人必不可少的灯了！我告诉老人："我们昆明的老老小小的读者，每隔一个星期的星期四那天便能准时看到《小桔灯》的专版，看到您的手迹，有时是横写的，有时是直写的，就觉得您依然生活在昆明……"

冰心老人一个多月前就在这张病床上为我的散文集《梦回云杉坪》题写了书名。我以为这也是冰心老人为我在文学创作道路上点燃的另一盏"小桔灯"。从我44年前在军旅途中第一次读到《繁星》到今年获得冰心的亲笔题词和听到冰心老人的声音，我记起《小桔灯》中的一句话："天黑了，路滑，这盏小桔灯照你上山吧！"于是，

"我似乎觉得眼前有无限光明！"这就是我特别要提起《小桔灯》的原因。

冰心老人的全部作品，都充满了童心和母爱，都是对美好人生与自然的热情赞颂！我想说的感受很多很多，但时间谈长了怕影响她老人家的休息，便恋恋不舍地告别出来。走到门口，我回过头去，看见了冰心老人睿智的眼睛是那样的明亮；淡淡的笑容是那样的温馨。我在心里默默地说：与世纪同龄的老寿星，祝您长寿更长寿！那时我真正地感到冰心老人就是一盏灯。

我记得巴金老人1994年5月20日书赠冰心老人的祝词，又比他1989年10月的那封信，说得更为明白了："冰心大姊的存在就是一种巨大的力量。她是一盏明灯，照亮我前面的道路。她比我更乐观。灯亮着，我放心地大步向前。灯亮着，我不会感到孤独。"

说得多好啊！冰心老人虽饱经沧桑，却保持爱心永远不变；虽德高望重，受千万人尊敬，仍谦和慈祥，以自己的人生和文学给了几代人精神的鼓舞！我走出几步，便把病房门上挂着的那块"谢绝探视"的牌子抛了身后。

黄昏，我在文化部中国艺术研究院老朋友薛若琳、傅淑芸夫妇家的高楼上，凭窗眺望，视野开阔，那火一样燃烧的暮霭被一群群飞翔的鸽子用翅膀剪辑成一朵朵玫瑰。远远近近的大厦宛若一座座高大的花瓶。在这云花盛开的时刻，我给军旅战友作家李迪拨通了电话，向他讲述了下午拜访冰心老人的情景。因为正是他决定为我出版《梦回云杉坪》。他听后也为我感到高兴，并告诉我，我的书稿已在印刷厂打字排版，要我回昆明后很快将我在丽江玉龙雪山怀抱中的云杉坪照的相片给他寄去，要作封面用。他说，书肯定能在冰心老人96岁大寿的10月初出版，可以把《梦回云杉坪》作为祝寿的礼品呈献给她老人家……

　　放下电话，窗外的北京已是天空的繁星和地上的灯光交相辉映，编织而成立体的童话世界。凝视着北京医院所在的方向，我觉得那一片天地更为灿烂辉煌，因为我又看见冰心老人慈祥的微笑！

　　（原载《香港文学》1996年10期；又载台湾《中国大陆》杂志1996年9期；又载《云南日报》1996年7月19日；又载广东《炎黄世界》杂志1996年10期；入选冰心亲笔题写书名的散文集《梦回云杉坪》，北京华龄出版社1996年10月出版；入选《云雀为谁歌唱》，香港洪波出版公司2008年出版。）

送别冰心

虽然是这个世纪的末年，但又是这一年的新春伊始。在2月里最后一天的晚上9点钟，冰心老人以她99岁的高寿辞别1999年。而我始终觉得她并没有离我们远去。这位20世纪百年文坛的老祖母，依然在用她的生命辉耀《繁星》，照亮《春水》；仍旧在用她的爱心《寄小读者》，燃烧《小桔灯》……

第二天，也就是3月1日，我从昆明往北京发出唁电："世纪玫瑰，永远盛开！"想起三年前的早春三月，我曾经去北京医院给冰心老人献上昆明的红玫瑰的情景，想起我离开304病房回眸望见冰心老人圣洁的目光的感受，想起冰心老人说过她要活到100岁与巴金、萧乾等"小老弟"携手跨入21世纪的愿望，……我含不住的泪水又扑簌簌地掉了下来。

冰心与吴文藻先生怀抱子女于1938年9月从北京经上海转香港再取道越南乘中法合营的米轨小火车到达抗日战争的大后方昆明。然而，大后方硝烟也浓，经常遭受日机的轰炸，冰心便由市区的螺峰街举家迁往滇池之滨的呈贡乡间避难。那时吴先生或乘车或骑马，每周数次往返城乡，去西南联大和云南大学任教。冰心则居住在"华氏墓庐"祠堂里哺育子女，并义务为呈贡简易师范上课。战争烽火烧不尽文学。1940年2月28日的香港《大公报》发表了冰心描写云南的第一篇散文《默庐试笔》，流露了她对那片红土地的美感。在昆明生活的短暂岁月却使冰心在文学的玉壶种植下终生难忘的眷恋之情。以至于半个多世纪之后，1982年7月8日冰心老人一气呵成写下《忆昆明——寄春城的小读者》的名篇，说："我的回忆永远是绚烂芬芳的。"三年后的1985年10月26日，冰心又为《春城晚报》儿童文学副刊题写了刊头"小桔灯"。10多年后的1996年2月，冰心老人又在北京医院的病床上为我书写了反映丽江纳西族东巴文化的散文篇名《梦回云杉坪》……可以说，冰心从（20世纪）30年代开始到90年代，始终挚爱着昆明。如果还能献上昆明的玫瑰为乘鹤西去的冰心老人送行，那将是我们的共同心意。

表达这个愿望的缘分终于在偶然和必然之间到来。半个月后，我从百花盛开的昆明飞往北京去出席中国作家协会第五届四次全委会。3月19日上午，与会的作家们前往北京西郊八宝山革命公墓送别冰心，送别这位德高望重的中国作协名誉主席。

虽然季节已是早春，但北风依旧寒冷。小草枯萎，红花未开。路旁肃立的高大粗壮的白杨树以光裸的枝干垂吊着一串串浅米色的素花。阴森森的天空游弋着几只巨鸟风筝显示着迎春的生机。墓园里一排排苍松悄声无语地抖落弃冬的针叶。一棵棵龙柏犹如列队的古代将士，在乌云下低垂着头颅。我们默默地迈着沉重的脚步，从苍松翠柏的身影下走向送别冰心的灵堂。也许是苍天有心，就在这会儿从灰茫茫的高处轻轻地洒下细碎的雪花，那么晶莹洁白，那么善解人意，在我们的头上飘呀，飘呀，大约在象征着什么吧，这罕见的三月雪。

我朝前仰望，只见灵堂上方悬挂着宽大的红布横幅，上书"送别冰心"四个真诚有力的白色大字。堂前站满人群，有耄耋老者，有中青年男女，有少年儿童，犹如一片大海，在静静地翻腾着哀悼的浪花。

我缓缓地移动着脚步，随着人流走向冰心，仿佛在翻阅着冰心的人生诗篇。她虽然走到了生命的终点，但她用生命创造的作品却成为永恒的文学，留给中华子孙，代代相传。来到灵堂门口，有人将一枝玫瑰递给我。不用纸花，不戴黑袖套，全都是采自滇池之滨的鲜红的玫瑰——洋溢着太阳的光彩、散发着大自然清秀的玫瑰，一人捧着一朵，来到冰心老人跟前，深深地鞠躬，虔诚地致哀，再走近，走近，别惊醒安卧中的冰心老人，轻轻地把她生前最喜爱的玫瑰放在她的身上。带着绿叶的红玫瑰，一枝一朵，重重叠叠，整整齐齐，紧拥着冰心老人。

此时的冰心老人，祥和地闭着眼睛，那慈爱的容颜泛起朝霞的光芒，却再也说不出一句话来了。老人被红玫瑰汇成的大海托举着，她的心音，她的语言，已融汇在玫瑰的芳香之中。冰心在燕京大学读书时曾以少女的情怀写过赞美玫瑰神采和风骨的诗歌。面对世纪老人的遗体，在我泪水迷蒙的眼前，她仿佛已变成一朵永恒的红玫瑰！

我抬起头来，望见花篮挽联拥戴着的冰心老人遗像之上，有一大块海蓝色布标，上有冰心老人的手书：有了爱就有了一切。

这就是冰心老人生前对我们说的话。冰心1900年生于福州一个具有爱国、维新思想的海军军官家庭。她的父亲为抗击日本侵略军，英勇地参加了甲午海战，后在烟台创办海军学校并担任校长。冰心在大海边出生，在大海边成长，获得大海的灵魂。她的生命历程始终充满了爱。她爱祖国，爱人民，爱亲人，爱朋友，爱文学，爱读者，爱玫瑰，爱小猫，爱一切。她的爱如大海般辽阔深沉。她受到海内外读者的尊敬和爱戴——这就是她所拥有的一切。

灵堂里没有放哀乐，轻轻地鸣响着关于大海的乐曲，令人想到冰心老人的去世也就是像大海一样永生。那优美的旋律把冰心老人生前所钟爱的大海波浪传进每一个前来送别冰心的人的心里，似乎是来接受大海的洗礼，爱的洗礼。

当我慢慢地在玫瑰的红光和大海的乐曲声中走到冰心老人的亲人面前，我握着冰心的女儿吴青教授的手，轻声地对她说：我几年前在西藏拉萨买的印度香，已带来将请友人送到冰心老人的书房，请代我点燃一瓣心香……

吴青点了点头，说：谢谢！

我第一次拜读印度诗人泰戈尔的作品，是冰心老人44年前翻译的《吉檀迦利》。这书名是印度语音译而来的，意为"献诗"，因此，我要像献诗那样向冰心老人献上印度香燃放的诗歌气息。

我步出灵堂的大门，只见一队队前来送别冰心的人群仍源源不断井然有序地涌来。我记得冰心老人在《吉檀迦利》的"译者前言"中有一句话，她说，泰戈尔的诗"在印度是'家传户诵'，他永远生活在广大人民的口中"。那么，冰心老人呢？我认为，在中国，在全世界，凡是有华人的地方，冰心的名字和她的作品真正是家喻户晓。我要借用冰心老人的那句话并将"口"字改为"心"字："她永远生活在广大人民的心中。"

对一位作家来说，这不是最崇高的荣誉么？这时，春风吹拂着挂在树上的送别冰心的一副副挽联和一首首献诗，我走近去，读着读着，天空飘扬着春天的雪花和大海的音乐……

（原载《云南日报》1999年3月26日；又载《人民政协报》1999年4月28日；又载《香港文学》1999年6月号；入选《世纪之爱冰心》，北京团结出版社1999年10月出版。）

哀悼丁玲

"丁玲，丁玲……"在乍暖还寒的春城的灿烂星空下，我遥望北方，呼唤着您崇高的名字。您像一颗陨落的巨星，毫无保留地燃烧完自己，给人间留下了永远闪亮的身影。"三月四日上午十时四十五分……"这个可诅咒的时日，无情地结束了您八十二年的人生。您在不该离去的时候，竟然离去，怎不激起我们沉痛的哀思。

何曾想到？当您与死神做着最后的搏斗时，我正在圆通山火红的樱花和海棠花丛中欣赏着灿烂的春光。这个无意安排，大概是由于您生前特别喜爱花的缘故吧。您曾用热情的诗一般的语言，赞美过云南的花。说那红的花，紫的花，蓝的花，白的花，黄的花……像一片片绚丽的彩云。您说过："我爱花。我却不是花。我只是一株小草。但我不是毒草！"历史已经证明，您是花，也是草！我想，您在春回大地的季节闭上了眼睛，那繁花的芬芳，不正是您舒畅的呼吸？那芳草的光彩，不就是您生命的延续？

我含着泪花，翻看了您签名赠我的两本书：《丁玲短篇小说选》和《丁玲中篇小说选》。那是在一九八三年三月十三日，在滇南个旧，在春暖花开的日子。您在扉页上题词，要我"存念""惠正"。"存念"却是永久的存念了。然而，我怎敢"惠正"呢？这恰好显出您作为文学大师的谦虚美德。我，连做您的学生都不够资格。虽然我确实拜过您为师，我也曾以学生尊敬老师的心情，写过一篇关于您的小说：《让我告诉您》（见花城出版社出版的中短篇小说集《天鹅》）。评论者说，这篇小说"感人至深地叙述了一个女作家半个世纪里的几个生活片段，集中反映了人民群众与作家的深厚感情"。我还写过一篇散文：《作家的每一天都是植树节》（见重庆出版社出版的中篇小说集《爱情不是狩猎》），记述了您在一九八三年三月，在个旧的讲学和植树活动。看了我粗浅的文学，您说，我的小说有一种"哀幽的美"；还说，我的散文有一种"风情的美"。我明白，这只是您对一个文学后辈的鼓励和鞭策。我的作品写得不好。我本来有许许多多文学创作上的问题需要请教于您，但考虑到您已八十高龄，您的每一分钟都比我的每一天珍贵，我便欲言而止。不过，您留下的著作，却是我的永远的教师。

您曾经给《个旧文艺》的文学青年们题词："写一本自己的书，用自己的生命去写一本书。希望你们，也勉励自己。"随后，您又补充说："这话没有写完全。应该是写自己的一本好书，要用自己的生命去写一本好书。而且是写自己的，不是抄人家的，也不是模仿人家的。我是按自己的主意去写书。"

这至理名言，是您在三年前的三月给文学青年们的真挚的赠礼，也是您人生实践和文学实践的深切体验。此时细细想来，您的一生不就是一本好书，一本值得我们精心学习的好书么？这是您用您的青春、血汗、智慧和生命写下的一本好书。要想知道中国作家的命运有多么的坎坷、艰难、曲折，而同时又是多么地有勇气，有追求，有精神，只要读完您这本人生的书，就够了。谁能像您这样饱经忧患并始终奋斗不息呢！在您身上，能看到中国作家的不幸与幸福、痛苦与欢乐、悲哀与希望……

虽然我从您的作品中很早就认识了您，但真正见到您的面，还是在一九八二年九月三日。那天，我刚从黑龙江中苏边境回到北京。我在冯牧家里，正给他讲着我在黑河的崇山峻岭中听到的一个关于您在张家口农村写作《太阳照在桑干河上》时的故事……我话音未落，您恰好跨进了冯牧的家。

生活中竟然会有这么奇特而真实的事。真是"说丁玲，丁玲就到"。那天晚上，您是来给冯牧讲授您去美国访问的感受和经验的。因为冯牧即将率中国作家代表团出访美国。您笑着说："……总之，你要有中国人的气质、风度和自豪感。在美国人眼里，你还不是外国人吗！"

等您和冯牧谈完正事，我就给您讲了我刚才给冯牧讲过的那个关于您的故事。末了，我问您："您还记得张家口失陷后，那几个去农村抢救您的战士么？"您似乎动情了，说："我怎能忘记那件事呢？只不过，我不记得他们的名字了。我只知道他们是战士……"我说了我想就此写一篇小说的意愿。您说："那好啊！但你不要美化我，主要写我们的战士和人民。在我最困难的时候，有许多战士和群众保护过我，关心过我。以后有空，我可以给你讲我的故事，在北大荒，在宝泉岭农场，我都遇到了许多难忘的好人……"

后来，在一九八二年十二月下旬，我去北京参加中国作家协会举办的首届茅盾文学奖授奖大会。会间，冯牧当着您的面嘱咐我，说您要来云南访问，让我们给予照顾。不久，您就和老伴陈明到云南来了。在昆明，在个旧，我与您相处多日，听您多次讲了您在"文革"十年动乱中的磨难，讲了您在最黑暗的日子里所看到的丑恶的人和美好的人……接着，我才写出了《让我告诉你》……

现在，又逢三月，又是花开草长的春天，您却与世长辞了！这是中国文坛巨大的不幸呵！往事不曾忘却，记忆更加深重。我知道，您还有许多作品要写！但无论我们怎么呼唤您，您都不会复生了！您走过了漫长的道路，前面的道路更为漫长。让我们珍惜今天和未来，在您没有走完的文学道路上，继续走下去吧！我以为，写出更多的有益于人民的好作品，您在九泉之下，也会感到欣慰的。

1986年3月5日樱花盛开时节

（原载《春城晚报》1986年3月8日；入选《丁玲纪念集》，《中国》杂志编辑部编，湖南人民出版社1987年7月出版；入选散文集《多情的远山》，冯牧作序，上海文艺出版社1994年9月出版。）

冰心老人的昆明

冰心老人的昆明在哪里？

昆明是云南省的省会城市，与江苏省的省会城市南京相距千里万里。但是有一条母亲般的河流——长江，把昆明和南京联系起来，便不觉得那么遥远了。小朋友们如果到南京长江大桥上，看着那奔腾不息的一朵朵浪花向东流淌，不妨大声地问一问：

"浪花浪花，你们从哪里来？"

小朋友们就会听到浪花的一声声回答：

"我们从彩云深处的云南来。"

是的，长江上游的云南，浪花像一团团彩云，昆明就在彩云中间。因此，我请彩云变成浪花把我阅读的感想给你们送去。

阅读的方式方法多种多样，我以为其中最能激发感受、最能贴近实际的一种阅读，便是去诗文所描写的地方阅读这些诗文。最近，我去一所小学给同学们讲文学阅读课时，便带着冰心老人1982年7月8日写的一篇散文《忆昆明——寄昆明的小读者》在课堂上朗读起来：

"四十年前，我在昆明住过两个春秋，对这座四季如春的城市，我的回忆永远是绚烂芬芳的！这里：天是蔚蓝的，山是碧青的，湖是湛绿的，花是绯红的。空气里永远充满着活跃的青春气息……"

文章刚读完，小朋友们立刻像小鸟唱歌一样活跃起来。他们指着窗外，你一言我一语地说道：果然呀，天是蔚蓝的，山是碧青的，湖是湛绿的，花是绯红的……我便趁势解释说：冰心老人抗日战争时期来到昆明，先是住在你们学校附近的螺峰街上，后来为躲避日机轰炸又搬到乡间呈贡的"华氏墓庐"，被冰心改名为"默庐"居住。她不写在昆明住过两年，而是说"住过两个春秋"，这便有了季节形象；然后说"回忆永远是绚烂芬芳的"，"绚烂"是色彩，"芬芳"是气息，冰心老人用词是多么富有诗意啊！

小朋友们，冰心老人回忆的是六十多年前的风景，再用文章所描写的风景与现在眼前的风景进行对比，想想人文的风景与自然的风景有什么变化？这不仅能升华热爱自然环境的感情，还能增强写作文的信心。如此说来，你们是否也可以像冰心老人那样，写一写你们记忆里的风景呢！

（原载南京《阅读》杂志2008年4期）

荒煤与阿诗玛

人类之伟大首先在于有爱情有力量不断地繁衍生命。然而，人类之悲哀最终还是无法拒绝生命的死亡。继痛悼冯牧之后不久，又一封唁电从昆明发往北京，犹如一首挽歌穿过崇山峻岭，低垂暮云；荒煤永远燃烧，献身中华文学……

唉，死神为陈荒煤先生——一位八十三岁的我国新文学的先驱者的名字罩上了残酷的墨框。为什么要这样狠心地夺走他宝贵的生命呢？他那北京医院314号病房里的书桌上，不是还摊开着一本稿笺，那绿色的格子里不是已经写下了《西双版纳之旅》的题目了吗？不是还放着我寄给他的美丽的撒尼姑娘以石林为背景的照片，他正酝酿着要写"阿诗玛"彩虹帽的文化内涵的文章吗？

不知为什么，荒煤总是有一种云南情结。当生命历程越来越短，那漫长的岁月回顾中，荒煤都会情绕梦回地翻开遥远的彩云之南的篇章。

但是不幸，1996年10月25日凌晨5时，在又一个灿烂的黎明到来之前，荒煤先生无奈地永久地闭上眼睛。紧挨着他床头的朦胧窗外，苍劲的雪松在寒冷的秋风里抖落一根根墨绿色的针叶，如泪雨洒落大地，这是否表明他并没有离开我们而是去了另一个世界？他生前呕心沥血地创造的文艺业绩恰似他的名字：荒煤，又在地下积蓄着重新燃烧的热能吗？

我与荒煤先生的初识，是在昆明翠湖宾馆的一次会议上。那是1978年仲夏，湖岸杨柳生机蓬勃地在骄阳下闪射着碧绿的光彩，虽然经历长达十年的"文革"浩劫，中国文坛百花凋残，但此时却已呈现出万木复苏的局面。荒煤结束了十四年不能写文章的痛苦生活，由重庆调回北京，应《人民文学》主编张光年之约，刚刚写了篇怀念周恩来总理八十诞辰的散文《永恒的纪念》，便以六十五岁的年迈之躯，被沙汀当作"壮丁"——这是四川人沙汀幽默的说法——"抓到中国社会科学院文学研究所担任副所长"。荒煤带着心灵的伤痕和刚刚开禁后的欣喜，来到昆明出席全国性的现代文学史、现代汉语和外国文学教材协作会。与会三百多名代表大都是全国知名的专家、学者、教授，都把自己所经历的苦难放在一边，而来研究百废待兴的文化建设事业。我由于晚到会场，就在荒煤身边的空位子坐下。这次会议由荒煤主持，他在讲话时发觉需要电影故事片的一些片名和有关数字，便掏出一串钥匙交到我手上，请我到他住的房间为他取一本绿色的笔记本，还说："抱歉，麻烦你了。"

我进了房间，除了放在写字台上的那个笔记本，我还看见椅子上，有他换下来待洗的一件补丁累累的衬衣和放在枕旁的一本撒尼民间叙事长诗《阿诗玛》……回到会议室，我把笔记本和钥匙给了他，一边听他讲话，一边想象着身居我国文化界高位的荒煤应是怎样的一位人物。但我始终想象不出他过去担任高级职务时有什么官架子，依然是眼前慈祥宽厚而又充满智慧的长者模样，是过去文友们给我讲过的那个坚毅刚强且又多愁善感的书生形象。

想想，在我还没有出生的时候，1933年荒煤就在上海左翼戏剧家联盟、左翼作家联盟从事新文艺运动，出版了蜚声文坛的短篇小说集《忧郁的歌》《长江上》，跟随鲁迅、茅盾、巴金等新文学帅将驰骋于大江南北的艺术原野，1938年担任延安鲁迅艺术院文学系主任。（20世纪）50年代以后，历任中央电影局局长、中央文化部副部长、中国作协副主席等重要职务，长期从事电影和文学界的领导工作，一方面是功绩卓著，一方面是长期挨批；一方面是受人敬仰，一方面是不断检讨……但是漫长深重的灾难终于以恶人的瞬间倒台而结束，历史终于恢复了本来的面目，这就是我眼前平凡的荒煤吗？是的，是他，像煤那样的朴素。

正是在这次会议上，由于荒煤的大声疾呼，与会者才得以观看那部还没有公开放映就被封存长达十四年之久的电影《阿诗玛》。会议时期，荒煤被邀请去阿诗玛的故乡路南石林参加撒尼人的火把节，在大三弦的"索多米多、米索来多"的节奏中，跳起了欢乐奔放的舞蹈，还在酷似阿诗玛的石头前，与那位千万年来一直在等待着阿黑哥的"阿诗玛"合影。荒煤告诉我，在石林住宿的那天晚上，他想到了《阿诗玛》电影和演员杨丽坤的不幸命运与悲惨经历，他失眠了，眼前总是闪烁着火把节上那驱邪的火把爆裂炸开的梦幻般的火星。他还给我讲了从民间长诗《阿诗玛》到电影《阿诗玛》的一些比较和艺术结构上的思考。正是他的这些激动人心的意见，促使报社迅速派出记者赴上海采写了因受迫害而致病的演员杨丽坤的长篇通讯，由我编发在我所主编的《云南日报》副刊上。

荒煤回到北京不久，在1978年9月3日《人民日报》的副刊上发表了《阿诗玛，你在哪里？》的散文。这是冲破极左文艺路线的一声嘹亮的惊雷，许多优秀影片解冻后像鲜花一样重新开放了。《阿诗玛》就像是圭山撒尼羊群中的一只带头羊。

与荒煤从初识到最后一次见面相距长达十八年。1996年春天，我到北京参加中央台"海峡情"征文颁奖会，3月29日下午去北京医院拜访病中的荒煤，给他送上刚刚出版的悼念冯牧的诗文集《远行的冯牧》。他用颤抖的双手在封面上抚摩着，泪花在他的眼里欲滴未滴，显得黯然神伤，默默无言地看了许久，才用沙哑的低音对着封面上的冯牧的遗照说道："唉，怎么就这样去了呢？"

荒煤病了很久，很长时间住在医院里，病痛、孤独、寂寞都在折磨着老人。但一说起冯牧，他的话就多了起来，仿佛有一种不久就要跟随冯牧去远行的预感，他一定在那些不眠的深夜，想过那些不能忘却的往事吧。为了减轻他的哀痛，我有意岔开话题，给他讲些快乐的故事，并向他提起当年在昆明翠湖宾馆开会的情景，又说到电影《阿诗玛》，荒煤动情地说："唉，此生再也不会重游石林圭山了！"

他含着眼泪站了起来，走向病床脱下了医院特制的病号服，从床头柜里取出一件紫红色带暗花的毛衣，穿在身上让我为他拍照。接着我们谈起云南西双版纳的热带雨林，谈起楚雄彝山的马樱花，渐渐地他的兴致好一些，一如北京早春的云彩，洋溢着生命的活力……从北京飞回昆明的几天之后，我应邀去石林圭山出席昆明市作家协会举办的笔会。在繁星闪耀、明月皎洁的晚上，我去石林中漫步，用荒煤的散文题目《阿诗玛，你在哪里？》放声地呼喊着。我没有听到阿诗玛的回答，只有深邃的石林发出波浪般的回声，依然是问着：阿诗玛，你在哪里？那时我想，这大概已经无须回答了吧，只要有回声，就够了，就说明呼唤已经是一种凄美的存在。然而，这回声要是荒煤能听到，该有多好啊！

但是他永远也听不到了！

（原载《春城晚报》1996年11月4日；又载《天津日报》1997年3月20日；又载《光明日报》1997年5月7日；入选纪念文集《忆荒煤》，中国电影出版社1997年12月出版。）

第三故乡的第一

——哀悼冯牧

　　友人从北京打来电话：中国作家协会副主席、著名评论家、散文家冯牧同志不幸于9月5日14时50分停止了心脏跳动……

　　我含着眼泪，迎着滇池吹来的寒凉秋风，在沉沉夜色中，骑着单车迅疾去到电信局，向北京发出唁电：恩师仙逝，无限悲痛；冯牧文学，与世长存……

　　我们所极其不愿接受的冯牧辞世的时刻，终于不可避免地像流星从天而降，重重地砸在了我们的心上。一支支痛失冯牧的挽歌，不仅由我个人，而且由我们云南的文学界和全国文学界的许许多多作家低吟而唱，让这哀声去为他作亲切而庄严的送别……

　　去年中秋节之夜，冯牧率领的中国作家访问团是在丽江古城度过的。听完了纳西古乐的演奏，冯牧由我陪同着，缓缓地在泉水和垂柳的伴随下走向玉龙雪山。他欣喜地看到了丽江难得出现的中秋月亮，是那么圆那么大那么明丽晶莹。冯牧说这是他在别处所未曾见过的。今年还差4天又是中秋节，但他再也看不到云南的月亮了，他闭上了智慧的眼睛……冯牧生前告诉我，云南对他来说，一切都是美好的，使他获得了许多满足，只剩下一个希望便是想看看昆明冬天的翠湖那从西伯利亚飞来的海鸥雪花般的飘舞。我们也为他安排好了，春节请他来，就住在翠湖旁省政协招待所，让海鸥与他朝夕为伴……

此后他来信，住进了医院。从此再也没有出来，只在病榻上为他在河南开封动员参军的尚文的书法集写了序言，谁知这竟是他生命的绝笔。当然，观赏春城海鸥的心愿也便成了永远的遗憾。

冯牧出生在北京，1937年赴延安，1949年底到云南。他不止一次地告诉我，他的第一故乡是北京，第二故乡是延安，第三故乡是云南，但他的散文创作中写得最多最好的是云南，可见他对云南的感情深厚。他每一次到云南便说：也许这是我对云南的最后一次造访了……

然而，事实是，这话刚说不久，便又来云南了。在中国九百六十万平方公里的土地上，他来云南的次数最多，走的地方最多，因此他用生命创造了十多个"第三故乡的第一"。（20世纪）50年代初期他第一个率领着第一批军旅作家公刘、白桦、彭荆风、林予、公浦等去西双版纳、阿佤山等边防连队和少数民族地区深入生活，写出了第一批举世瞩目的边地文学，至今仍不失辉煌而被人们念念不忘。

（20世纪）60年代，他虽多病体弱，但在云南籍之外的文学家当中他是第一个乘独木舟从允景洪到橄榄坝，第一个步行到小凉山泸沽湖，第一个翻越高黎贡山到达刚刚收回祖国怀抱的片马，第一个去玉龙雪山和哈巴雪山之间的金沙江虎跳峡，第一个到达迪庆高原的碧塔海……因而写出了上述地区的第一篇散文，诸如《沿着澜沧江的激流》《摩梭人的家乡》《从怒江到片马》《虎跳峡探胜》《碧塔海——难忘的旅程》等等。（20世纪）70年代他创造了60岁高龄从怒江上游的贡山县城出发跋涉3天终于到达了高黎贡山和担当力卡山脉之间的独龙江河谷；（20世纪）80年代两次深入边防前线部队；（20

世纪）90年代他已逾古稀之年，仍连年到云南来，足迹踏遍漫湾电站工地和当年徐霞客访问过的宾川鸡足山、丽江玉龙雪山、滇池之滨的石城等地，相继在《人民日报》等报刊上发表了《向老山主峰攀登》《澜沧江上小太阳》《隐而复现的石城》等深受读者喜爱的散文。他的散文《澜沧江边的蝴蝶会》入选中学语文课本，更是影响广泛。每到一地，一说冯牧来了，上过中学的青年便称他为"课本上的作家"。我所说的"冯牧文学"，便包含着（20世纪）50年代由冯牧培养帮助而成长起来的那一大批富有才华的军旅作家所创造的边地文学和由他个人40多年来深入云南边疆之后所写出的大量的优秀散文这两个方面。这个文学的"冯牧现象"，已经而且必将影响和推动云南文学的发展。因此，冯牧仍将与我们和我们的文学同在，他并没有离我们而去。想到这里，也可以告慰冯牧那常来彩云之南的灵魂了。

1995年9月5日深夜凌晨

（原载《春城晚报》1995年9月11日；入选《散文选刊》1995年11期；又载《云南当代文学》1995年11月；入选《远行的冯牧》，高洪波、李迪主编，华龄出版社1996年4月出版，1999年12月再版。）

泸沽湖之旅

——缅怀冯牧

在金桂飘香、紫燕彷徨的立秋季节，我即将启程去访问滇西北的泸沽湖之际，不断从北京传来非常令人不安甚至是万分苦恼的信息：冯牧经确诊患了白血病……

这个可怕的阴影始终伴随着我的快速而漫长的历程。何况我所攀越的崇山峻岭，所横跨的大江小河，所穿过的城镇乡村，都是我与冯牧多次结伴而行的熟而又熟的故地。因此，随着车驰或步行，我的耳畔常常会把匆匆而来又急忙飘去的风声误作是他亲切的话语。他给我讲过这条路上的古都城堡里的多少历史文化，这些绕山灵和披星戴月的民族的多少风情奇彩，这些雪山湖泊与寺庙壁画所演变的多少苍烟落照，怎能不触景而生情，怎能不引发对他的思念，怎能不想像着他如今久卧病榻，靠输血和吸氧以延缓他生命的乐章的那些沉重的日日夜夜呢？

三十三年前我陪同冯牧访问泸沽湖的往事仿佛并不遥远而犹如昨天。那时我在昆明军区文化部担任《部队文艺丛书》的编辑，而冯牧则是中国作家协会《文艺报》副主编。由于他（20世纪）50年代曾经在这个管辖着云贵两省军区和两三个军以及其他数个边防军分区的昆明军区担任过文化部的领导工作，我们仍然保持着过去的习惯称他为冯部长。他所眷恋所依靠所视为战友和亲人的还是他从（20世纪）40年代就由延安投身的这支英勇善战而又重视知识军人的部队。虽然他已脱下军装多年，但这个部队从上到下的领导和战士甚至我们政治部食堂的老炊事员都把他看作是编制之外的来自北京的军人。有趣的是他当时还穿上了我送给他的一件咔叽布的旧军服。我们就是以这样的上下级部属身份和老师与学生的关系以及四十多岁和二十多岁的忘年交的文友结伴开始了艰苦而愉快的泸沽湖之行。

我们乘坐的是第二次世界大战中的破旧不堪但又是丽江军分区当时所能派出的一辆较好的美式野战小吉普，从玉龙雪山下的古城一早出发，途中驰过摇摇晃晃的金沙江钢索吊桥，在曲折坎坷的泥石公路上缓慢地行驶，傍晚才到达永胜县城。我们在这座小凉山边缘的县城进行了两天的采访，以便对泸沽湖畔的摩梭人的历史、社会和民风习俗有所了解。随之又是一整天乘车在小凉山的峡谷群峰之间绕来盘去，直到那血红的夕阳掩面沉落，才驶进了驻扎在宁蒗县城的独立营的营区。那久违了的军号声唤醒了我们的战士意识。冯牧说，他好像又回到了老家，虽然宁蒗是他首次踏上的陌生的地方。

第二天恰好是1962年的清明节。我们跟着部队和胸前系着红领巾的小学生去到陵园向那些永久地安息在小凉山的土地上的军官和战士们的墓地献了一束束早开的白色、蓝色和黄色相间的野花。然后，我们转到全县唯一的一家小小的新华书店。令人惊喜的是冯牧在书柜上发现了由他父亲译著的二十多本书，全是商务印书馆出版的精装本，诸如《马可·波罗游记》等影响过中国新文化的经典著作。这使他喜出望外而又感到异常惊讶！在这么贫穷落后、边远荒凉的当时还处于奴隶社会末期的彝族山区，居然还会有在其他大城镇都难以见到的这么多这么全这么印制精美的凝聚着他父亲心血和智慧的书。在那些深绿色的漆布精装的书的脊背和封面上，有着烫金的冯承钧的大名……

冯牧是被震撼了。他翻看着每一本书，也默默地计算着每本书的定价，虽然频频流露出爱不释手的目光，但最后还是只能轻轻地拂去了灰尘，把那些书一一放回了原位。

我理解他的心情。我知道他没钱买这些书。那时他刚刚由上海文艺出版社出版了一本文艺评论集《激流小集》，得到1000多元的稿费，给母亲留下绝大部分，余下的要作为这次访问云南的开销，也是够紧的。这是他的第二本书。（20世纪）50年代末期由天津百花文艺出版社出版的第一本文艺评论集《繁花与草叶》，稿费早就用光了。而上海出版的这本，他给我说，他本来是以《激流与溪涧》为书名的，以便与第一本的书名相对称，但编辑给改成这个，他也只好听从了。其实他的用意都是想把作家的作品比作繁花或激流，而评论家对作品的评论，只不过是草叶与溪涧而已。这当然可见他的谦虚胸怀。他的此番用意倒使我想起他在（20世纪）50年代初期率领公刘、白桦、彭荆风、林予、公浦等军旅作家去滇南边疆地区深入生活从事创作的种种往事。他为云南部队那一大批作家的成长所付出的文学精神和艺术品格，不正是他所甘愿自喻为草叶与溪涧的生动写照么？当别人一部又一部地写稿出书的时候，他一次又一次地肯定和推出别人的创作，真是用得上一句俗话来形容他的光辉风范了：为他人作嫁衣！

离开书店来到简陋的街道上，小凉山初春的鲜红的太阳照射着他因久病而显得苍白的脸。他习惯地从衣袋里摸出止哮喘用的喷药器，张开嘴吱吱地向呼吸道喷出一团团灰色雾状的药水，然后再用另一只手扶着路旁的一棵桃树喘着气歇息了片刻。我真是有点为他的身体担心，他能走进那群山怀抱里的泸沽湖吗？可他却仰起头来欣赏着在料峭的春风中灿然开放的粉红色的桃花，微笑地对我说：看，还有蜜蜂来采桃花蜜呢!

第二天我们便弃车而开始了更为艰难的徒步跋涉,因为宁蒗以远便没有公路。头天的行军我们夜宿巴尔桥——现在已改名为红桥。第二天我们投宿于大山脚下、小河边的一个没有名字的彝族小村。五六户木板房人家,穷得只是在火塘边烤火,或用火炭烧洋芋、火灰焐苞谷粒吃。我们也只能入乡随俗。第三天便沿着弯弯曲曲的小河行进在森林蓊郁、悬崖突兀的峡谷中。中午时分就顶着烈日开始爬大山,那是碎石、泥沙、马粪和锈迹斑斑的马掌铁所铺成的杂色驿道。冯牧(20世纪)50年代中期因患肺结核曾做过部分肺叶切除手术,爬这样大的山,走这么陡的路,呼吸特别困难。他挂了根拐杖,边喘气,边喷药,走走停停,速度很慢。但他还是以坚强的毅力用了五个多小时终于爬到了坡顶——虽然旁边还有更高的峰顶。一听护送我们的战士指着那堵山崖的一个空洞说那叫"狗钻洞"时,他便惨然地笑了,连手带脚并用与我们一起爬着钻过那个使人因幽默而增添力气的山洞。当我们站在坡头垭口迎风伸臂展怀时,突然从黛色的山峰和碧绿的森林的缝隙间,看见了一片蓝如晴天的湖水:呵,泸沽湖……

我们几乎是同时发出了这期待已久的欢呼。

这便是明朝大旅行家徐霞客在丽江十分欣羡,但又由于木土司劝阻而始终未曾到过的在他的笔下被称为"仙境"的地方!此后不久,冯牧以他特有的华丽而略带欧化文采的语言写下了发表于《人民文学》杂志的散文《摩梭人的家乡》。他是这样来表达当时的感受的:"当我们以一种按捺不住的心情,奔跑着下到半山麓,泸沽湖终于把它的全身袒露在我们的眼前了……"

是的,冯牧见到泸沽湖的欣喜使他立刻精神振奋而甩掉了爬坡时的病态,确实是以急行军的小跑步像一阵山风穿过墨绿的云杉林,穿过深红的赤桦林，穿过金黄色的栎树林与淡紫色的盛开着花朵的大树杜鹃林而跑向那油画般的蔚蓝色泸沽湖的。他在上述的那篇散文中是这样来描绘那洋溢着童话情调的世界："我们从山径下到湖边，走上了湖边的小路。路旁密生着新绿的垂柳和一排排梨树与苹果树，梨花正在盛开，银白如雪，散发着蜂蜜般的香气……"

我们投宿在湖畔最美丽的名叫洛水村的一户摩梭人家。这正是炊烟四起的黄昏，恋厩的羊群在牧人的牛角号声中咩咩地叫唤着，由山间小路跑回村里，时而又俯首去吮吸清澈的湖水……

然而，我今年是8月18日乘桑塔纳卧车一天便从丽江经永胜、宁蒗到达了泸沽湖的洛水村。一路上总是寻寻觅觅三十三年前我们所走过的那条古老的驿路，小溪上的独木桥，背靠过的长满了蕨蕨草的石崖，还有那高山垭口的狗钻洞……越是看不见往日的风景便越是思念着当时的旅伴那如今已躺在北京病榻上的冯牧。离昆明之前，我曾写信给他，告诉他我又要去他所向往的泸沽湖了……据友人电话告诉我，那信由他外甥女小玲在床边读给他听，他听着，用软弱无力的手把信拿了过去，看了看，叹了口气，沉默许久，只从眼底闪耀出缕缕蓝色的神采……

因而当我蹲在泸沽湖的沙滩上伸出双手捧起清凉的湖水抹去风尘的时候，我好像从明镜般的湖面上看到了冯牧当年在湖边的柳树下散步的身影。

那时，冯牧给我讲摩梭人，古时称为么些族，至今仍保留着母系社会的遗风，这在当今的人类社会中是仅存的以"阿注"（朋友或情人）而不是以结婚夫妻为男女性关系的一个独特的小角落，可以说是研究人类学、社会学、民族学和婚姻家庭结构、男女性关系的一个活的博物馆了。我们当时住宿在一个名叫格扎的复员军人的家里。他不知道父亲是谁，住在哪个村子里，家中只有母亲的兄弟被称为舅舅以及母亲的妹妹要叫小孃，此外便是他的兄弟和妹妹了。这是个典型的母系崇拜的现代家庭。有时候会有从前与母亲相好过的男人来家里坐坐，喝碗酒，吃碗酥油茶，偶尔也带来一点大米、苞谷和麂子干巴，格扎仿佛也能从来客中看到自己模糊的面影，但母亲只是相对笑笑，不作什么介绍，他也就不便细问，客客气气地把他作为尊贵的客人相待就是了。全家的劳动和生活家务都由母亲主持。晚上的厨房火塘就像是全家的寒冬的太阳。母亲当然坐在首位，两边是舅舅和小孃，然后才依次坐着格扎和他的弟弟妹妹。母亲用木勺给家里的每一个成员分餐，斟酒倒茶。我们也应邀参加了这母系社会的最富情趣和最显特色的生活一幕，看到了身为一家之首的那位老母亲的慈爱和权威，也感受到了没有父权的一种家庭的温馨与和睦。晚饭后，格扎穿好镶着金边的大红上衣和紫色裤子，穿起藏式的长筒马靴，戴上狐皮帽，朝我们神秘地笑着，在腰间挂上银鞘短刀，跨出木楞房，消失在湖光粼粼的垂柳丛中。他母亲望着儿子的背影，露出得意的表情，喜滋滋地向我们宣扬，他儿子是到邻村找姑娘去了。末了还补充一句：那姑娘在永宁赶街时她是见过一面的，不但漂亮而且歌唱得很好听。说着，老母亲把一碗碗此里玛酒端到我们的面前，要我们喝她自家酿造的像啤酒一样的饮料。接着又顺手抓了一把葵花子塞到我手掌心上，这是摩梭人母亲对男人多子多孙的一种祝福礼仪。

我们被作为特殊的贵宾安排在正房楼上的经堂里歇息。木板地铺和圆木垒成的墙壁以及盖房顶的淡红色木板都散发出一股股松脂气息。就着那如豆的酥油灯，冯牧面对着来自西藏的释迦牟尼佛像，背靠着柱子，半躺在地铺写日记——他的日记几乎就是一篇散文成品，不但翔实生动而且文采斐然，这在我后来读他正式发表的《摩梭人的家乡》时便得到印证。我当时年轻，编辑工作之余以写诗为主，只知道寻求感觉和意境，没有养成像他那样的采风笔记习惯。等我一觉醒来，他还在那昏黄的灯影下写着写着，不禁使我想起他白天攀爬山坡时的艰难情景……

这一次相隔三十三年后的盛夏八月我又来到泸沽湖。哦，景色如初，风情依旧，可冯牧却不能来了。而去年我陪他到大理、丽江，前年我陪他去澜沧江漫湾电站和宾川鸡足山、剑川石宝山以及迪庆高原的哈巴雪山等地访问。如今就只有记忆的溪流相依相随。当晚我便去寻找当年我与冯牧住过的格扎的家——那被烟熏染黑了的低矮的木楞房。天上下着毛毛细雨，夜色朦胧，远山和近湖被抹成一片漆黑。还是那残月形的湖湾，但那几棵弯腰驼背的老柳树已被风浪击倒而化成烟火或泥土，不见了踪影。矗立在岸滩上的是一棵棵耸入夜空的高大粗壮的白杨树，宛如新一代的摩梭汉子。可不，三十三年逝去，风浪和大地既无情而又有情。再找到依稀模糊的格扎家的旧址，已被一幢三层楼的原木垒墙的木楞房旅馆"摩梭风情园"所取代。再问格扎和他的母亲，年轻人都摇头不已，都说同名的格扎很多，三十三年前的那个格扎嘛，对不起，那时我们还没有出世呢。只有一位掉光了牙齿的老人有气无力地告诉我，格扎和他阿妈都已相继去世了……

夜里，当山风揭去雨云，繁星洒落在波浪跳荡的湖面，豪华的旅馆院子里燃起了篝火，舞会把村子里的青年男女都吸引来了。那个老人吸着长长的竹竿烟锅来到我身边，悄悄地指着阴暗的房檐下坐着的一个显得很是苍老的女人告诉我，她就是格扎的妹妹了。哦，她已不是跳这种风浪激荡舞蹈的年岁，她只是在内心深处燃着往日的篝火，静静地在一旁观赏她那如花的女儿在竹笛声中所领舞的姑娘们展现的华美的风姿，以回想她当年的青春舞步吧？

可不是吗。病中的冯牧也已是七十六岁的高龄了。岁月对每个人——无论是名人或平民都绝对是有增无减的。当时我曾想，如果我把在泸沽湖三十三年后的所见所闻所思所想写信告诉冯牧，他又会有何感慨呢？然而，我面对的依然是篝火、短笛、歌声，依然是摩梭女人的长裙在飘曳……

第二天，我们乘游船去湖上观光。当年那用独木挖空而成的猪槽船，已载不动这么多游人，而只是拴在岸边，被捕鱼人布网时偶尔使用一下。在波浪摇晃着木船和桨声咿呀中，我们很快驶到了湖中的一座名叫海堡的小岛。

哦，往事如画，历历在目，但湖山容颜已改。三十三年前的春暮，冯牧与我们就露宿在海堡边上的一棵硕大无朋的老榕树下。跨过倒塌的围墙，踏着晚霞的光芒，我陪他漫步登上小岛的顶端。几块削去了峰巅的平地，曾是显赫一时的永宁土司的总管阿云迁建造的宫殿式的官府，有依山脊而筑就的回廊、小岛尾端的凉亭、后山的家庙等等，都已是断墙残壁，但从其可辨认的故地遗迹仍可想见当年的宏伟与豪华。阿云迁总管（20世纪）二三十年代曾是滇川康藏交界处即泸沽湖方圆数百里的一位颇有汉文化修养的元朝蒙古族后裔领主，滇川藏的不少军阀高官和美国学者洛克都与他称兄道弟。他在湖中海堡上的官府与住宅，全是请内地高明的工匠所建。他生于清朝同治辛未年间，卒于民国第一癸酉年间，人去房危，虽由其美丽聪慧的摩梭夫人格则永玛操持多年但仍然无法抵抗时局的变迁与季节的轮换而彻底倒塌。岁月悠悠，后来者唯有感伤与叹息。我在废墟中掘出一扇漆绘花草画眉鸟的窗棂，发现地板缝里幸存着一本线装诗书，书页间夹着一封牛皮制的信，从袋中抽出一张暗黄色的毛笔直写的信笺，冯牧接过去一看，原来是阿云迁总管从昆明寄回给他夫人的短信，大意是要她尽快筹备派人送些诸如熊掌、虎骨、麝香等山珍去，他要给当时任云南省主席的龙云将军献礼……

呵，隐藏于废墟里的此信尚能令人遥想老总管当年的辉煌权势与艰难处境。眺望五彩云霞犹如羽裳笼罩的北边的狮子山——摩梭人叫作拉姆即意为女神的母性崇拜的山，却还是那么年轻而娇美。但我们所立足的阿云迁总管这已经倾塌了数十年的楼阁亭台、雕梁画栋、赤壁玉砌却已掩埋在杂乱无情的泥石堆里，又渐渐地被寒凉的暮色吞没。一位摩梭船夫手指烟波迷离的东方，向冯牧介绍说，那座稍大的海堡，岛顶上有阿云迁总管的坟墓，岛中部有一座名扬四方的名叫此里务比的藏传佛教喇嘛寺，但那坟墓，那寺庙，也都毁于政治运动的威力之中了……

那夜，我们在湖边燃起三堆篝火，睡在篝火间的地铺上，盖着薄薄的军用棉被，总是想着历史的风云变幻，久久地难以入眠。我们头顶上的天然绿帐——老榕树的枝叶间栖息着的数百只白鹭也在不停地啼叫着，或许是埋怨我们熊熊的篝火的青烟熏烤着它们的梦境……

而三十三年后当我重上小海堡，当年那棵粗壮的老榕树早已朽烂在湖滩，岛顶上阿云迁总管的官邸连废墟也荡然无存，只有那遗址上茂盛生长着的灌木和荒草在山风中重述着我当年就早已知晓的那个凄凉的故事。值得庆幸的是，当我们乘船离开小海堡经过半个多小时的航程再跨上大海堡的时候，此里务比寺已仿照原样重建起来，从香烟缭绕的佛堂里传出老喇嘛的沙哑的诵经声，让人感到宗教的生命与尊严；当我们沿着山径登上寺后的山顶，根据现任宁蒗县人大副主任罗桑活佛建议于1986年5月修复的他的父亲阿云迁总管的塔形的坟墓在晴朗的蓝天下闪耀着洁白的光辉。墓碑上镌刻着阿云迁生卒年月和一副挽联：威信堪为后世法；精神常与此间存。横批为：克昌厥泼。这大概是老土司下葬时人们对他的评价吧，好在如今也并不拒绝数十年前的历史，这便是进步。而进步是需要宽容与大度，需要过去的眼光和未来的胸怀。

不知怎么的，环顾四周空阔浩大的云天与湖水，又一次默念着阿云迁总管墓碑上镌刻着的这些刻了毁、毁了刻的文字，我会突然想起三十三年前我们在小海堡的总管府的废墟中找到的阿云迁写给他夫人的那封亲笔信，那信当时我们就认为颇有文史价值，而被冯牧夹在了他的采访笔记本里。那本淡蓝色封皮的笔记本如果"文化大革命"中不被造反派抄走而遗失了的话，那么今天就一定还会存留在他那北京木樨地冯牧寓所的书柜里的。想到这里我不禁思绪茫然：写那封信的老总管辞世数十载了，但保存着那封信的冯牧病情又是怎样的呢？

当我由泸沽湖返回丽江，又经大理到保山，再到怒江和芒市、瑞丽、畹町等边疆地区，等访问完毕回到昆明，已是秋凉袭人，落叶纷纷了。我将要把此次重访泸沽湖的情景和感想写成信寄去北京，仍像往常那样请小玲读给冯牧听的时候，不幸的是，当月亮慢慢地由残而圆了起来，快到中秋佳节的日子里，他，冯部长却渐渐地离我们而去，最后到9月5日14时50分竟抛下他很想写但还没有写完的那些关于云南的散文，永远地去了。去年中秋节他在丽江玉龙雪山的月光下，曾充满无限向往地对我说，自从1962年4月访问过泸沽湖之后，三十多年来他一直想着重上小凉山，还想再去看看摩梭人的家乡，那湖水还是那么碧蓝吗？那梨花还是那么雪白吗？那圣洁的女神拉姆山还是那么神秘吗？那木楞房里的火塘边还是女人当家坐在首位吗？

这些，当时我都回答不出来。而如今，当我可以把这一切都写成信告慰他的时候，他已乘鹤西去。纵然写了信寄到北京给他的亲属小玲，可这信又念给谁听呢？

1995年10月8日寒露前夕于昆明

（原载《边疆文学》1995年12期；又载《中国作家》1996年1期；又载《香港文学》1996年1期；再载台湾《中国大陆》杂志1996年7期；入选《1995散文年鉴》，北京师范大学中文系编，漓江出版社1997年出版；入选纪念文集《远行的冯牧》，华龄出版社1999年出版。）

冯牧与澜沧江

生活中竟然有这种不幸的巧合，或许这只是无奈的天意吧。去年9月由中国作家协会副主席、著名文艺活动家、评论家、散文家冯牧率领的中国作协作家代表团到云南访问，团员中有吉林的乔迈、辽宁的刘兆林、北京的白舒荣等。离中秋节还有4天的日子，我们一行人从昆明的翠湖之滨出发。当我们的中巴疾驰在彩云之南的红土高原上，代表团里最年轻的来自黑龙江的女作家迟子建以她那如歌的行板朗诵起刚刚由解放军出版社出版的《冯牧散文选萃》一书中的《沿着澜沧江的激流》："……澜沧江的两岸是壮丽的，丰饶的。无论是山峰上，悬崖边，都密生着葱葱郁郁的亚热带森林；密林都被丛生的藤蔓攀附着，缠绕着，许多参天巨树身上都披满了各种各样的附生植物，从树顶上一直垂挂到江边，有的又好像是老人的长须。我还是第一次发现，那些生长在江边和崖壁上的树木，竟有这样惊人的顽强的生命力量……"

听着迟子建女中音雄雅而柔美的朗诵，在车身波浪般起伏的颠簸之中，我久久地注视着依傍着车窗的冯牧：稀疏的白发被凉爽的秋风吹拂着，面部泛起淡淡的微笑，不时有蓝天白云青松黄栎红枫的光彩在他的眼神中跳荡……那时我似乎产生了一个幻觉：他变成了那挺立在澜沧江边崖壁上的一棵大树……

是的，他是我国文学森林中的一棵大树！从（20世纪）40年代延安时期起他在《解放日报》编辑副刊就发现和推出了赵树理的《李有才板话》、李季的《王贵与李香香》、郭小川的诗等一大批解放区文艺的代表作品；从（20世纪）50年代初期起他在昆明军区政治部当文化部副部长时，又有一大群军旅作家如公刘、白桦、彭荆风、林予、公浦、季康、吴锐等像云南边地的春鸟在他的枝叶间发出了清新的歌唱……

然而万万想不到的是，那么深情地热爱着云南的冯牧，去年的9月竟是他最后的云南之行。命运是多么地残酷。今年也是离中秋节还差4天，噩耗自北京传来：冯牧与世长辞！

那时，我依然如去年那样产生了一个幻觉：在悲痛的9月5日14时50分，当冯牧停止了呼吸，那与北京相距万里之遥的澜沧江岸边一定有一棵大树带着它那长年裸露在风浪之中的千千万万条根须，轰然一声投入了澎湃的激流；江水簇拥着这棵大树茂密的枝枝叶叶，在浪花中旋转；崖壁上那宛若泪雨的沙石追随而下，唰啦啦，唰啦啦，如泣如诉……

是冯牧亲自听到了喝漠河、黑龙江、松花江水长大的迟子建对云南这陌生大地上的澜沧江充满了熟悉而亲切的感情的声音，不然他也许会难以相信奔腾在云南高原峡谷中遥远的澜沧江会对东北的女作家焕发出那么美丽那么豪壮的魅力。迟子建正是通过冯牧的散文认识才理解了云南的澜沧江文学形象。

在穿行于清风流云的车上，当迟子建朗诵完毕，车里爆发出热烈的掌声。紧接着来自河北的诗人刘小放提议让我对《沿着澜沧江的激流》进行即兴赏析。我没有平常在会议上那种回避或推托发言之意。许多人都知道，在云南没有谁比我与冯牧有更多的边疆之旅了。30多年来我无论是在军队在《云南日报》或在省作家协会，都是我一次又一次陪同他到小凉山泸沽湖，到高黎贡山与担当力卡山脉之间的独龙江峡谷，到玉龙雪山和哈巴雪山之间的金沙江虎跳峡，到迪庆高原的碧塔海和小中甸林区，到大理点苍山、宾川鸡足山、剑川石宝山、丽江云杉坪等山川村寨、边防哨卡访问，甚至可以说我比谁都要了解他那些情深意美的有关云南的散文创作过程。因此，我毫不犹豫地接过话筒，未作更多思索便谈了起来："冯牧是用他艰难跋涉和亲历险境，是用他珍贵生命和真挚感情去抒写澜沧江的。诗人袁水拍、画家黄永玉在读过他的这篇散文之后，就决意要去澜沧江，并且也是依循着冯牧的由允景洪到橄榄坝的这段航程。游罢回京，他俩几乎都是用同样的腔调对冯牧说：'哎呀，上当上当。怎么没看到你所描绘的那么精彩的风光……'冯牧微笑着反问：'你们是怎么去的呢？'他俩都说是乘江轮去的。冯牧有些得意地说：'可我是乘傣家船夫划的小木船去的呀！'据我所知，这也不怪诗人和画家。是由于他俩职位高名声大，当地的有关部门不让他们在惊涛骇浪中乘小船去冒风险，因而才乘居高临下的机械动力江轮，视觉和感觉就有些不同了，因此也就没有冯牧的独特体验；而冯牧是把自己的生命和澜沧江的生命融为一体的，是以普通的边防战士和平民作家的身心与傣家船夫及其小船共心跳同脉搏的……"

我的赏析当然是粗浅的。但冯牧当即便给我很高的评价："昆华的分析甚至比我的散文还好！"

这又是他的谦虚，但他的话又是当着10多位各省的著名作家所说的，我也只得如实道来。

在我国经济、政治生活都处于十分艰难困苦的20世纪60年代初期，冯牧以虚弱多病之躯到云南来，去边疆跋山涉水，不但写了豪迈壮丽的《沿着澜沧江的激流》，还写了灵秀飘逸的《澜沧江边的蝴蝶会》，成为当时沉闷文坛的美谈。后者刊发于《人民日报》之后被收入中学语文课本和各种散文佳作精选本以及辞典，其昂扬的品格和优雅的审美情趣，更是影响了一代代青年读者与作者。

1994年4月组建的中国作家代表团来云南采风那次虽然没有到达澜沧江访问，但作家们跟着冯牧的散文行走，仿佛也已置身于澜沧江的激流中。一路上，冯牧如数家珍地给来自东北和华北的作家们讲云南的名山大川，讲各民族共同创造的多姿多彩、辉煌灿烂的历史文化，简直使我这个土生土长的云南人对云南的知识显得相形见绌。为此，我尊敬地给冯牧起了个雅号：冯霞客。大家都一致赞成。冯牧可以说是当代当之无愧的徐霞客。他能随口背诵出徐霞客对滇池之滨的石城、对大理苍山的清碧溪、对丽江芝山上木土司的解脱林和五凤楼、对鸡足山上的静闻和尚墓地等等的描述原文。他像徐霞客那样对彩云南现的这片天地和天地之间的各民族群众满怀着挚爱之情。

再说澜沧江吧。冯牧的那篇《沿着澜沧江的激流》写的是西双版纳最具特色的我国境内最后一段流程，出了橄榄坝便是东南亚各国即缅甸、老挝、泰国、柬埔寨等国的被称为湄公河的国际河流了。冯牧与澜沧江的缘分，绝不仅仅是那江滩跌宕、惊涛腾啸的下游和江边那艳丽如花的蝴蝶会，他还有着一次澜沧江中游的使他从原始的自然到现代化工程的十分动情的访问。可以说这是他从20世纪50年代初期横跨澜沧江之时就萌生的一个关于"澜沧江小太阳"的水变电的美梦的追寻和实现。1993年4月下旬，当澜沧江漫湾电站施工建设单位通过我邀请冯牧去参观访问时，在电话上他毫无半秒钟的犹豫便欣然答应了。他喜滋滋地对我说，多年前，张光年曾将他誉为"候鸟"，这候鸟一听到云南，澜沧江，便想南飞了。果然，几天后当冯牧从寒冷的北京的早春飞到温暖的百花盛开的昆明，步出机场时，他边走边告诉我：怪啦，只要双脚一踏着云南的土地，就觉得两腿来了劲，呼吸畅快，浑身的疼痛就抖落了。尽管昨晚为赶写《关肃霜传》的序言，一直到凌晨3点钟才稍微休息了一会⋯⋯

此后，我们乘车从昆明出发，途经流放状元杨升庵、游记大师徐霞客经历的某些旧址，冯牧都会情不自禁地吟诵出杨升庵、徐霞客留下的片断诗文⋯⋯当我们乘车穿过唐代南诏古国的故地，攀越哀牢山和无量山的一道道横断山脉时，车厢里恰好放起冯牧青年时代就在宝塔山下的窑洞前唱过的抗日战争歌曲《延水谣》，他情不自禁地跟着唱了起来："延水浊，延水清，情郎哥哥去当兵⋯⋯"

这哪像74岁的老人呢？由昆明经楚雄、南华、祥云、弥渡、景东、云县到达澜沧江漫湾电站工地，经过两天来500多公里的山间行程，应该说已是疲惫不堪的了。但当冯牧看到那正在层层加高的宏伟的拦江大坝，看到那泄洪口的激流跃上蓝天而撒出万千条彩虹时，便立即兴奋地叫停车观赏。住下后的第二天清早，冯牧便带领我们投入了施工现场采访。他时而踏上耸入云天的坝顶，时而钻进沉闷灰暗的坝体内的厂房，时而抚摸着钉牢了边坡塌方的锚钉，时而又向总工程师请教技术问题⋯⋯整整7天的时间，冯牧访问过从管理局长到普通工人百多个第一线工程的劳动者，足迹踏遍了高山河谷、坝体内外。一些职工指着冯牧上工地时必带的那顶桔黄色安全帽，纷纷议论着："看，那就是中国作家协会副主席冯牧，那就是中学语文课本上的《澜沧江边的蝴蝶会》的作家，这回肯定又要写我们漫湾的什么啦⋯⋯"

果然，冯牧从云南回到北京不久，《人民日报》便以近整版的篇幅发表了他的长篇报告文学《澜沧江上的小太阳》。这天的报纸在漫湾电站建设者的手中传来传去，成为读者最多的一张报纸而被珍藏起来。事后一位友人告诉我：当一位老工人在澜沧江边就着澜沧江激流发出的电光读完了冯牧的这篇文章，读到最后一句："我想，我应当把自己发自衷心的赞颂，奉献给澜沧江上的光明使者——英雄的漫湾人"时，眼里流出了闪烁着电光的泪珠……

此时，当漫湾电站从1993年6月30日第一台机组首次发电到6台机组已全部建成并如设计那样发电容量达到150万千瓦而胜利竣工之后，其中大多数职工已转移到漫湾下游的大朝山电站去为另一个小太阳的放射光明而日夜奋战不息，他们一定会想起两年半之前冯牧离开漫湾时说过的那句话：我还要来大朝山看你们，写你们，因为我们共同有一种澜沧江情结……

但是，我想，我想轻声地沉痛地告诉澜沧江上的人们：冯牧，他再也来不成了……9月20日也就是今天上午，当北京八宝山革命公墓的金黄色白杨树叶在秋风中呜咽着飘落的时候，冯牧的同志、亲友们，正举行着与他的遗体最后告别的仪式。哀乐将把他送到烈火之中，他将化为一朵彩云，在他的第一故乡北京、第二故乡延安、第三故乡云南，来来回回地飘来飘去，当然他肯定要访问他写过多篇散文的澜沧江的激流……

1995年9月20日昆明秋雨中

（原载《粤港信息日报》1995年10月10日；入选《远行的冯牧》，高洪波、李迪主编，华龄出版社1996年4月出版，1999年12月再版。）

冯牧与刘白羽

1951年7月，新中国诞生后的一年多，身为初中生的瘦小的我终于盼来机缘，由家乡镇沅县中学公函推荐，又经县委会核准盖印，得以如愿参军，并从此开启了我的军旅文学生涯。

1954年春，我在勐海驻军116团工作期间，宣传干事曾给热爱文学的我推荐了一本《刘白羽战地通讯选》，那本书上有冯牧先生来部队讲课时的签名。接着又找出冯牧写的战地通讯《新战士时来亮》，让我阅读。

那个年代的战地通讯，除了具有来自战火纷飞的前线所具有的新闻性、真实性，同时还具有动人感情的文学性。刘白羽和冯牧在投身战场之前就已经是作家、评论家了。他们所写的战地通讯自然有别于某些新闻记者所写的消息报道，让人觉得好读、爱读，并且容易记住。这就是我从未见过面的、通过阅读战地通讯而认识的刘白羽和冯牧。刘白羽先生1916年9月出生于北京，冯牧比他小3岁，1919年2月在北京出生。他俩成长于北京的历史文化环境中，虽未相遇相识，但却都向往当时的革命圣地延安。1938年春，刘白羽到达延安，于年底加入共产党，任中华全国文艺界抗敌协会延安分会党支部书记。冯牧则于1938年5月中旬离京，经冀中抗日根据地辗转数月才到延安，12月进入抗日军政大学学习，结业后于1939年考入延安鲁艺文学院，

1941年毕业便到鲁艺文艺理论研究室工作，两年后到南泥湾三五九旅当兵一年，1944年调入党中央办的《解放日报》，在丁玲领导的副刊部任文艺编辑。同年，刘白羽从延安调至重庆《新华日报》副刊部任职。对照以上简历可以发现，冯牧与刘白羽1938年在延安就已相识，在延安的五六年间，他们在同一条战线常有学习、工作、会议等交往，彼此不但增进了了解、信任，还建立了友情。即使后来刘白羽去了重庆《新华日报》，而冯牧留在延安《解放日报》，两地相距甚远，但在党中央的统一领导下，他们也仍有编辑业务联系。比如，刘白羽知道《解放日报》副刊发表的李季的长诗《王贵与李香香》是冯牧编辑的，还在《新华日报》转载过冯牧发表于《解放日报》1946年5月6日的评论《敌后文艺活动的新收获》等。1946年5月，冯牧在解放日报社加入中国共产党。半年后，在延安主持新华社工作的廖承志直接派冯牧以军事记者身份，从延安奔赴激战中的陈赓兵团，亲历晋西吕梁战役、汾孝战役、晋南战役。这些都是保卫延安的重要战役。冯牧身临前线陆续写了《把敌人淹没在汾河里》《新战士时来亮》《记郏县攻坚歼灭战》等战地通讯。其间，《解放日报》两次发函要冯牧回延安到报社工作，但冯牧乐于当军事记者，当面向兵团司令员陈赓说了自己的愿望，陈赓就给廖承志发了电报，把冯牧留在了前线部队。接着，冯牧参加了强渡黄河和豫西战役、平汉战役、解放洛阳战役、淮海战役、渡江战役、解放广州战役、粤桂战役和大陆最后一次战役——滇南追歼蒋军残部的战役。在前线部队三年半的时间里，冯牧真是"身经百战"，写了"战地通讯百篇"，比如《洛阳英雄连》《陈赓将军赐见败将邱行湘》《向淮海前进》《英勇的南坪集阻击战》《给大别山人民报血海深仇》等等。特别值得记叙的是，这些战地通讯都有坚强的生命力，都与解放战争的历史同生共存。比如

1953年冯牧到朝鲜上甘岭前线部队访问时就发现，一位志愿军战士的笔记本中竟夹有他于1950年初写的《八千里路云和月》这篇文章的剪报。而另一篇写于1947年的《新战士时来亮》，直到32年后的1979年春天，冯牧到云南边境自卫反击战前线、陈赓的老部队访问时，仍能看到这篇文章还在13军38师印发给战士们阅读，以进行英雄主义传统教育……

再说刘白羽。1946年初，他也离开《新华日报》到北平军事调停执行部任新华社记者。国共和谈破裂后内战爆发，刘白羽又被派往东北野战军任军事记者，在东北、华北战场上写了大量战地通讯，为一次次战役的胜利立下了一座座丰碑。由此可知，冯牧、刘白羽自延安分别后，虽然不在同一部队、同一战场，但都同时在新华社任军事记者；他俩所写的战地通讯或报告文学等，都驰名于各地战场，将各个部队的辉煌历史存留在册，铭刻在广大指战员的心间。这就使冯牧与刘白羽从延安时代便开始的文友与战友的感情不断得到加深，不断增强了彼此之间的信任与尊敬……

1954年春夏之际，冯牧率领军旅作家团到滇南、滇西边防部队和边疆民族地区深入生活，采风创作，回到昆明后，由于辛劳过度，战争年代就患有的肺结核病日趋严重，当年秋天就在昆明军区医院做了手术。1955年春，冯牧又转到重庆西南军区医院继续治疗，但病情并未好转，次年又入住北京解放军总医院，切除了肺部特大肿瘤，经过一年多的医治，终于自危难中挽救了生命。由于身体原因，冯牧不宜继续在军队工作，便于1957年底以昆明军区文化部副部长的身份办了转业手续，由时任中国作协党组书记的刘白羽接收并安排其到中国作协主办的《新观察》杂志任主编。之后的1961年春天，已任《文艺报》副主编的冯牧先生曾来滇出差，我有幸与他第一次见面。我们在西双版纳傣族自治州首府景洪与边疆军民欢度泼水节，在澜沧江的沙滩上散步漫谈，当我说起多年前我曾在西双版纳勐海边防团读过刘白羽和他写的战地通讯时，在一阵阵温暖的江风吹拂中，冯牧平静地对我说，现在他和刘白羽都不再像年轻时当军事记者那样写战地通讯了，而是爱上散文、写作散文了，冯牧先生一边说自己的创作情况，一边也鼓励我进行散文写作。几天后，我跟着我们军区文化部文艺科长赵玉山前往西双版纳打洛边防连采访，就写了好几篇军旅散文……

历史的长河总在向前奔腾。从20世纪60年代初到80年代改革开放，20多年过后，我实现了愿望，在北京召开的全国军事题材创作会议上，由冯牧当面介绍我认识了刘白羽。那时刘白羽又重新穿上军装，在总政文化部任部长，而冯牧则早在三年前就已担任了中国作协党组第一副书记、中国文联党组副书记和中国作协副主席等职务。

回顾这次相识还得从发展军事文学说起。1979年初春，云南边境打响自卫反击战，冯牧即率先深入前线，很快写了散文《我的战友，我的亲人》发表于《人民文学》当年第8期。紧接着，徐怀中也在云南边疆战地帐篷中写了《西线轶事》，以高票荣获1980年全国短篇小说奖；军事文学如春风吹起。鉴于当时边境战争形势的召唤，中国作协和总政文化部决定于1982年春天联合召开全国军事题材文学创作座谈会。这是改革开放新时期、也是新中国成立后召开的第一次以军事题材为创作主题的文学盛会，军内外150多位作家共同出席。在会上，我怀着敬仰之情快步走到主席台前，向冯牧、刘白羽敬了军礼，冯牧把我拉近，并向刘白羽做了介绍……

这是我首次见到冯牧与刘白羽并肩站在一起。那一瞬间我不禁又想起1954年，我在西双版纳勐海军营连夜拜读冯牧亲笔签名送给部队的《刘白羽战地通讯》时的情景……

全国军事题材创作座谈会从4月18日召开到28日闭幕，会期长达12天。这期间我有很多机会与冯牧、刘白羽见面相聚并交谈。在和刘白羽先生接触中我很快便发现，他不仅在散文写作上异常出色，小说创作更是精彩连篇。冯牧先生也多次赞许他的小说创作，希望他写出一部又一部军事文学精品来。终于，1987年11月，在刘白羽71岁高龄时，由人民文学出版社出版了其以解放战争为题材的长篇小说《第二个太阳》，随即在军内外获得广泛好评，并于三年后荣获了第三届"茅盾文学奖"。1991年3月30日在北京人民大会堂举行的颁奖会上，中国作协党组书记、主持工作的常务副主席张光年有意安排冯牧代表中国作协把鲜红的奖证送到了刘白羽的手上。这两位从革命圣地延安起就相识的战友、文友亲切地握手之后，又伸开双臂热情地拥抱……

（原载《文艺报》2019年11月22日；又载《中国作家网》2019年11月22日；入选《四十年，四十人，茅奖作家作品观澜1982—2022》，梁鸿鹰主编，北岳文艺出版社2024年1月出版；又载《云南日报》2020年3月6日；又载《边疆文学·文艺评论》月刊2020年第1期；又载《云崖》杂志2020年11月总第16期。）

冯牧与开远同在

　　我总想走进那座林木葱茏的军营里，去拜访那幢青瓦红墙绿窗的小屋。但我只能沿着威严的围墙转悠，像一阵阵流浪的秋风，任凭那墙内墙外的榕树、桉树或棕榈树的枝枝叶叶把开远特有的亚热带温暖的阳光编织成疏疏朗朗或斑斑驳驳的时间或空间的有影无形的大网，披戴着我或跟随着我，游游移移地拉长了我的绵延的思绪⋯⋯

　　除了坦然昂立的围墙，当然还有那宽敞的营门以及营门中央或两侧站立着持枪的年轻而英俊的、亲切而肃穆的军人；是围墙和哨兵对军营的守卫，使我无法进入我想进入的地方，去寻找我想寻找的那幢青瓦红墙绿窗的小屋里的那个整洁素朴的房间⋯⋯

　　我说，三十多年前我也是军人，是一位大军区政治部文化部下部队工作的军官，那时我出入这道营门，哨兵还得向我行以军礼，而我也相应回以军礼；我能自由出入这座军营，有时遇到军首长，他们还客气地与我握手呢⋯⋯

　　我说，军营里的那幢小屋的门前，有一棵壮美高大的凤凰树，春天满树开放着火红金黄的花朵，一如屋里那位握着笔杆子的军人以及他所写出的热情燃烧的《八千里路云和月》。这不但是那位军人写云南的第一篇散文，也是四兵团的第一篇军旅散文。他的名字就叫冯牧。如果你当兵前上过中学的话，你会记得初中语文课本里，有他写的散文《澜沧江边的蝴蝶会》。这篇散文当然很精美了，但冯牧却给我说过，他本人则更看重《八千里路云和月》，文中的每一个字都浸透了许多将军和无数士兵们的鲜血与青春。他们或先或后或早或晚都献出了宝贵的生命……

我甚至还想说，冯牧进驻这座军营之前，曾经在延安《解放日报》丁玲手下任副刊编辑，后来任新华社特派四兵团前线记者、新华社支社社长；在三年解放战争中，他曾经为这支英雄的部队写过许多优秀的战地通讯，诸如《新战士时来亮》《记郏县攻坚歼灭战》《整三师的覆灭》《攻进洛阳城》《南坪集阻击战》等等，都在全军产生重大影响，鼓舞了部队的战斗力，提升了军人的荣誉感。刚进入云南，他在这座军营里写完《八千里路云和月》之后，便因新华社支社建制撤销而改任军文化部长。从此，我们便习以为常地称呼他为"冯部长"了。

但我没有说出这么多。因为哨兵很有礼貌地怀着歉意地告诉我，他在执行警卫军营的任务，按纪律规定，不能在哨位上聊天。我只好思绪惆怅地走开，继续沿着军营的围墙，一步步踏着往事，踏着遗憾，在开远的行人之间或行道树下漫步，思念……

除了那座我来过多次的军营，其内部建筑有何变化不得而知；保存着的记忆仍继续保存，该熟悉的仍继续熟悉。但军营之外的开远，我不能不承认视觉已经陌生。我所知道的开远，是滇南的军事重镇、交通重镇、工业重镇。如今，这三顶桂冠依然还在开远的头上戴着。最新的风景，便是在它明净的天空和高楼比肩而立的大街以及鲜花飘香、鸟语动听的小巷都挂满了"首届中国传统武术节"的横标与旗帜，还有被这么众多的横标与旗帜招引而来的全国各地那么众多的武术精英们，在灵泉西路体育场内出出进进，或排列方阵，或接受检阅，或表演、竞赛、夺冠、奏乐、受奖等等，已经给开远增戴了第四顶即"武术重镇"的桂冠。正是这项崭新而古老的中国传统武术之乡的桂冠，仿佛是在一夜之间突然使开远变得更加武术起来，更加江湖起来，更加美丽起来，更加精神起来，也更加文化起来！

据说，开远拿出过去请一名女歌星来唱三首歌的经费，就请来三十位全国各地的作家，在开远进行采风和写作。我便是三十分之一，才有幸重返开远。也许是文学的意识流动吧，要不就是因为我曾经是冯部长麾下的一名军人，我会莫名其妙地在"首届中国传统武术节"和《八千里路云和月》之间探索着它们的相同点，共振点。我想，在2005年深秋时节开远举办的这个"首届"，难道不可以与冯牧1950年初春时节在开远写出他个人的和云南的第一篇军旅散文相对应、相联系么？在现实的今天的武术节的日子里，怀念历史的遥远的五十五年前的经典散文从而寻找《八千里路云和月》的诞生地，不就是一种自然而然的文化张力吗？

再浪漫一点吧，如果从今天想到五十五年后，也就是2060年11月19日，当然不会是我本人了，但我如今可以肯定地说，那时，总会有人，而且必定是老人，来到开远灵泉西路体育场内，寻找首届中国传统武术节开幕式上某个武术队行进的脚印，倾听某个武术队呐喊或某些观众喝彩的声音，就像我此时在寻找、在倾听冯牧《八千里路云和月》的脚印与声音一样……

如果允许的话，我想把冯牧称为一位平凡而伟大、朴实而光辉的军人和文人。他1919年2月24日出生于北京；他把北京称为第一故乡；1938年秘密离开当时已被日寇占领的北京，几经周折来到革命圣地延安；他把延安称为第二故乡，八年后于1946年底离开延安，以新华社特派前线记者的身份随刘（伯承）邓（小平）大军和陈赓兵团转战华北、中原、华东、华南各地各战场；在淮海战役中荣立一等功——记者享此殊荣，这在新闻史上也是罕见的。随后，他又参加了解放大西南的一系列重要战役，于1950年初春到达云南；他把云南称为第三故乡，而开远则成为他第三故乡的第一个家。

第一个家啊，多么亲近、多么慈爱的开远，你是冯牧经历了三年解放战争生与死的艰苦岁月，冲破重重叠叠枪林弹雨、轰轰隆隆的连天炮火之后的第一个立足安身的家！而此前的一千多个日日夜夜，冯牧不是行军、打仗、采访、写稿，便是宿营于山茅野岭或寄居于民宅檐下或在战壕碉堡里打个盹儿……正是在开远的这个小小的家里，他穿着沙场战尘尚未洗净的军衣，铺开硝烟气息还没散尽的稿纸，写道：

> "当我用比例尺在地图上量着从长江到珠江到红河的距离的时候，我想起了一句词：八千里路云和月……去年的今天，在漫天的白雾和密集的炮火下，我随着突击队的小船渡过了白浪滔天的长江，跟着战士们把一面红旗插上江南岸敌人的要塞顶上。而在一年后的今天，我又随着同一支突击队，穿过边陲地带的荒山僻岭和瘴疠之区，把鲜明耀目的五星红旗插上了红河畔上的祖国边疆……"

此时，在冯牧第三故乡的第一个家的围墙脚下，我又看见了围墙里边的那棵凤凰树伸上云天的粗枝壮干，穿戴着军装般的绿叶，在风中挥舞着，发出军歌的声响，似乎在唱道：明年春天，我就会像年年春天那样，绽放出庆祝胜利的焰火般灿烂的花朵……

望着这棵唱歌的凤凰树，我不禁想问：你就是冯牧家门前的那棵凤凰树吗?

凤凰树挥动着枝叶作为回答。是的,我记得,记得冯牧的开远这个家,如同记得一幅色彩浓烈的油画。已经是很久很久以前了,我在昆明军区政治部文化部编辑冯牧在20世纪50年代初期创办的《部队文艺读物》丛书时,曾经来滇南开远的这座军营里举办过军旅作家改稿班;那次的文学成果就是出版了一部小说散文集《红河之歌》。在那些时日里,我多次来到冯牧住过的这间屋子里,告诉来自各师各团的业余作者们:我们的冯部长就是在这棵树下这间屋子这道窗后的小桌上写出了大文章《八千里路云和月》的。当这篇文章从开远的军部电台以嘀嘀嗒嗒的声音电发新华社又由新华社电传全国全军的时候,许多久经战场的老将军和初迎战火的新战士读着或听着都感动得流出了眼泪。

《八千里路云和月》的写出与播发,标志着中国内地解放战争的胜利结束。也就是从这间小屋起步,冯牧由率领一批军事记者改而率领一批文学军人,走向红河、澜沧江,走向哀牢山、阿佤山。不久之后,从那些江河的浪花上和那些群山的云雾里,走出了公刘、彭荆风、白桦、林予、公浦、季康、周良沛等才华横溢、作品丰硕的军旅作家……

长期艰苦的战争生活与长期紧张的写作生涯,使冯牧身患肺结核重病,不得不从云南回到第一故乡北京进行手术和治疗,并于1957年底脱下军装转业到中国作家协会工作。这是他曾经在延安《解放日报》时期就熟悉和热爱的工作。在这个岗位上,他先后担任过《新观察》杂志主编、《文艺报》主编、《中国作家》杂志主编,中国作家协会党组第一副书记、中国作家协会副主席等重要职务。他任劳任怨、呕心沥血、胸怀大度、无私无畏、无愧无悔地把自己的智慧、才华、心血，直至生命奉献给了中国的文艺事业……

冯牧曾经自豪地称自己是北京人、延安人、云南人，而在云南人的称号下，他认为他首先是开远人。正是在开远，他回顾和记录了解放战争的八千里路云和月；也是在开远，他展望和开创了他人生的第二次八千里路云和月……

1979年春天，由于边境上发生的那场战争，就像当年从延安到前线一样，他特意从北京飞到昆明，又从昆明搭乘一架给前线部队运送文件的军用直升机赶到开远。在血色苍茫的傍晚，他疾步走进这座空寂的军营里，凭着永不褪色的记忆，找到了他三十年前曾经倚靠过的那棵苍老而茁壮的凤凰树和树旁的这座小屋。他轻轻地抹去了窗台上厚厚的尘土，轻轻地从门前的台阶上捡起几片落叶夹进采访本里，再转身上了发动机未曾熄火的野战吉普车，驰骋红尘飞扬的急造公路，于星空明朗的深夜赶到蒙自，投入到解放战争中他曾经采访过报道过的那支英雄部队的怀抱里。

就是在木棉树盛开着火红花朵的蒙自，我遇到了冯牧。是他给我讲述了他在开远军营里的匆匆寻访和依依告别的情景；是我陪同他在蒙自老城里的一间民宅小楼上采访了他当年在洛阳古城采访过的"洛阳英雄"连的七班战士；颇有戏剧巧合与新闻真实的是，当年攻打洛阳的功臣王引生，今天已是率领这支部队的师长了。冯牧在蒙自采访当中，还找到了他当年在解放战争中写过的战斗英雄卫小堂，找到了当年在淮海战役中一起蹲在战壕里吞食干粮的几位老战友……那时说起这些相逢，我看到，冯牧的眼里焕发着军人与散文家的光彩。回到北京不久，冯牧便在《人民文学》杂志1979年第8期上发表了他重返这支英雄部队所采写的散文《我的战友，我的亲人》。此时的冯牧，已是年逾花甲，但他的这篇描写战地生活的散文，依然像三十年前写的

《八千里路云和月》那样，充满青春热情和军旅诗意……

冯牧离开云南后，总是眷恋着云南，只要一有机会，他就要来云南。他人生的最后一次，也就是他第14次的云南之行，是1994年9月中旬，他率领中国作家代表团访问滇西北。在丽江玉龙雪山下过中秋节的那天晚上，他听完纳西古乐演奏后走出剧场，沿着源于黑龙潭流出的那条城中的小河，沿着小河边绿影婆娑的垂柳堤岸，看看柳丝间时隐时现的月亮，他兴高采烈地说，记得在宝塔山下的延河边看见过中秋节的月亮，但离开延安窑洞后的三年解放战争中，战事频繁，硝烟弥漫，就想不起也记不得在何年何地的中秋节望见过月亮了。回忆起来，是到云南后，在开远的军营里，才真正望见过中秋节的月亮，那么大，那么圆，那么近，就像今夜丽江的月亮，那么晶莹，那么纯洁，那么引人怀想……

冯牧的最后云南之行，不能不怀想最初在云南的开远之家望见的月亮。正如冯牧自己在《八千里路云和月》中所说的："这不是一种个人的激情，这是一种历史的情感。"冯牧从云南丽江古城回京后的第二年即1995年9月5日在医院病逝。临终前，他曾给女儿说过：小玲，我要远行了，要去很远很远的地方，这次去了就永远也不会回来了……冯牧生前去过云南很多很多的地方，但他进入云南最早落脚的地方是开远。他逝世后，双脚不能行军远行了，灵魂却能飞翔远行。他远行的灵魂，必定是先来云南，来云南，必定是先到开远。因为这是他生前的命运早就安排好的行程；他对云南的历史的情感早就熔铸在他写于开远的《八千里路云和月》之中了。这篇史诗般的散文，是冯牧记住开远，开远记住冯牧的一座纪念碑！

我这次来开远之前，在昆明曾经参加过与冯牧有关的两次活动。一次是省新闻出版局领导开会商议编选《云南当代军事文学作品集》。当时有同志提出入选冯牧的《澜沧江边的蝴蝶会》。我说，选这名篇当然好，但我建议入选《八千里路云和月》既有战争岁月纪念意义，也具有军旅文学价值。

另一次是省作家协会要举行冯牧逝世十周年座谈会。为缅怀这位与云南有着血肉般亲情联系的作家，有同志提议在座谈会上朗诵冯牧的《沿着澜沧江的激流》。我同样如前所说，朗诵这名篇当然好，但我认为朗诵《八千里路云和月》可能会更有历史回声和现实意义。我说了我的具体想法后，我的两次建议都得到了有关同志的认可。于是，我复印了《八千里路云和月》，既送给了《云南当代军事文学作品集》的主编郑明，也送给了云南省人民广播电台总编室主任李湄燕。2005年9月3日，在连云宾馆举行的纪念冯牧逝世十周年的座谈会上，李湄燕以深情的声音朗诵的《八千里路云和月》，把与会者引入到五十五年前冯牧的革命军人情感的长河中：

"……一年前，当我们从江南出发时，部队中流传着一句口号：'江南站队，云南点名。'现在我们已经在云南点过了名，我们悲痛在我们队伍中已经失去了很多过去曾和我们一起憧憬胜利的人。为了这个胜利，他们流了血，乃至付出了生命。没有他们的艰苦奋斗、英勇牺牲，就没有今天我们的胜利，他们用鲜血和生命为我们铺平了前进的道路。'胜利从何而来？'胜利就从这条道路上向我们走来……"

当李湄燕哽咽着念完这篇散文的最后一行文字："愿我们的英雄们永垂不朽！"在会上沉默瞬间，又接着念出冯牧写作此文的年代与地点"1950年春于滇南开远"时，我看见同志们一双双眼里都闪烁着点点泪花。那点点泪花是回忆、追思、感动、幻影，我似乎感觉到冯牧已经从《八千里路云和月》的字里行间走了出来，站立在那条火红火红的"纪念冯牧同志逝世十周年座谈会"的横标下，站立在那几盆碧绿碧绿的凤尾棕竹之间了……

在纪念冯牧逝世十周年那个座谈会开过两个多月后，我来到那篇感人至深、催人泪下的《八千里路云和月》的原创地开远。沿着军营围墙漫步，我仿佛听到了当年冯牧自己诵读《八千里路云和月》的声音。虽然我并不知道也看不见这座军营里的冯牧曾经居住过的那幢小屋是否还在，但我相信，即使那幢小屋消失了，只要《八千里路云和月》还在，冯牧就能与历史进程同在，就能与开远的天空和大地同在！

（原载《大家》杂志2006年第4期，入选文集《中国作家开远行：记住开远》，云南民族出版社2006年8月出版。）

冯牧的散文精神

虽然冯牧的生命已经离我们越来越遥远，但冯牧的散文却与我们越来越亲近。这是因为冯牧的散文是用生命写成的。他把生命永久地记存在他的散文里了。我们都有同样的感觉，读冯牧的散文，就能见到冯牧本人。

我们不是能够在《摩梭人的家乡》体验母系家庭的火塘燃烧着的温馨情爱么？不是能够《沿着澜沧江的激流》听到傣族船夫沉重的呼吸与长篙拨礁的声响么？不是能够在《虎跳峡探胜》时仰望金沙江两岸哈巴雪山与玉龙雪山的伟岸身影么？我们甚至可以这样说：冯牧写彩云之南的散文，每一篇都能让我们亲临其境、重温真情而获得阅读享受。这不仅是他的散文洋溢着艺术光彩，更主要的是他的散文闪耀着人格魅力。

冯牧生前留给我们的文稿经整理编辑出版的《冯牧文集》计九卷370多万字，大体可以分为评论与散文两大部分。我历来认为他写评论是职责与工作的需要，而他写散文则是情感与文学的诉求。冯牧说过："我的兴趣和志愿主要还是在散文写作上。"他还说过："我曾经有过一个虽然宏大然而看来却难以实现的志愿：根据我在祖国边疆的云南地区的生活和经历（这些生活经历和独特见闻大多是一般人很难涉足和获得的），写出一些比较有分量的具有鲜明色彩的散文来。

然而不幸的是冯牧带着他那些很想写而且也必定能够写得很好的散文腹稿、素材、题目或构思于1995年9月5日远去了。尽管如此，我们仍然能够作出评价冯牧已经用他写出的"比较有分量的是有鲜明色彩的散文"创造了、构建了一种"冯牧的散文精神"。

什么是"冯牧的散文精神"呢？我以为这就是：美与求实。

我们不妨对"冯牧的散文精神"的形成作一番简要的探析。冯牧，1919年2月24日出生于北京的一个书香世家，从小便受到中外文化的滋养。他父亲的20多部译著在20世纪30年代就已由商务印书馆出版。其中的《马可·波罗游记》等书就是瘫痪在病床上的父亲用口译经由少年中学生冯牧执笔记录、整理抄写而成的。冯牧曾微笑着对我说过，他散文中的某些欧化语言和重叠长句就是因为笔录那些译著而受其影响留下的痕迹。1938年初春，冯牧秘密逃离被日寇占领下的北京到达革命圣地延安后，有将近10年的光阴先后在鲁艺学习和在《解放日报》丁玲直接领导下任副刊编辑，其间写过不少诗歌与文艺评论。20世纪40年代末期的3年解放战争中，作为新华社特派四兵团前线的冯牧又在枪林弹雨中写了大量军事通讯与特写。20世纪50年代初期，冯牧随军到云南后又转而担任部队文艺创作的领导，率领一批又一批军旅作家深入生活，走遍了边防前线与民族地区。这时，他的行装中不仅有普希金、梅里美、泰戈尔等各国作家的名著，还有《徐霞客游记》等中国古代和现代的文学经典伴随着他漫长的边地旅途……从上述种种因素可以看出冯牧人生经历中的文学与新闻的两个侧面的存在与交融，使他特别注重散文艺术形式的美与题材内容的求实。他散文创作成功的经验与公开的秘诀，就是在文体上先架设起日记或通讯两座桥梁，然后才进入散文创作的广阔原野。当然，这种把日记、通讯与散文和谐共生的创作过程，其最重要的前提是正如冯牧所说的："我的散文主要是记录了自己多年来所走过的艰辛路程的足迹。"因此，我们与其说冯牧的散文是写出来的，还不如就直截了当地说：冯牧的散文是走出来的。他散文中的每一个字，都是他每一个足迹变换而成，再生而成，所以我曾经给一些青年作者说，冯牧的散文不是诞生于书斋或酒吧，而是在云南边疆的山野、河流村寨、边防哨所孕育而得，是名副其实的跋涉者散文；这既是身心的跋涉，也是文学的跋涉，是真正发源于大自然和广大群众的大散文。因而冯牧的散文能够在我国当代散文创作中独树一帜并历经风吹雨打仍昂然飘动、猎猎出声。这种动感和心声，体现了冯牧散文独有的语言美、内容美、意境美的"三美"特征。

我经常在云南各地遇到一些带着冯牧散文集《滇云揽胜记》的旅行者。他们都会颇有感触地说，他们能从《澜沧江边的蝴蝶会》中看到明、清时代和当今西双版纳的彩霞般飞舞的蝴蝶；能从《寻觅清碧溪》中找到300多年前徐霞客在大理苍山因流连景色而跌入清碧溪的龙潭；能从《碧塔海——难忘的旅程》中听到猎人尼玛和顿珠唱的悠扬而悲凉的藏族民歌……这些风景各异但又行文美妙的一篇篇散文，都是冯牧根据当时写下的一页页日记随后整理而成的。在这方面，我有深刻的印象。在我负责编选《冯牧文集》中的第七、第八两卷60多万字的《云南手记》时，我发现并印证了冯牧这些写于当时当地的手记便是新闻记者的纪实写实与文学家的文采情采相结合的散文。这不仅由于我是他深入边疆各地时次数最多、里程最长、道路最险的旅伴，而且还由于他每晚宿营写日记时，我常常就在他身边，或耳濡目染，或现场就先读为快而留下的记忆。

那是32年前的往事了。"文革"中冯牧为躲避"四人帮"爪牙对他进行折磨批斗，悄悄离京跑到云南，在军队原四兵团的老战友掩护下，他消失在边防战士和崇山峻岭的怀抱里。1974年8月中旬，我们从怒江军分区乘军用吉普车抵达贡山县独立营，再步行3天去驻守在中缅边界上的独龙江边防连访问。我们经过两天在高黎贡山中的艰苦行走，到达海拔4000多米的雪山垭口一侧的东哨房宿营。那是勉强站立在高坡上的一座简陋的木板房，透风漏雨，房顶和四壁日夜都在呼呼作响，而且还异常寒冷。我们睡在战士烧得红红旺旺的火塘边的地铺上，由于过度疲困，我很快就睡熟了。随着一阵哮喘咳嗽声把我惊醒，原来冯部长（这是我们沿用军队时对他的习惯称呼）还在就着火塘的微光补写今天白天没有写完的日记。这篇日记就是我们后来在《冯牧文集》第5集散文卷中看到的《高黎贡山记事》。他用行文如歌的笔法，把那天沿途所见所闻所感，写得那么真实细致，那么激情荡漾，那么爱意炽烈。在冯牧逝世11年后的今天，我又翻出重读，回想当年与冯牧同行高黎贡山的情景，再联系当前某些散文创作的内容上空泛、境界上空洞、思想上空虚的"三空"现象，从而更加感受到冯牧的散文精神，对我们的为人为文都具有强烈的现实意义和垂范的经典力量。

（原载《云南日报》2006年9月1日；又载《文艺报》2006年9月5日。）

沈从文的文学林

　　一天天过去，一日日走来，眼看着就是沈从文先生逝世12周年的日子了。很想从闹市的烦躁声中挤出一段静心的时空，思忆一下我和沈从文先生神交已久的漫长历程。

　　沈先生曾经说过："我和我的读者都将老去。"这是事实，但又不完全如此。1957年夏天，我从遥远的西双版纳来到我的出生地——昆明。那时我是个年轻的边防军人。比我稍长的昆明军区的一批年华青春、才气横溢的作家虽然已被反右斗争的烈焰烧得焦头烂额，但他们还是悄悄地告诉我，光华街还幸存一间残破不堪的收容和出卖古旧书刊的书屋，可以发现一些新华书店堂而皇之的橱柜所没有的新文学名著。我穿过古老的城墙门楼，沿着弯曲的巷道去了。那焕然一新的许许多多招牌和标语口号击碎了我童年时代遗留着的如诗似画的景象。然而，一旦进入那间书屋便使我觉着返回到储存古酒的地窖，弥漫着奇异的芬芳。我发现一片失落已久的天地。那里有长青的文学森林，有开不败的艺术鲜花。某些只闻其名而未见其面的旧书的来去是谁也说不准的。也许一个小孩为买一个烧饵块充饥，便会从家中的角落里搜出一本旧书挟在腋下到这儿出售，而几分钟后就会被一位渴求者以廉价买去。比如马子华的《滇南散记》就是被军区的几位作家先后购得，继而借鉴获益。而我的意外收获却是《边城》《湘行散记》。这是沈从文在离开凤凰外出闯荡10年之后由北京第一次返回故里之行的前后，于1933年至1934年期间交叉完成的两部重要作品。《湘行散记》开创了中国纪实文学的先河，《边城》把中国乡土小说推到了一个至今也难逾越的高峰。值得一提的是《边城》饮誉文坛多年之后，在1940年10月4日经作家本人校正修改于昆明。《边城》与昆明的缘分使我更感亲切。沈从文先生从1938年至1945年寓居抗日战争大后方昆明，在西南联大任教授。校改《边城》是先生人品文品的声望正高、文学创作已达到炉火纯青之际。我本想找来《边城》最初的版本作一比较，探究先生为何或如何校改的，想必这是十分值得研究的课题。但那时沈从文已被某些权威人士给戴上"反动文人"的帽子，文坛活动中早已没有他的身影。偷偷看了《湘行散记》《边城》那两本书，发现不了书的"反动"，却感受到自然与人性的美，而且很像是我故乡的写照。还想再找沈从文先生的其他著作看看，但图书馆都已封存不借。随着运动的深入，反"右"并不只是揭发、斗争、批判、检讨，军区的几位作家已被打成反党反社会主义的敌我性质矛盾按人民内部矛盾处理的右派分子，给处理了。我也受牵连被下放连队当兵进行思想改造，回到驻扎思茅的39师师部，几天后就到西双版纳勐海117团3营9连，接着又随部队开赴孟连腊福、西盟阿佤山边防一线打仗……

　　虽然这是我认识沈从文的开始，但由于时局变迁，我离先生及其文学著作愈去愈远了。直到20世纪80年代初期，沈从文被春风拂去政治尘埃，他那些本来就醒着的作品首先在国外放射出鲜活的光彩。在故宫偏僻的角落里沉默30多年的沈从文虽然还在沉默，但他已被允许到美国去进行访问讲学。仿佛是奇迹般地，一夜之间，他的旧作犹如出土文物被印成新书出现在新华书店。人们瞪大眼睛：原来20世纪

20、30、40年代，中国新文学史上还曾有过这么一位独具风格特色的大作家呀！他的文学一如迎春的湘西河水流进了千千万万读者的胸怀。历经了重重政治运动的磨难与浩劫，那些田园牧歌式的小说散文轻松欢快地跳跃着美好的音符……

时光推进到1983年春天，3月12日植树节这一天，我们一群来自北京、上海、贵阳、武汉、昆明的老中青作家，应邀去云南省红河哈尼族彝族自治州首府个旧市的阴山上植树造林。来到宝华公园的一片向阳的山坡，只见红土地上矗立着一堵高大雄伟的天然青石崖。一匹红绸披戴在崖顶。从山垭口吹来的红河热风，掀动红绸，发出诗一般的响声如同谜语……

大概是为了制造一点悬念气氛吧，上山之前，除了《个旧文艺》杂志社的主人，大伙儿只知道来这儿植造一片文学林。至于那座山崖，那匹红绸覆盖着什么，又推举谁来揭幕开典，都未必明白。到现场的有：20世纪20年代就以叶圣陶发表她的《莎菲女士的日记》而蜚声文坛的丁玲，那年已是79岁；20世纪20年代就以《朝雾》而受鲁迅推崇的贵州乡土文学奠基者蹇先艾，那时也有77岁；20世纪50年代以长篇小说《青春之歌》而走红的但时年已是69岁的杨沫；20世纪50年代以《百合花》受到茅盾赏赞的茹志鹃，那阵子已有58岁；20世纪30年代以主编抗战刊物《怒火文艺》和80年代主编《滇池》杂志而受几代作家所尊敬的洛汀，也已64岁；以《矿山的主人》而知名锡城的时年已近花甲的《个旧文艺》主编王梅定等等。当然还有其他作家参加植树。我之所以列述这些作家及其代表作或对文学事业的贡献，是因为他们此后便都相继去世了……

那时人们一般习惯于以年龄的大小和职位的高低来排列先后。丁玲当然就成了众望所归、掌声所拥的首选了。看来推辞不掉，丁玲便用手指梳理了满头银发，微笑着上前几步，抓住红绳，徐徐地拉开了红绸，青崖上镶嵌着一块巨大的长方形的汉白玉石碑：

沈从文书

文学林

一九八二年十二月

这一个个一行行的字是渐次出现，在阳光下跃入人们视觉的。在更为热烈的掌声中，丁玲发表了即兴讲话。她虽然是1904年10月12日出生的，却十分高兴而认真地把那天称之为她的生日。不知是由于岁月化解历史、时间澄清纠纷的特殊功能，还是因为各自都有深重苦难和惨痛跋涉，人生将至尽头，丁玲与沈从文之间从20世纪20年代开始所结下的恩恩怨怨、情情仇仇，在长达60多年后都已经是该存在的就存在、该抛弃的就抛弃了吧。我觉察不出当丁玲看到石碑上的沈从文题词时有丝毫的不悦情绪，她始终是乐呵呵地挥锄培土、拎壶浇水，把一棵盛开着火红花朵的小桃树栽到了个旧的山冈上。

这么多年事已高的作家聚集在云南边城植树，所种下的绝不仅仅是沈从文的文学林或个旧的文学林，而应该说是属于中国的文学林。那些老作家都说他们的来日不多了，希望那片文学林能够存活，能够成长。但那片殷殷期盼中的文学林结果将是如何呢？

自然法则、生命规律是谁也无法违背和抗拒的。五年之后，也就是1988年5月20日，当我们中国作家代表团结束了访问友好邻邦巴基斯坦，在卡拉奇登上中国民航班机飞向蓝天的时候，虽然出国只是半月，宛若回到祖国和家乡一样亲切，好久没有看到中国报纸了，我向空中小姐要了一份《人民日报》。这是头天即19号的报纸，一则新华社电讯使我感到震惊、茫然、哀痛，引题是：眷恋乡土多名作饮誉中外何寂寞；正题为：杰出作家沈从文告别亲友读者；文内说：1988年5月10日晚，久病的沈老以86岁高龄，在北京的住宅里与世长辞。生前他曾留言，他死后不希望为他举行追悼会和遗体告别仪式。因此，今天——1988年5月18日只有不多的人闻讯来到八宝山公墓一个素朴的灵堂里见他最后一面。灵前是他的挚友巴金献的花圈。灵堂里响起贝多芬的奏鸣曲《悲怆》的旋律，人们将一株株月季放在他的身边，淡淡的色彩和一缕缕清香，正如他令人怀念的一生……

我读着报纸，沈从文先生逝世电讯的字句渐渐模糊，感到机身的倾斜和摇晃，舷窗外是喀喇昆仑山晶莹闪光的雪峰，我们正飞越边境进入祖国领空，俯视千水源于万山的新疆大地，我的泪花迷迷蒙蒙……

从北京回到昆明，我便去寻找沈从文先生遗留在彩云之南的踪迹。先生就职西南联大时在文林街20号的故居早已被拆除；先生在西南联大讲课时的教室，也已被云南师范大学的高楼取代；再也听不到那京味轻轻的湘西口语浓浓的回音了，尚余校园中那些古老的桉树在黄昏的风中飒飒作响。沈从文先生在红土高原上唯一可作纪念的，除了《边城》修改稿上所注明的那年那月那日，就只有滇南个旧阴山上的"文学林"了吧？

多年后我终于去到怀念已久的个旧，踏着模糊的夕阳找到了种植"文学林"的山冈。丁玲种的桃树呢？塞先艾种的柏树呢？杨沫种的白杨呢？茹志鹃种的柳树呢？洛汀种的枫树呢？王梅定种的乌桕呢？寻寻觅觅，唉，这一位位已经在地下安息的作家，他们生前所种下的树，一株都没有存活下来，只在当年挖掘的树坑上依稀可见一根根枯桩；一片片凄凄茅草，在摇曳着往日的记忆。是干旱毁灭么？是缺乏关照么？是牛马践踏么？是山火燃烧么？没有人能够回答我充满失望的一连串疑问。

面对晚霞映红了的沈从文先生手书的"文学林"石碑，山岗上的那面青崖依旧无语，托举石碑的那片红土仍然不言，我不禁遥想先生安息于故乡的墓地，据说那是掩映在绿树丛中，能听到沅水流响的地方。那儿还有画家黄永玉在一块石碑上刻着敬祭他表叔的献词："一个士兵，要不战死沙场，便是回到故乡。"我久久地伫立在这远离沈从文先生故乡的个旧阴山的荒地上默想：当年种植文学林的作家们不是早已作古，便是垂垂老矣，不能恢复如初了。要不建议个旧的文学青年们再来这儿补种一片树林，或是另立一块石碑叙说当年发生的故事，有哪些作家曾在这里种过一片文学林？

就在这时，一群青年学生来到山崖前游玩。我随意问了一位女学生："知道'文学林'是谁书写的吗？""大作家沈从文呀！""读过沈从文的代表作吗？""《边城》《湘行散记》等等都读了……"还不等那姑娘连续说下去，旁边的同学便都纷纷插嘴说开了。有的说，翠翠是很可爱的小女孩，她的原型是沈先生曾暗恋过的；有的甚至还知道沈先生由于母亲病重，新婚不久便匆匆离京，《湘行书简》最早的成篇就是他回乡时的所见所闻，是在逆行沅水的船上写给夫人的书信编改的……

在这群学生的议论声中，夕阳已沉落在阴山对面的阳山身后。邻近的松柏杉树投影在"文学林"洁白的石碑上，我仿佛在碑上看到了沈从文先生慈祥的笑容。他的灵魂和骨灰是要回到故乡去长眠，但他的文学影响却会无处不在。想不到在云南这座边城里竟然会有这么多的年轻人这么熟悉他的作品。看来，沈从文先生虽已逝去，但他的作品并未老去。那么长的岁月，读者中有的要老，有的要死，但年轻的新读者又会一代代跟随上来。能有一片纪念先生的自然的文学林当然很好，但对作家来说，文学林是种植在广大读者心里的。沈从文的文学林便具有这样的生命力，这才是永远年轻、不会毁灭的文学林！

那么，自然的文学林也就任其自然吧。有沈从文先生"文学林"的碑在，却没有了"文学林"，不也能表明一种无奈、一种悲哀？

（原载《云南政协报》2000年5月31日；又载《文学报》2000年7月13日。）

寻呼汪曾祺

　　刚收到中国作家协会编印的一本杂志的今年春季号，封面焕然一新：两三行黛色的雁群从翠绿的天空和原野之间翱翔而过。我不禁振奋起来：是啊，这精灵的候鸟，又到飞迁的季节了。翻阅正文，见作家与作家进行文学交流的"寻呼台"专栏，刊登了我给汪曾祺先生的短简，大意是他去年送我的一幅题为《门外野风开白莲》的国画，受到文友们的高度赞赏，我想翻拍后配篇文章一起发表，不知是否同意？

　　日前，我已将《云南画报》为我翻拍洗印的汪老的那幅画的照片给他寄了去，或许正在邮途。

　　可就在当天——5月16日夜里突然接到作家李迪从北京打来电话，那悲怆的声音告诉我："你翻拍的汪老的白莲花国画的照片今天刚寄到北京，可他已看不见了；你在那本杂志上对汪老的寻呼，他也不能回应了……"

　　我的心在紧缩，握电话机的手在颤抖。

　　"汪老今早与世长辞！他前些日子去四川参加一个笔会，喝了酒，胃病复发，飞回北京即住院，终因胃大出血而抢救无效……"

　　继冯牧、荒煤、徐迟之后，又一位与云南有着很深很深情缘的大作家怎么就这样匆匆忙忙地离开了我们？他应我之约曾答应要为《云南日报》周末版负责人钱杰林写一篇《云南报告》的征文的啊！他给我说，他热爱彩云之南的天地。他从1939年起就读西南联大中文系，在昆明度过的7个春夏秋冬是他最美好的青春岁月，有许多珍珠般的难忘往事是一定要写的。这绵延的情结使他于1990年春天重访昆明还远行瑞丽江，写下了"十五日夜走滇境"的名句；今年元旦刚过他又应红塔集团的邀请，以77岁的年迈多病之躯飞到昆明，到翠湖给来自西伯利亚的海鸥投食，到云南师范大学内探访半个多世纪前的西南联大旧址，看那冬天里的红花碧草。说到当年他喝醉酒昏卧街头被沈从文老师扶进文林街20号寓所给他灌酽茶醒酒的往事时，他苍老的面容上绽开了微笑；还问我凤翥街的茶馆在不在？

元月13日那天在晓东街福顺居吃中饭后，汪老已很疲倦，眼底出血的小疾尚未痊愈，但当他得知云南艺术学院想请他去与学生见面并讲话时，便问我地点在哪？我说在黄土坡。他立即欣喜地喊叫起来：啊，黄土坡，要去！那坡就在观音寺和白马庙之间……

我知道汪老53年前在西南联大读书时还兼教于观音寺中学，后来又搬到白马庙的那所中学。他那篇由沈从文介绍给郑振铎在上海发表的小说《复仇》便是在那时写的。

我们从闹市南屏街驱车往西，跃上紧贴着蓝天白云的立交桥时，他略有感伤且又饱含忆旧之情的目光久久地投向窗外……他在缅怀50多年前到这一带荒郊跑警报的情景了么？他始终难忘那铺着青石板的古道两侧，红土地或开满白色的木香花，或丛生着高大的仙人掌树，那潇洒的马锅头斜坐在头骡的驮鞍上，时而吸几口水烟筒，时而打几声口哨，还哼几句呈贡乡间的情歌，才不在乎日军飞机的轰炸呢！

渐渐临近黄土坡，汪老情绪便愈加激动。云南艺术学院就与他当年教过书的那所中学邻近。望着校园内那几株老态龙钟的桉树，就指点树上的鸦巢，多了话题。他给学生们讲文学语言的暗示性、流动性和气韵、节奏、色彩，并比喻说，好的散文是一棵绿树，语言是叶子，而叶子是生长出来的……汪老讲话时，我摸了他左手腕的脉搏，跳得很快，有点担心。但他仍站起来挥毫书写一首他思恋昆明的旧作赠给学院师生：莲花池外少行人，野店苔痕一寸深；浊酒一杯天过午，木香花湿雨沉沉。

许多年轻的西南联大同学如今虽已是耄耋之年，不都能从汪老《昆明的雨》等传世佳作中追溯如花的时光么？寻呼汪老无回音，我便在灯下展开他送我的白莲画，久久地凝视，只觉花蕊沁出了泪水；转眼再看那杂志的封面，仿佛汪老正乘着候鸟凌空远去……

（原载《春城晚报》1997年5月26日；入选《作家文摘》1997年6月20日；又载《香港文学》1997年8期；入选《永远的汪曾祺》纪念文集，上海远东出版社2008年5月出版。）

汪曾祺的白莲花

按节令进行曲的节拍，立夏前几天，昆明终于在久旱之后听到暮春的雨点、雨丝、雨柱、雨浪弹奏的交响音乐。于是，我把欣喜的目光从汪曾祺29年前写的《昆明的雨》中，移到了翠湖，移到了大街小巷的高楼或矮屋。怀念过去与观赏现实，仿佛那一棵棵绿树、一蓬蓬红花、一朵朵菌子、一粒粒杨梅，都从汪曾祺散文的字里行间幻变而出，显得久别重逢般的可亲可爱。也就自然而然地由汪曾祺"我想念昆明的雨"的情景里转而想念起汪曾祺来。

因为今年5月16日是汪曾祺逝世16周年纪念日。昆明人完全可以把汪曾祺作为乡亲来缅怀。这位来自异乡的乡亲生前曾经在《昆明的雨》《翠湖心影》《泡茶馆》《观音寺》《觅我游踪五十年》等散文名篇中为昆明留住了鲜明的自然环境与独特的人文风情。他还在文中赋诗表达心中的眷恋与思念："羁旅天南久未还，故乡无此好湖山；长堤柳色浓如许，觅我游踪五十年。"

汪曾祺1920年农历正月十五日即元宵节傍晚上灯时分出生于江苏省高邮古城的一座书香门第老宅里。在高邮上完小学、初中，当他就读高中三年级的江阴县城沦陷在日寇铁蹄之下，便含泪挥手告别故乡，先后辗转上海、香港、越南海防、云南河口等地于1939年9月到达当时被称为大后方的昆明，考入西南联大中文系。在昆明读书4年，又在市郊观音寺中学教书3年，直到1946年9月离昆明赴沪。他在《觅我游踪五十年》中写道："我在昆明呆了7年。除了高邮、北京，在这里时间最长，按居留次序说，昆明是我的第二故乡。"

汪曾祺在"第二故乡"昆明上西南联大时，就居住在翠湖周边。他亲切而形象地把翠湖描绘为"昆明的眼睛"，并说"没有翠湖，昆明就不成其为昆明了"。他最初寄住在青莲街同济大学附中的宿舍，不久便搬到若园巷二号。他在散文中记述道："房东是一个上了年纪的寡妇，她没有儿女，只和一个又像养女又像使女的女孩子同住楼下的正屋，其余两进房屋都租给联大学生。"当时令人难以预料而后来又是事实的是：4位房客大学生，同住一屋的汪曾祺成为文学大师，王道乾去法国入了党，成为专译马克思主义理论的翻译家；同住另屋的何炳棣、吴讷孙，后来移民美国，前者成为历史学家，后者成为美学家、美术史家，可见西南联大人才济济。吴讷孙还写了一部反映西南联大生活的长篇小说《未央歌》，在台湾多次再版；1987年汪曾祺出访美国时，老同学意外相见，吴讷孙还送了一本《未央歌》给汪曾祺。两人兴趣盎然地谈起了女房东家院子里的那棵缅桂花树，在春雨中散发出阵阵清香。汪曾祺还说，有一年春节，吴讷孙写了一副春联贴在大门上，上联"人斗南唐金叶子"，下联"街飞北宋闹蛾儿"；说罢，在回忆青春岁月中爆发出老年人少有的哈哈大笑……

此后，汪曾祺由于穷困，不得不从若园巷二号搬到民强巷五号，只不过是因为租金稍便宜一些而已。汪曾祺搬住新房东王老先生家的东屋里，没有床，便睡在一个高高的一尺多宽的条几上；"……被窝里面已不知去向，只剩下一条棉絮。我无论春夏，都是拥絮而眠"。他在回忆当年的散文中这样写道："我在民强巷时的生活，真是落拓到极点。一贫如洗。我们交给房东的房租只是象征性的一点，而且常常拖欠。昆明有些人家也真怪，愿意把闲房租给穷大学生住，不计较房租。这似乎是出于对知识怜惜心理。"汪曾祺记得，有一天饿得躺在条几上，是同学朱德熙夹着一本字典来叫他起床，到街上贱卖了字典，才有钱吃了一顿早饭。物质生活如此残缺，但精神生活却不贫乏。在汪曾祺记忆中，房东家的大门上刻着一副对联："圣代即今多雨露，故乡无此好湖山。"他每日出入大门，眼看心记，明白这是房东借用前人旧记抒发自己今日情怀。他虽不同意当时即"圣代"，也不明确上联来自何处，但却知晓下联出于苏东坡诗句。所以，几十年后，汪曾祺重返昆明，便轻车熟路地以当年房东借苏东坡诗句的手法，也借此句来写进自己的诗中，用"故乡无此好湖山"表达"昆明的湖山是很可留恋的"。

　　汪曾祺步入老年后，怀念昆明的情感日益缠绵。他在一系列的散文中，写了缅桂花树、尤加利（即桉树）、仙人掌、木香花、叶子花、白茶花；写了酸角、拐枣、杨梅、宝珠梨、丁丁糖、花生米；写了青头菌、牛肝菌、鸡枞菌、鸡油菌；写了翠湖的多孔石桥、圆圆的小岛以及堤岸上的柳树"柳条拂肩，溶溶柳色，似乎透入体内"。所以，他在借用苏东坡"故乡无此好湖山"之后加写了自己的诗句"长堤柳色浓如许"。但使我感到迷惑不解的是，汪曾祺在翠湖边居住过4年多，还常去湖畔的省图书馆看书，常在茶馆里喝茶，十分熟悉那里的树木花草，但他为什么就没有写荷花呢？而生他养他的故乡高邮则是荷花铺天盖地的世界，如果他在昆明翠湖见到荷花，肯定就会触景生情，倍感亲近而大书特书的。后来，汪曾祺在1984年5月9日写的散文《翠湖心影》中回答了这个疑问："翠湖不种荷花，但是有许多浮莲。肥厚碧绿的猪耳状的叶子，开着一望无际的粉紫色的蝶形的花，很热闹。"这就是昆明人叫的水葫芦。

我相信汪曾祺"翠湖不种荷花"的记忆。但是就在汪曾祺1946年8月离开昆明后的几十度春夏岁月中，不知是从哪年哪月起，翠湖种植了莲藕，开放了一朵又一朵彩云般的莲花，取代了大片大片的水葫芦花。漫长的光阴一直延绵到1987年4月，在汪曾祺离别"第二故乡"41年后才得以重返昆明。他是参加中国作协组织的作家代表团前来渴望已久的云南进行访问采风活动的。我们在座谈会上相遇相知。此时的汪曾祺虽然已是67岁的老人，但谈起他19岁初识的昆明，那刻满皱纹的脸上却绽放了年轻的容光。我们从西南联大说到青莲街、逼死坡、甬道街、若园巷二号、民强巷五号以及翠湖里的石拱桥……由于我读过他3年前写的《翠湖心影》，便告诉他："翠湖依旧，杨柳常绿。只是在你离昆后的某个盛夏，翠湖梦醒般地开满了半池荷花……"

不难想象，从出生到长大，故乡高邮的荷花一直伴随着汪曾祺的青春年华。此后，他长年生活在被他爱称为"昆明的眼睛"里，翠湖肯定又成为他"第二故乡"风景中最难忘的风景。如今，像高邮那样，翠湖也有荷花开放，这不是可以让汪曾祺的故乡情结锦上添花吗？为此，我很想约他去看看翠湖荷花。但由于作家访问团的行程时间安排很紧，当时未能如愿。直到汪曾祺他们首游武定狮子山，又赴别地采风返回昆明，正津津乐道于明朝建文皇帝是否真正落发为僧出家狮子山正续禅寺的历史传说时，我们终于挤出了一小点空隙时间，在夕阳悠悠沉下西山之际，匆匆赶赴翠湖。我们忙不迭去寻访汪曾祺十分思念的当年居住过的同济大学附中旧地以及若园巷二号、民强巷五号民房是否依然在世，便径直来到翠湖东门一侧的荷塘边。我俩情不自禁地手扶栏杆细目远眺，只见湖面上新生的一片片荷叶，在晚风中扬扬得意地挥手摇晃，犹如一朵朵舞蹈的水波；又见一只只紫色的燕子穿破暮霭飞翔，让尾巴洒下一声声啼鸣……可是，心急也难获近利，我们上下左右地寻觅，都没有发现一枝荷花。确实令人茫然，深感惆怅。汪曾祺摇摇头，叹口气说道："昆明春天来得早，而荷花最早也要到夏天才开放呀……"我们只好沿着湖岸漫步。来到一棵古老的桉树下，汪曾祺伸手拍拍树腰，说他当年曾倚靠在这儿阅读沈从文老师写的小说《边城》；来到一棵百年合欢树下，汪曾祺抬头看了看枝叶间的粉红色花朵，说他当年曾约会西南联大外语系女生施松卿，俩人肩并肩地坐在树下一起诵读徐志摩和林徽因写的爱情诗……暮色渐渐苍凉，华灯悄悄明亮。虽然没有看到翠湖的荷花，但我却在汪曾祺的眼里看到了闪亮的泪珠，那泪珠就像是他心中的荷花……

怀着依依不舍的乡情，汪曾祺飞离难以分别的昆明返回北京。相隔4年之后，1991年4月，也是早春时节，汪曾祺参加中国作协副主席冯牧率领的作家代表团去玉溪出席"红塔山笔会"。来也匆匆，去也匆匆，昆明只不过是路过的驿站而已，但汪曾祺却在其间亲笔签署"十五日夜走滇境"的采风团文集书名并写下了散文《觅我游踪五十年》，重现了这位71岁的耄耋老人记忆中的昆明往事。

只要期盼，便有希望。6年之后，也就是1997年1月，昆明温暖的冬天，汪曾祺参加中国作协副主席高洪波率领的作家代表团再一次去玉溪出席"红塔山笔会"。会后返京前在昆明稍事停留。1月13日下午，我去作家代表团住宿的佳华大酒店拜访汪曾祺。新年喜庆的气氛还未消散。我与汪曾祺在酒店大堂的圣诞节小屋和圣诞节灯树前合影留念。笑谈中，我特意提起他去年即1996年夏天赠我的国画《门外野风开白莲》。我说，那绿叶相拥的白莲花，真是越看越美，堪称文人画中的精品。他微笑着连连摆手，并解释创意：之所以画白莲花送我，是为了弥补10年前我们去翠湖看荷花而荷花尚未开放的遗憾……

10年不忘荷花梦！可见汪曾祺重情重义，侠骨铮铮。感动之余想作回报。第二天中午，我从家里带来装裱好了的《门外野风开白莲》，在红河酒店的宴席前当众展开，让文友们观赏。三片荷叶，四朵莲花，两枚印章，还有"门外野风开白莲昆华道兄丙子夏汪曾祺"十七个题画签字，赢得诗人、作家们的热烈掌声和由衷赞叹！有人还趁机向汪曾祺求赠字画。汪曾祺高兴的连连点头应允："回京再说，回京再说……"我珍惜不已地卷起画来，经高洪波当场提议，汪曾祺欣然提笔在画轴上作了题签："汪曾祺白莲1997年1月14日昆明。"我握画鞠躬，满怀谢意地说："汪老，虽然10年前陪你去翠湖看荷花，由于节令尚早未能如愿。现在仍是冬天，翠湖荷花的芽苞仍深藏泥层里。但是你送我的这幅画，那一朵朵白莲花，却是无论任何季节都在开放，而且永远不会凋谢……"

然而，令人深感悲痛的是，汪曾祺1997年1月第5次来昆明，不幸成为他生命中对"第二故乡"的最后访问。汪曾祺从昆明飞回他"第三故乡"北京4个月后的5月16日，因突发疾病而与世长辞。前些日在春风春雨中，怀念与感恩之情引领我去翠湖寻访汪曾祺的踪影。那棵被汪曾祺倚靠着阅读沈从文老师写的《边城》的古老的桉树，依然用青枝绿叶散发着淡淡的芬芳；那棵倾听过汪曾祺与恋人施松卿共同诵读徐志摩和林徽因的爱情诗的百年合欢树，依然用年年盛开的粉红色花朵洋溢着迎春的气息；那刚刚积蓄了雨水的翠湖依然荡漾着碧绿的荷叶，发出飒飒的声响，仿佛在告诉我：再过些时日，那一朵朵荷花肯定会昂首开放，就像汪曾祺在《门外野风开白莲》中所画的那样，为翠湖，为昆明增添美丽的风采！

（原载《云南日报》2013年6月16日；又载《边疆文学》2014年1期；再载《文学界》2014年1期；入选文史集《口述昆明》第8辑，云南民族出版社2014年12月出版。入选纪念汪曾祺文集《百年1920—2020曾祺》，天津人民出版社2020年2月出版；又载《昭通日报》2020年12月17日；又载《高原文艺》2021年4月号。）

苍凉的回答

是云岭山脉飘荡的彩云或澜沧江、怒江流动的涛声，翻过了季节的月历。

七月，我们曾纪念郑和远航西洋600周年；曾纪念为《义勇军进行曲》即国歌作曲的音乐家聂耳逝世70周年。郑和与聂耳都是云南人，是云南的光荣和骄傲。

八月，我们纪念中国抗日战争和世界反法西斯战争胜利60周年，与这个伟大胜利有紧密关联的是云南各族人民在1938年8月修通的那条伟大的滇缅公路。

滇缅公路犹如一位历史的巨人，当然也是云南的光荣和骄傲。

每当我们行车在昆明至楚雄、大理、保山的高速公路上，行车在保山至龙陵、芒市、畹町的高等级公路上，看群山和江河、乡村、城镇像美梦般从眼前飞驰而过，难道我们不会怀念，不会谈起那条蜿蜒曲折、漫长遥远的滇缅公路么？

滇缅公路早已消磨了青春，献出了生命，如今安然地躺在高速公路的足下，作为现代交通牢固的基石而延续着未尽的责任。可是当我们回首远去的岁月，在那依稀可辨的历史道路的背影上，滇缅公路却依旧闪耀着永不熄灭的、地火的光芒。

滇缅公路在云南境内从昆明至畹町全段长900余公里，1937年"七七事变"后于11月动工，至1938年8月，在不到一年的时间内便全线修通的。滇西25万各族人民用手挖肩扛，用双足踩踏，用石碾压实的这条公路，为中国的抗日战争和世界反法西斯战争的胜利作出了巨大的贡献。在当时的《云南日报》上，曾有文章赞美滇缅公路是中华民族几千年来继长城、京杭大运河之后的第三个伟大的建筑奇迹。著名作家萧乾于1939年3月亲临现场采访发表在《大公报》上的那篇震撼心灵的通讯，结尾是这样写着的："有一天你旅行也许要经过这条血肉筑成的公路，你剥桔子果，你对美景吭歌，你可别忘记听听车轮下面咯吱吱的声响。那是为这条公路捐躯者的白骨，是构成历史不可少的原料。"

是的，是千千万万筑路者的血肉和白骨铺筑成滇缅公路。他们的身躯化为泥土，长眠于地上路下，但他们的英灵却变成浩浩长风，在我们的车前耳边常年呼啸，伴随着行者的远行……

莫非还要像探寻秦汉五尺道上深凹的蹄痕，像抚摸唐代南诏茶马古道上的石共桥那样苦苦地费尽心力吗？我们不必等待在千年之后了，今天，就在纪念抗日战争胜利60周年的今天，就去划定一段松山上的滇缅公路和圈定怒江上的惠通桥、中缅界河上的畹町桥作为那场战争的文化遗产进行保护，那么我们就能为历史存留下虽不太多但却弥足珍贵的文物。

这不但是筑路者的愿望，也是行路者的期盼，更是滇缅公路对崇山峻岭、江河峡谷、子孙后代的无言的交待，形象的嘱托。每当我们造访英雄的滇缅公路，面对松山上的战壕古堡、惠通桥铁索上的累累弹痕、畹町桥钢板上的斑斑血迹，我们的心灵便能听到滇西抗日战争的枪声、炮声、军号声与将士们的冲锋呐喊和欢呼声了。

这也是曾经显赫、曾经辉煌的滇缅公路对历史和未来的一种苍凉的回答吧！

（原载《新民晚报》2005年9月4日）

崇高的泥土精神

——哈华老师逝世十周年祭

十年前盛夏八月的一个云消雾散的清晨，当我乘坐的巨型客机从成都双流机场起飞，徐徐升空的时候，一位当地作家贴近舷窗指给我看：那是青城山、都江堰，那是江边平原上的郫县，竹丛如绿云，瓦屋像鲜花……

不知怎么的，我在心中默默地说：啊，郫县，那是哈华老师的家乡。我会想起他"面对子弹"的战争岁月和"面对来稿"的编辑一生。他1938年20岁离开故园赴延安抗大学习，毕业后分到八路军驻西安办事处工作；1943年又回到延安在鲁迅艺术学院研究室从事创作；1945年任新四军华中司令部参谋、记者；1949年到上海参与《解放日报》创办工作；后来又到上海作家协会任书记处书记、副主席和《萌芽》杂志主编；1981年又创办《电视·电影·文学》大型刊物；在繁忙的领导工作和编辑工作之余还不断创作出版了蜚声文坛的长篇小说《浅野三郎》（日译本改为《日本兵》）《"夜莺"部队》《孤儿苦女》《鬼班长和他的伙伴》等书。想着想着，一种对哈华老师的尊敬和感激之情随着飞机的高远而强烈起来……

离开昆明之前从上海友人的电话上得知，那位当过八路军、新四军的74岁的老革命、老军人、老作家，辛勤办刊几十年帮助指导过数以千计的文学青年的老编辑哈华，在公共澡堂沐浴时昏倒在地，送到医院急救醒过来的第一句话就说：唉，再没有钱，也要在自家安装沐浴器了……

我当时觉得很难过。谁会想到，1992年了，一位著名的老作家居然还那么清贫。

飞机从海拔600米的成都平原起飞降落在海拔3600米的贡嘎机场，乘车到拉萨后，是这种低高差海拔的高原反应还是想着哈华老师的病情，我的心情和脚步都感到沉重。那种不祥的忧虑果然变为暴雨前的雷鸣。后来，我得知哈华老师再也没有回家购置他向往已久的沐浴器，住院不久后便不幸与世长辞！他那反映百年来中国历史社会的百万多字的长篇小说手稿和他那本小小的只有2000元的存折、800元的现金，是他最后的遗产……

我从香烟缭绕的拉萨大昭寺漫步出来，在寺前唐代文成公主种植过柳树的石碑下，面朝东方，点燃了一炷紫红色的印度香，对哈华老师的在天之灵遥致哀思。西藏的江河向大海流去，拉萨的白云向上海飘去，它们是知道哈华老师的，请带去我的祭拜……

在我几十年的文学生涯中，有过许多前辈和战友、朋友给过我许多教导、关怀，而其中哈华老师是在创作上、发表作品上给过我最多最具体最有力帮助的，也是我最难忘的一位。20世纪50年代中期，他在《萌芽》杂志发表了我从西双版纳勐海边防部队寄出的第一篇散文《佤佤山之夜》、第一个短篇小说《农林学院的姑娘》；1960年7月号发表了我的第一首长诗《佤佤人的歌》，特别难得的是他请了大画家程十发为长诗作了精美的插图——佤族女人背着孩子举杵春碓的形象堪称杰作。1981年，他创办的《萌芽》增刊《电视·电影·文学》创刊号就发表了我的第一部长篇小说《魔鬼的峡谷》，在头条显要位置上介绍我的简历并配以冯牧为我拍摄的在高黎贡山中行军的照片；接着又将这部小说推荐入围第一届茅盾文学奖评委会，使我得以于1982年冬天有幸出席了颁奖大会和同时由中国作家协会召开的全国第一次长篇小说创作会议。哈华老师在力举我的同时又严格要求我必须写出超过《魔鬼的峡谷》的新水平的下一部作品才能给我发表。经过两年的努力，我终于写出我的第二部长篇小说《天鹅》，他又请程十发为之题写标题并作多幅插图，使小说大增光彩；同时还请评论家刘锡诚撰写《只似当时初望时》的文章给予较高评价，与小说同期发表。这时我真是受宠若惊，够风光的了。《魔鬼的峡谷》不仅是我的第一部长篇小说，也是描写傈僳族生活的第一部作品，后来收入中国当代文学研究会教育学院系统分会主编的《中国当代百部长篇小说评析》并被《中国文学大辞典》《中国小说大辞典》收录词条。《天鹅》是我写的第一部反映西双版纳傣族生活的长篇小说，发表后由广东花城出版社收入"潮汐文丛"出版，多年后还具有生活和艺术的生命力而由台湾海风出版社改名为《西双版纳恋曲》出版。哈华老师怀着无私的热情，又为我编辑了中篇小说集《爱情不是狩猎》，并破例为我写了序言，列入"萌芽丛书"，由重庆出版社于1985年出版。他的序言以《风光美与心灵美的交融》为题目，在《人民日报》1986年1月27日"文艺评论"版发表后引起良好反响，使我的文学地位上了一个新的台阶。他在序言中写道："（20世纪）从50年代到80年代，我作为《萌芽》的编辑人，在编辑部提倡泥土精神，甘愿自己化为泥土，让百花盛开。所以，我们修改稿件，与作者信件往来，都不用个人名义。我们熟悉每个作者，关心他们在文学道路上的成长，但他们都不知道我们是谁。所以说，他们是我们既熟悉而又陌生的朋友。1982年，在总政和中国作协召开的军事题材文学创作会议期间，白桦（或者是叶楠，因两人是孪生兄弟，我分不清他们的姓名）带着张昆华来看我……"

就这样，久久的思念才在北京的京西宾馆拜见了二十多年前为我改稿发稿都未曾见面的、培养我"萌芽"的恩师。我除了说声"谢谢"，没有什么能表达敬意，还喝了他亲自为我冲的一杯茶水。但我已看出他那只写过很多优秀作品，为很多文学青年修改过无数篇稿件的右手已经在不停地颤抖着，茶水都摇晃出来泼洒在地毯上。我知道他已患有轻度的血管梗塞疾病，回昆明后就给他寄去几盒云南腾冲出产的预防和治疗中风的"人参再造丸"。他收到后于1983年1月22日给我来信说："谢谢你对我身体的关怀，我注意劳逸结合和锻炼身体，不必寄什么药品来，免使我为难。"

这就是哈华老师。十年后他果然不幸而逝于沐浴引发的中风……前些日我去滇南西盟阿佤山采风，谈起四十多年前我发表于《萌芽》杂志的反映佤族生活的散文和长诗，很自然地想起了哈华老师。在我向佤族青年学生赠送我刚出版的诗集《红草莓之恋》时，我翻开那首《佧佤人的歌》，末尾注明着发表的刊名和年代，我就问他们："你们知道是谁为我发表的吗？"

他们摇了摇头。于是，我说出了哈华老师的名字。我要让新世纪的阿佤文学青年，知道远在东海边的《萌芽》杂志，知道《萌芽》编辑人崇高的泥土精神……

从阿佤山那生长我文学鲜花的地方回到昆明，我翻出哈华老师的几封书信。其中一封信中写道："国防部邀请，我因病西沙群岛之行未果。我已白发皓首，步履艰难，将走完自己生命的历程，殊堪怜笑。我想晚年把几部长篇定稿，都不能如愿以偿，很可能来生定稿了。倘若我还能生存下去，定把未定稿完成，不致弥留之际而悔恨……"

读着，我的泪水滴落在他的信上。

（原载上海《萌芽》杂志2002年8期；入选《上海市作家协会50年书系·上海印象》，上海文艺出版社2004年12月出版。）

大海和森林仍在呼吸

——悼念叶楠

终于还是无法避免地听到了叶楠在4月5日夕阳沉落的傍晚辞别人世的哀声。那天是清明节呀！中国每年有许多充满了欢庆、祝福、吉祥的节日。而唯有漫长四季365天中的一天，才是留给人们去抛洒热泪、轻吟悲歌、敬香扫墓，才是让人们缅怀、追思、祭奠那些值得和应该去纪念逝者的传统节日。叶楠就拒绝了、结束了多年来被病痛折磨的人生而有意无意地选择了清明节这一天，与侵犯他、扼杀他肺部的恶魔同归于尽，离开了他曾经生活过73年的他十分珍爱的世界。这既是他战士的勇敢，弱者的无奈，当然也是他智慧火花的最后熄灭。

多年来，我每年春天都要去北京出席中国作协全委会。在会上能见到许多作家朋友并与之畅谈。对于有些未能到会的作家，我都会打电话去联系以表示问候。多次拨通了叶楠家里的电话，都是沉寂得令人揪心的铃声。而有一次，我难得听到了他的声音，很微弱的声音。他说他得了那种可怕的疾病，还是不要去见他那肺癌和多次手术以及各种药物改变了的模样，保持过去那个迎海风踏海浪的水手形象吧。我心酸地沉默着，听到了他沉重而艰难的呼吸……

一般说来，人们大都是通过作品去认识作家。在20世纪60年代初期，我是从叶楠倾注了爱国主义心血的电影《甲午风云》而认识了反抗日帝入侵的1894年的北方的大海；然后又在20世纪70年代末期从叶楠创作的电影《傲蕾·一兰》而认识了抵御沙俄扩张的黑龙江；接着又在20世纪80年代初期从叶楠创作的电影《巴山夜雨》在航行长江的轮船上回顾了记忆犹新的"文革"苦难而泪湿衣襟……正是头顶着这些电影文学桂冠，叶楠来到他梦寻已久的云南。

叶楠关于云南的美丽的梦，源头还在那位河南信阳女人博大深厚的腹中。就是那位慈爱的母亲在1930年一胎生下了叶楠和白桦两兄弟。此前的外国文学史有过法国的大仲马和小仲马父子作家写下的《基督山伯爵》和《茶花女》；也有过英国的夏洛蒂和艾米莉姐妹作家写下的《简·爱》和《呼啸山庄》；那么何曾有过孪生兄弟作家写过什么文学名著呢？据我所知就仅有中国的叶楠和白桦了吧。一脉相承的血统，一脉相承的文学，一脉相承的军旅生活，造就了文学史上这道奇特的风景线。

叶楠的云南情缘，初看起来是由于徐迟在1978年到云南来采写了植物学家蔡希陶的报告文学《生命之树常绿》在《人民文学》杂志发表而轰动文坛。叶楠便应电影制片厂之约来云南创作以蔡希陶为主人公原型的电影文学剧本。于是，叶楠进入了蔡希陶的内心世界，进入了西双版纳热带雨林，以抒情散文的笔调吟诵了植物学家的人生之歌，开拓了有别于《甲午风云》的悲壮和《巴山夜雨》的凄美的另一种艺术境界。这就是《绿海天涯》。但叶楠关注云南的更深层的情感因素和文学激动，却要比《生命之树常绿》早20多年。这要归功于孪生兄弟的美妙奇异的生命感应。在20世纪50年代初期，白桦创作的电影《山间铃响马帮来》和根据小说《无铃的马帮》改编的电影《神秘的旅伴》就已经让身处北方大海的叶楠在涛声不息的梦中听到了滇南驿道上马帮的铃声了。

那时，这对孪生兄弟都是军人。叶楠是海军北海舰队一支潜艇编队的动力工程师，白桦则是驻守滇南边疆的陆军部队的创作员。所以，早期的文学创作，一个写清朝北洋舰队的致远号军舰，一个写建国初期哀牢山中的马帮。虽然叶楠作为哥哥只比白桦早出生10多分钟，但作为弟弟的白桦在文坛上出名要比叶楠早10多年。只因1958年的"错划"而让真名为陈佑华的白桦当了20年的"右"派，否则他会比哥哥写出更多的作品。"文化大革命"之后开始的新时期，这对生理的双胞胎也成了电影文学的"双胞胎"。他俩在长江南北驰骋影坛，各领风骚。当叶楠以《傲蕾·一兰》《绿海天涯》誉满银幕的时候，白桦也以歌颂贺龙的《曙光》和反映淮海战役的《今夜星光灿烂》获得如潮的好评。只不过当叶楠以《傲蕾·一兰》获首届政府奖最佳影片奖，以《巴山夜雨》获第二届政府奖最佳影片奖以及中国首届电影金鸡奖最佳编剧奖、最佳影片奖，接着又于1983年以《甲午风云》获葡萄牙举行的第12届菲格腊·达福日国际电影节评委奖的时候，白桦则因电影《苦恋》而惹了很大麻烦……我想我不是在这里评价这对孪生兄弟作家的文学成就的高下，仅只是为比较文学的研究者提供一个有趣的课题而已。何况在小说、散文、诗歌的创作方面，弟弟显然又比哥哥获得较多的赞扬，那又是孪生兄弟作家的另类文学现象了。

　　记得我在任《边疆文艺》副主编时，曾特约叶楠为"作家与云南"的专栏写了篇散文发表在1979年12期上，他把西双版纳美誉为"一株四季含笑花"。还记得1982年夏天，我由总政文化部安排去东北部队深入生活，当我在旅顺口的海港进入一艘潜水艇访问时，年轻的艇长告诉我，那位写《甲午风云》的叶楠就曾在潜艇里工作过，水兵们常常以此为荣。他们曾听老海军讲，当潜艇在大海深处远航，叶楠在声呐器前说过一句话：我听到了大海的呼吸……

如今叶楠停止了呼吸。但闪耀着他的文学光彩的大海和森林仍在呼吸，那以澎湃的海浪和喧腾的林涛表达着坚强生命力的呼吸，使我感到叶楠不会因为他个人生命的消失而消失。他用生命创造的文学将与大海和森林同在。

2003年4月29日

（原载《云南日报》2003年4月29日；入选散文集《漂泊的家园》云南人民出版社2004年出版。）

他就是一首歌

在我们多灾多难而又可亲可爱的中华大地上，有一位苦苦跋涉、孜孜不倦的作家，在漫长曲折的岁月里铭刻着他那时浅时深、时轻时重、时喜时忧、时缓时疾的但却始终是闪射着时代光彩的脚印。当他不知不觉、信心十足地跨上古稀之年的阶梯，我有幸获得一次机会，在一个芬芳温馨的夏夜与他作了长谈。我静心顷听着，眼前跳动着他那数也数不尽的脚印——仿佛是弹坑？鲜花？里程？忽而觉得他的脚印是充满活力的音符，已经谱写出关于人生和文学的美好的歌，雄壮的歌，悲愤的歌……这首歌浸透了他的汗水、眼泪、鲜血、智慧、精神，无论过去现在或将来，我们认为都是能给我们以启示和鼓舞的歌。

这首歌的歌名就叫——苏策。

我想起今年的新春伊始。作为中国当代文学研究会云南分会会长，苏策在楚雄主持召开了一次年会暨学术讨论会。会议开得很好，很成功。在闭幕联欢晚会上，他唱了一首山西民歌，那音色、情调和韵味，犹如一个站在黄土高坡凝视着汾河波涛的头上、扎着羊肚子手巾的山西小伙唱的……

然而，苏策却是正宗的北京人，1921年出生在古城的一个书香门第，由于受家庭和教师的影响，从小喜爱文艺。在北平艺文中学读书时，他14岁便在北平的报纸上发表了一篇写他哥哥的朋友送两只小鸭给他家的散文《任君》；还在上海《时代漫画》《漫画界》发表7幅漫画；在校刊发表了一篇长达8000字的小说《八月里的梦》……但这个初步显示了创作才华的少年，由于家境贫寒，初中二年级后被迫辍学，到北平市立第一工厂当学徒工。

突变的风云改变了他的道路。1937年元月4日，他与一批热血青年被北平地下党组织送离故土，到山西省牺牲救国同盟会的民训干部教练团接受军事训练。七·七抗日战争爆发。他报名参加党在暗中领导的山西青年抗敌决死队，先当战士，后当宣传员、宣传队艺术指导。驰骋于抗日的烽火中，他创作了大量的供宣传队和部队宣传演唱用的诗歌、快板、话剧、活报剧、歌剧、快板剧，其中歌曲就有近百首，诸如《决死队进行曲》《决死队大合唱》《团结小调》《宝塔山》《青年要做火车头》《敌人生命在我们指头上》等，在军民中广泛流传。

他本来可以顺理成章地成为作曲家或歌唱家，但军队政治工作的需要又让他转而从事文学创作。1942年抗日战争进入最困难的阶段，他被调到太岳军区第一分区政治部当宣传干事。为宣扬英雄模范的光荣事迹以鼓舞士气民心，他在《太岳日报》《新华日报》《沁河文艺》《工农兵》等报刊上发表了《妇女自卫队》《粮票》《沁源的解放》《拥政爱民故事》等小说、特写、通讯多篇。其中，《我们的小组长》《战斗动员》被延安党中央的《解放日报》转载，受到了读者的赞扬。

1945年日寇投降，不久解放战争开始。他于1946年调任晋冀鲁豫军区第四纵队政治部宣传科长，随部队转战山西各地；1947年与部队南渡黄河，跨越陇海铁路，在豫西浴血奋战，立功四次。淮海战役胜利结束后，部队进驻平汉铁路漯河地区，改编为中国人民解放军第四兵团，司令员陈赓。他被任命为兵团政治部宣传科长。他肩上的政治工作担子很重，但创作热情更为高涨。

在紧张艰苦的行军作战之余：他写了大量的报告、通讯、散文等作品，发自战壕、掩体或庆功会上，《遭遇》《被黄河分割开的两个世界》《冲进陕州城》《在鲁山写标语》《赶快卷起，不行不行》《第四兵团誓师记》《计划》《炮》《回到湘赣苏区》等数十篇，均由新华通讯总社播发，在全国各地报刊登载。其中，《母亲的告别》《妻》在香港《大公报》刊载，《给红军妈妈报仇》被新华通讯总社选入全国《渡江通讯选》，后又获西南军区优秀创作奖。

新中国成立初期，他在1950年随军进驻昆明，1951年任云南军区政治部文化部副部长；1952年调重庆任西南军区政治部文化部文艺科，1955年赴拉萨任西藏军区政治部文化部长。

这期间他出版了四本书：短篇小说集《生与死》（国防出版社1950年）、《雀儿山的朝阳》（中国青年出版社1956年）；报告文学特写集《在怒江激流上》（重庆出版社1956年）；中篇小说《红河波浪》（上海新文艺出版社1955年）；还发表了中篇小说《微笑》、短篇小说《江上波涛》《田小丽》《鹦鹉》《夫妻店》《我的侣伴》《兰卡湖女教师》《扎西》等引人注目、颇获好评的作品。

从他投身革命以后，除了在抗日战争和解放战争的枪林弹雨中有过几次生命危险，可以说他是一直在走着进军路，唱着进军歌曲。他不仅为军队和群众做了大量的工作，多次立功受奖，文学之花也在他生命之树上不断开放。然而，正当他顺利发展，大有作为之际，却躲不脱1957年那场政治风暴。由于他在《西藏日报》发表了《试谈清规戒律》等三篇短文，厄运临头，1958年11月把他错划为右派分子，开除党籍军籍，下放到重庆市綦江铁矿平硐车间当副主任，后下矿井第一线当工人，由于劳动积极，受到工人好评，9个月即摘掉了右派分子的"帽子"。但"摘帽右派"就是另一顶帽子，仍然压在他的头上。

毕竟原第四兵团的一些领导和战友对苏策的历史和战争年代的良好表现有着深刻的了解，经多方交涉，1962年把他从重庆矿山调回昆明军区政治部宣传部任创作员。那时我担任《部队文艺读物》编辑。他首先发表了写西藏生活的短篇小说《达瓦姑娘》。接着苏策在各地文学刊物发表了短篇小说《老齐》《小霞》《高老头》《回答》等。但刊登在辽宁省作协《鸭绿江》上的小说《白鹤》却遭到无理批判，表明"阶级斗争"的弦绷紧了，他又被迫搁笔，或下边防当兵，或到农村接受贫下中农改造……

十年"文革"浩劫，他由"死老虎"被诬陷为"活老虎"，抓起来关进监狱坐牢7年，在煤矿和农场强制劳改，直到1975年才出狱，但仍背着沉重的双重包袱——即"老右派"和"文革中的问题"，低着头"靠边站"。这时，他那打不死的生活之树，又在悄悄地萌发着嫩绿的新叶。我出于对他的了解，在担任《云南日报》副刊主编期间，主动上门找他约稿，1978年2月冬春之交的严寒季节，大胆地在《云南日报》上发表了他的短篇小说《春节风雪》……

直到党的十一届三中全会之后，1979年2月，他所谓的"文革中的问题"才得到彻底平反并"改正"了他被错划为"右派"的问题，恢复党籍军籍，于11月被任命为昆明军区政治部文化部副部长，后又兼任创作组长……

历史是严肃的，真诚的，无意于拿任何人来开玩笑。因为历史的岁月无限，而个人的生命却有限。历史经受得住任何时间和任何人物的考验，尽管会被涂上各种颜色，无论时间有多长也都是短暂的，最终都不能改变历史的本来面目。苏策作为历史——中国当代最辉煌灿烂的这段历史长河上的一滴水珠，他受到了怎样的折腾和熬煎，只要历史长河不会消失，他个人的命运不但反映了他所经历的这段历史，而历史当然也不会把他忘却或丢弃。他又站立起来，开怀的唱出了动人的歌。新时期即1978年至1988年的10年，是他创作上最辛勤也是最丰收的时期。他的不少中短篇小说、散文和评论常见于《人民日报》《解放军报》《人民文学》《当代》《解放军文艺》《昆仑》《上海文学》等全国一流报刊，还出版了三本书：长篇小说《远山在落雪》（解放军文艺社1983年），短篇小说集《微笑》（云南人民出版社1980年），《同犯》（四川人民出版社1983年）。这些作品的发表和出版，标志着苏策小说创作的艺术风格不但独具特色，而且技巧已经成熟，进入我国当代优秀作家的行列并被选为中国作家协会理事，率领中国作家代表团出访非洲……

最近，他又发掘长期战争生活积累和精心的艺术锤炼完成了陈赓将军的传记文学《名将之鹰》。这部鸿篇巨制即将由上海文艺出版社作为重点书目出版。我们将看到叱咤风云而又生动活泼的一代名将的艺术形象在苏策的笔下展翅飞翔……

据不完全统计，老当益壮的苏策在他70诞辰到来之际，他已经为我党我军和我国文坛奉献出二百万字以上的作品了！何况他并未就此停笔。生命和时代赋予他的紧迫感和责任感，将使他更为勤奋地进行创作。

（20世纪）50年代初期，我告别家乡镇沅县中学课堂迈向军队的行列，读到的第一篇军事文学作品便是由朱德总司令题写刊头的《解放军文艺》创刊号上发表的苏策的小说《小鬼与团长》。我真的受到了感染和教育。那时我是个扛枪的少年郎，全连数我最小，从领导到战友都叫我"小鬼"。我想，我要当的就是苏策写的那种"小鬼"吧。然而不久，我理想的梦破碎了。还是发表小说的那个刊物发表了批评文章，说"小鬼"写得比团长还突出，那是"不真实"的。我感到惶惑。40年后作者面对面地告诉我："其实，那篇小说是我根据解放战争中1947年在沁源县采写的战地通讯《卫顺明和他的团长》发展而成的，真实得很，只有不了解真实的人才会说它不真实。"

在苏策身上我明确地感到，任何作家的任何优秀作品都是他的心血和生命换来的。真实，不但是作家为人的品德力量，也是作家为文的艺术生命。苏策的为人和为文其基本出发点和最高追求点都是真实；他之所以敢于和善于以真实为作品的灵魂和旗帜，就因为他拥有真实的人生经历。没有丰富的生活经验，就难以坚持不断发展和完善着的现实主义创作原则。所以，苏策写起来总是得心应手，总是感到创作源泉喷涌而出。

难道不是这样的吗？他没有呼吸抗日战争的硝烟，便没有《春节风雪》和《臭棋》；他没有阎锡山旧军官与我党政工人员矛盾斗争的亲身体验即已经绑赴刑场，差一点便被枪毙了，便没有《枪毙苏策》；他没有在解放战争中转战各地，便没有《生与死》；他没有艰苦地进军西藏，便没有《在怒江激流上》和《雀儿山的朝阳》；他没有在高黎贡山的边防门户丫口哨所当兵半年的切身体会，便没有《远山在落雪》……这些虽然都是他青年和中年时代的文学壮举，但到了年满花甲他仍然一如既往地勇闯虎穴。1981年在保卫边疆的自卫反击战中，作为一位军队的高级干部，他冒着敌军炮火的猛烈袭击，攀上扣林山主峰战地，因而写出六千多字的通讯《扣林山之战》发表在1981年7月22日《解放军报》头版头条上；1984年老山战斗打得更为激烈，他奋不顾身奔赴前线，竟遭到敌军炮火袭击，汽车负伤八处，轮胎被打坏，最后他徒步穿越高山密林，终于爬上枪林弹雨中的老山主峰，因而才写出了中篇小说《千言万语》《会唱歌的树叶》《超级歌星》等军事文学作品……

苏策，一位16岁参加革命的红军战士，从20世纪30年代到80年代，我国半个多世纪以来所经历的内外战争、政治运动，几乎所有一切一切的荣辱祸福、恩恩怨怨、欢乐和痛苦、上升和下沉、显贵和折磨、受冤遭屈和平反昭雪、开除军籍党籍和恢复军籍党籍……哪一样没有苏策的份呢？这是奇怪而又不奇怪的事实。他踏过敌人的尸体和战友的血迹，他抛弃过行刑的绳索，他挨过无数次批斗，他带过"文化大革命"的镣铐，监牢一坐竟长达7年，可是出狱不久便又主动奔赴战火纷飞的扣林山和老山前线……他百折不挠，九死不悔，始终不改信念，唱着人生和文学的歌！因为他就是一首歌。

我边听他谈，边看着他。他一个真正的老军人坐在那儿，背未驼，胸未陷，双肩平展，腰板正直，目光炯炯，额头闪亮，不时伸出手来做点手势，无论是讲到战场或文坛往事，他都那样从容不迫，那样热情坦荡，即便讲到他在抗日战争中将要被枪毙或在和平年代长期带镣坐牢，他脸上都带着微笑……

我不禁想：红军战士出身的当将军的很多，而成为作家的——特别是颇有成就的作家，却是屈指可数的少。他如果当初不想当作家，而是当军事干部，他的命运，他的历史又会是怎样呢？他会受到那么多那么长时间的不公正的有时甚至是极为残酷的待遇么？

但我又转念一想，他之所以没有被压垮，没有被敌人和自己人打倒，不也正是由于他不但是真正的军人，而且同时也是真正的作家吗？他举起爱国主义和革命英雄主义的火炬点燃了自己的生命和文学之光，既照亮着他自己也照亮着我们前进的征途，他没有愧对哺育他的党、军队、人民和时代，体现了他难能可贵的价值。

他送我出了客厅，国防文化宫夜空繁星闪烁。他家小院里的那两棵桃树已结满累累果实。4年前我们给他过生日时曾经吃过那棵树上的鲜桃。今年的桃子一定更多更大更红更甜，正如他的文学成果一样，一定会使他的战友、朋友们更加动情和喜悦。

（刊于天津《文学自由谈》1992年第1期；入选《苏策研究专集·小路崎岖》，大众文艺出版社2002年出版；入选散文集《漂泊的家园》，云南人民出版社2004年出版。）

文学让历史大放光彩

　　彭荆风赴浙江绍兴鲁迅故乡参加中国作家协会第五届鲁迅文学奖颁奖活动，回到昆明后的11月22日，由云南省毛泽东诗词研究会会长吴海坤主办举行了一次聚会，内容有二：一是祝贺彭荆风82岁生日；二是祝贺彭荆风以纪实文学《解放大西南》荣获鲁迅文学奖。我认为这是在仰望彭荆风以耄耋高寿攀登上又一个文学高峰！可以说是"双高"临门！那天的聚会上，由云南省老干部诗词协会常务副会长、云南毛泽东诗词研究会常务副会长张承源撰写、云南师范大学教授程地超书法的条幅悬挂在生日蛋糕前，张承源用地道的四川话朗诵道：

　　　　金戈铁马桑榆情，
　　　　解放西南鲁奖荣；
　　　　果撰鸿篇开胜境，
　　　　老兵风骨壮国魂。

　　与会的友人们发出一片热烈的掌声，激发了我的诗情，于是我当场便即兴作了一首诗献给我的老战友、老领导和文学引路人：

　　　　绍兴今夜月色好，

乌篷船上芦笙响；

荆风解放大西南，

鲁迅还乡颁鲁奖。

　　当然又是响起一片欢庆的掌声！友人们一听便明白我这首短诗中的含义。第一句是指彭荆风的短篇小说《今夜月色好》，20世纪80年代曾受到冰心老人好评并荣获中国作协文学奖。（当时还没有设置"鲁迅文学奖"，此奖也相当于今天的"鲁奖"。）第二句是指彭荆风的短篇小说《当芦笙吹响的时候》，20世纪50年代初期曾荣获西南军区最高文学奖，随即改编成故事片《芦笙恋歌》而成为经典电影。第三句显然就是指彭荆风刚刚荣获鲁迅文学奖的《解放大西南》。第四句是说中国作协在鲁迅故乡举行鲁迅文学奖的颁奖活动仿佛是鲁迅也回到绍兴，其实是指鲁迅文学精神的还乡。

　　然后在《祝你生日快乐》的歌声中，彭荆风面对生日蛋糕，微闭双眼，默默地许了心愿，一口气吹灭了九支红蜡烛。在切割蛋糕分送各位文友时，我想：彭荆风刚才的许愿，一定又是继续攀登另一座文学高峰吧？他手头上还有三部长篇小说的初稿有待于修改完成！按风俗，各人的生日许愿，不会说出，只是深藏于心中，而成为一种力量。我之所以吟出上述诗句，是有依据的。在11月9日在绍兴举行鲁奖颁奖的晚会上，就有我的好友、上海文艺出版社荣获鲁奖的报告文学《震中在人心》的责编修晓林，当场就打电话告诉我，说，今晚天公作美，绍兴明月当空；颁奖会上放着电影《芦笙恋歌》的插曲《阿歌阿妹情意长》；彭荆风这位81岁高龄、历届鲁奖最年长的获奖者，在接受上海《文学报》记者金莹、张莹莹的采访时，回答说："文学就是我的生命。我一辈子无所追求，只是追求文学！"

因此可以说，我的那首短诗，是绍兴颁奖现场情景和意境的真实写照。我朗诵完，便当场在张承源打字复印的他那首诗的边上写下我的这首诗，交给了彭荆风的女儿彭鸽子……

聚会后我回到家里，从书架上取下彭荆风签名盖章送我的《解放大西南》。书还是一年前得到后便很快读完的那本书，但当晚在祝贺彭荆风82岁生日和荣获鲁奖之后，好像《解放大西南》变得更加厚重了！这也许是附和着我的感情吧！手捧着这部书，想得很多很多……

我怎能不感到《解放大西南》是如此的特别有思想分量和文学光彩呢？彭荆风1929年11月在江西萍乡出生，1949年6月参加解放军时，才有19岁半。参军后的第一天起，他便随军开始亲历赣、粤、桂、川、黔、滇的解放战争历程。想想，在《解放大西南》这部书中，他留下了几万里征途上的几千万个脚印；他留下了酝酿60年的20000多个日日夜夜；他留下了写作12年并十易其稿、重达27公斤的手稿；在他81岁的人生长河中就有八分之一的心血倾注在这部55万字的作品中……

从以上数字便能证明，《解放大西南》确实是彭荆风宝贵生命中最宝贵的一部分！怀着敬意，我又从头翻阅起来，边看边产生了如下感想。

第一，《解放大西南》是历史和彭荆风的相互选择。我参军的（20世纪）50年代初期，看过一本由云南军区政治部出版的《进军大西南》，是当年四兵团新华社军事分社社长、后任《光明日报》总编辑的穆欣在进军途中所写的战地通讯汇集，这当然是十分难得并具有新闻与史料价值的文本。几十年过去，我一直珍存至今。那时由此也引发我的一个企盼：何时能有一部全景式多角度地反映解放大西南战争的文学巨著出现呢？中国三年解放战争博大宏伟的历史，我们从文艺作品中熟悉了以《保卫延安》为中心的西北战场；又在不少文学、戏剧、电影中分别通过《辽沈战役》而熟悉东北战场；通过《东进序曲》《柳堡的故事》《红日》而熟悉华东战场；通过《淮海战役》而熟悉中原战场；通过《平津战役》而熟悉华北战场……但是，我们有什么可以通过鸿篇巨制的文学作品或是壮怀激烈的电影来熟悉我们立足的西南战场呢？而解放大西南的战场，是中国大陆解放战争中最广泛、最复杂的战场，也是最后完成的伟大战争，没有大西南解放战争的最后胜利，便没有中国大陆的完全彻底的解放。毫无疑问，解放大西南的辉煌历史，在呼唤着与之相配的辉煌的文学。第二野战军司令员，随后亦是西南军区司令员刘伯承、政委邓小平的副手张际春曾说过："我们只会创造历史而不会记载历史，但人们往往是从记载历史中去了解历史的。"这位解放大西南战场的主将之一所说的话是对广大指战员和文史工作者、文艺创作者发出的号召。记载历史人人有责，但却深深触动了作为解放大西南百万大军中的一员而且又是作家的彭荆风的心灵和情感。像彭荆风这样既亲历解放大西南的征程而又有记载历史的拥有文学创作实力的作家，不说别的兵团了，仅在陈赓将军率领的四兵团中就可以列举出许多著名的军旅作家来。可是，解放大西南的历史却选择了彭荆风；彭荆风也相应选择了解放大西南的历史。《解放大西南》这部纪实文学巨著，从写作到出版再到获奖，证明了历史和彭荆风的相互选择，不是偶然而是必然；不是侥幸而是幸运；为此，解放大西南这场战争、这段历史，在长久期待之后，终于看到了闪亮的文学光彩。从此，我们便可以在《解放大西南》记载的历史中，去了解历史了。

第二，《解放大西南》是历史和文学的相互辉映。我们都知道，在军旅作家中，彭荆风是以小说创作成名而享誉文坛的。除前所述的《当芦笙吹响的时候》《今夜月色好》之外，尚有入选中学语文课本的《驿路梨花》以及在中央台连续广播的长篇小说《鹿衔草》等，但同时彭荆风又是以写作军事报告文学著称的能手，如《一将难求》《有争议的'巴顿'》《覆盖再覆盖》《秦基伟将军》等。我1953年3月在普洱39师图书阅览室与他第一次相见，就是当我正在阅读《解放军文艺》上发表的他的报告文学《拉祜族小民兵》时，他刚好偶然地走了进来，而惊喜地与该文作家结识，开始了他对于我文学上的引领。因此可以说，彭荆风既是小说家同时又是报告文学家。当他面对酝酿了几十年的解放大西南的丰富而珍贵的经历、记忆以及采访而得的史料资源时，是写成长篇小说还是写成纪实文学，曾使他犹豫不决。对此，彭荆风说过："在据有大量素材后，再采用虚构手法写成长篇小说，对于我这个写作小说多年的人来说，不会太难，但在形成小说结构、塑造典型人物的同时，必然要舍弃许多人物、事件；面对那样丰富多彩的史料，我很是舍不得，思之再三，决定还是采用纪实文学来写作。"我们完全理解彭荆风在酝酿和写作中所产生过的犹豫并作出的选择与决定。因此，当我们阅读《解放大西南》时，既可以看作是"历史教科书"，也可以看作是"文学欣赏书"。这部书，是历史，但又比那些历史著作更文学；这部书，是文学，但又比那些文学著作更历史；这部书，是以历史为血肉、以文学为灵魂的可读性很强的著作。

第三，《解放大西南》是历史和历史的相互补充。历史从来不只是一条线，而是多线条的；历史也从来不只是一种颜色，而是多色彩的。任何记载历史的文学，都想达到却又不可能达到多线条、多色彩。这是因为任何人都有其观察眼光和文学感知的局限性。所以，我们才需要不断地回顾历史、搜索历史、发现历史、认识历史、记载历史。就以彭荆风来说吧！20世纪50年代初期，他在西盟佤山边防部队当文化教员，他的小说便是反映驻守边防的战士与当地少数民族的鱼水相依的亲密关系，如《边寨亲人》《佤佤部落的火把》以及电影《边寨烽火》等。20世纪60年代他便写了长篇小说《鹿衔草》等，依然是反映解放军民族工作队与深山老林里的苦聪人的现实生活。20世纪70年代末到80年代中期，由于他在反"右"和"文化大革命"中遭受的冤案得以平反昭雪，焕发了他深入生活与文学创作的极大热情，接连不断地出版了长篇小说《断肠草》《师长向士兵敬礼》《绿月亮》以及中短篇小说集《红指甲》《巫山一段云》等。上述以文学记载历史的小说的涌现，是与彭荆风本人是解放军部队作家的身份密切相关的。但彭荆风毕竟是1950年春天随军进入云南后便一直生活在这块土地上的作家。面对云南的当代历史，作为一位有良心有责任感的军旅作家，他必然会关注滇西的抗日战场和中国远征军的抗日战场。于是，他深入腾冲、龙陵等战地采访体验，埋头进入档案馆查寻史料，勤奋刻苦多年，写出了小说《孤城日落》和纪实文学《滇缅铁路祭》《挥戈落日》等。我曾幽默地说："看，一位共军的老作家写了这么多的国军抗日战争的文学作品，说明时代发展、社会进步、观念更新了！"我认为，从彭荆风的人生经历、文学实践证明：历史的本真或本真的历史是多线条、多色彩的；这样的历史是经得住记载，经得住文学反映的。从上述作品的写作和出版的时间上看，恰好与《解放大西南》的写作是同时进行的。所以，彭荆风说，写作《解放大西南》"这12年间，每年我都要用三四个月时间来修改，前后达10次，把书中600多个人物逐一描述，赋予他们个性。这不断地增加删改，也是不断地加深我对那场大战的认识，从而能去粗取精，更趋完善。人生有限，在我60年的文学生涯中，却有近八分之一时间在忙这一作品，虽然辛苦却充满了激情与愉快"。文学记载生活，生活亦是历史。《解放大西南》让历史存活于这部纪实文学之中。无论对于中国大陆解放战争的那场最后的大战，无论对于云南当代最重要的几个方面的历史，也无论对于80多岁高龄的彭荆风的文学创作，《解放大西南》的问世，都可以说是历史和历史的相互补充，从而使历史的记载更加完整、更加真实，也表明文学能使历史更加光彩、更加感人！

2010年12月于昆明

（原载《云南政协报》2011年2月9日；又载《云崖》杂志2011年7月号；再载《云南日报》2018年7月27日花潮版。）

向昂美纳部落致敬

那年春天，我们在阿佤山采访。脚踏暖风留在山野的踪迹，时而抚摸如花似玉的红毛树叶，时而采摘酸甜如酒的紫草莓果；头顶云霞飘在蓝天的身影，时而捧喝清凉纯净的山泉流水，时而倾听布谷鸟飞越原始崖画发出的声声啼鸣……一天，同行考察民族文化风情的来自法国社会科学院的博士白诗薇小姐问我："请问，昂美纳部落在哪里？"

是啊，我们连日来起早贪黑地访问班洪寨、班老寨、南腊寨、湖广寨、翁丁寨、帕良寨等一座座佤族山寨——也就是当年的一个个部落，怎么就不见昂美纳部落呢？见我有些迟疑未能迅速回答，白诗薇博士便接着说："我来中国前，读过一部法文版的书：《在昂美纳部落里》，写得既精彩又深刻，很想去实地看看……"

"你读的是郭国甫写的长篇小说《在昂美纳部落里》吗？"看白诗薇博士微笑着点了点头，我就告诉她，"那是小说里的部落，是作家将几个佤族寨子进行历史综合、文学典型的部落……"

与白诗薇博士在山间小路行进中的简短交谈，使我感到欣慰。这说明《在昂美纳部落里》这部长篇小说写得真实、生动、感人，从创作到出版，虽然半个多世纪过去，直到今天仍具有历史价值，仍闪耀文学光彩，并能以法文版书本引起法国学者的关注，在中国文坛上，又有多少例子可举呢？

当我们匆匆访问阿佤山中星罗棋布的一座座寨子，连连采访寨子里饱经忧患的一位位老人，获得了十分丰富的关于这座山、关于这个民族的昨天和今天的社会生活素材，返回沧源县城后，又去博物馆、档案馆、佛教寺庙进行查询访问，从而引发了一连串的文学思考与创作冲动，自然又会联想到郭国甫的长篇小说《在昂美纳部落里》。一天傍晚，我们在勐董河岸散步，穿行在各个寨子送到文化广场展览的一座座木鼓、一尊尊牛头之间。我指着横亘在天边的群山，对白诗薇博士说："如果一定要寻找昂美纳部落的生活原型，请看那几棵高大挺拔的老榕树牵手连接的峰峦，便是那绵延起伏的国境线；而坐落在国境线上的奔不浪寨、纹南寨、永和寨等寨子，就是当年的一个个佤族部落……"

白诗薇博士虽然是一位法国专门研究中缅边界民族社会的著名专家，却能分辨雨果笔下的书写与史志字里行间记载的巴黎圣母院有何区别。所以，我们没有进一步深谈便沟通了文学真实与历史真实的关系，便明白了那几个寨子为何就能虚构成昂美纳部落。回到佤山宾馆，我却被《在昂美纳部落里》的话题激活了难以平静的思绪。我又重新穿过文化广场来到勐董河边，在哗啦啦的浪花溅起的流水声中，眺望着被夕阳光芒拥抱的阿佤山，遥想着数十年前听说过或经历过的诸多往事……

1953年解放军第一四兵团、云南军区（即后来扩建的昆明军区）召开全区部队英模大会。时在军区文化部担任《文艺生活》杂志，即《部队文艺读物》编辑的郭国甫，在详细阅读了驻守沧源县边防六团二连从1952年11月起"四进佤佤山"的英模材料，被官兵们既要执行保卫祖国边疆的战斗任务，又要模范遵守少数民族政策的先进事迹所感动。英模大会结束后，他便跟随着英模代表、连长田树青和几个战士从省城昆明出发，步行半个多月，跨过澜沧江，到达临沧专区，再经沧源县城，进入了阿佤山区。郭国甫在基层连队一住五个多月，与战士们一起去边界巡逻，体察边防军人的战斗生活；一起到各个寨子访问，了解阿佤人的历史文化与风土人情；对阿佤山雄奇丰饶的自然生态、阿佤人原始部落社会以及亲如一家的军民关系都有了感性的了解，理性的升华，产生了文学性的人物故事。郭国甫经过回忆重温，现实感受，终于熟悉了那段特殊岁月里的艰难却光荣的进程，明白了为什么边防连队要经过四次往返开展友好的民族工作，而不是依靠枪炮火力强行进入阿佤山寨，去驻守保卫沧源县城的战略高地……

这是当年在冯牧领导下的云南军旅作家们深入边疆生活的实例之一。郭国甫带着蕴藏于心灵深处、记录于笔记本的创作素材，回到军区。他先后写作并发表了《国境线上》《巡逻路上》等充满生活气息的短篇小说，经过一段时间的文学锤炼，便于1955年动手写作以阿佤山军民团结、保卫边疆为主题的长篇小说《在昂美纳部落里》。经过两年多的刻苦写作，作家出版社于1958年1月出版了这部著作。在那段时期，云南部队成长起来并驰骋文坛的一批优秀作家例如公刘、白桦、彭荆风、周良沛、樊斌、吴锐、苏策等人都被打成右派，失去了进行创作和发表作品的自由。在边防文学树林被乱砍滥伐、红花绿叶纷纷凋落之际，郭国甫的长篇小说《在昂美纳部落里》，犹如阿佤山上的一棵壮美的榕树，为云南军旅文学原野开拓了劫后新生的风景线。这部长篇小说在历经各种运动的文学界和缺乏读物的群众中产生了强烈的影响力。小说初版不久便接连五次重印发行。1959年苏联翻译出版了俄文版；北京外文出版社也很快翻译出版了英、法文版图书发行欧美各国。《文艺报》《人民日报》《文艺月报》《边疆文艺》

等报刊持续不断地发表了闫纲、汤廷诰、陈朝红等作家、教授写的《佤佤人光荣的一页》《党的民族政策的伟大胜利》等文章予以好评，说："通过《在昂美纳部落里》，佤佤人成长的过程我们了解一些了，佤佤人的思想感情和我们交流了，最主要的是，我们更加热爱佤佤兄弟了。"直到"文革"动乱结束后，人民文学出版社又再版了《在昂美纳部落里》，成为新时期能够跨过不同时代、不同意识形态、不同艺术审美考验的标志性著作，被称为云南军事文学与民族文学的经典小说……

我想着走着，直到浓郁的暮霭渐渐消失在阿佤群山中，直到沉重的云朵紧紧地拥抱了国境线上的那几棵老榕树，直到说不清满天繁星与永和边防站的灯光谁更明亮。但我却知道，那里就是20世纪50年代初期"四进佤佤山"的边防连队守望的地方，也就是郭国甫小说中的昂美纳部落。记得前一次我到沧源采风时，曾经上山穿过几个佤族寨子去访问永和边防站。那里雄踞于巍峨的群山之巅，既是保卫沧源县城的堡垒，也是两国边民友好往来的门槛。那天，当我和战士们来到中缅边界167号界碑拍照留影时，我看见缅甸一侧的界碑角落有几枝带壳的罂粟花籽，战士说，那是外国边民跨入中国境内时怕被查禁而顺手丢弃在那儿的，我们不能越境去捡拾。那会儿，我突然想起刚才在边防站开座谈会，几位战士热情地抓了几把生葵花子塞进我的挎包里。于是，我伸手抓出了几把葵花子洒在界碑一侧中国的土地上。我还特意嘱咐战士，等待他们巡逻国境线经过这儿时，请留意葵花子发芽、长大、开花、结籽的情景，找机会打电话给我：那向着太阳微笑的葵花，摇曳着怎样美丽的风姿？果不其然，在当年秋天，我欣喜地接到几位战士从永和边防站打到昆明的电话，说他们一次又一次地看到界碑旁盛开的金黄色的葵花，比罂粟花还要漂亮，在不分国界的风中散发芳香……

我随即告诉战士：20世纪50年代初期，在《解放军文艺》创刊号的扉页上发表的公刘写的《远离北京的地方》，是最早把边防战士比喻为向日葵花的诗篇，令人痛心的是公刘的忠诚反而被诬为右派；如今他虽然已经逝世，但诗人创造的向日葵形象，却活在边防战士的心中……

当然，在沧源时，我没有把我自己关于昂美纳部落的所思所忆告诉白诗薇博士。对于这位佤族历史研究者来说，我认为，她读过的那部法文版的《在昂美纳部落里》，就已经能向她说明她需要了解的问题了。

几天后回到昆明，我从书柜中取出《在昂美纳部落里》。虽然没有作者郭国甫赠我的亲笔签名，但此书对于我却有着非常珍贵的意义。那是1958年，由于脱离云南边疆各少数民族历史发展阶段的社会实际而强制高压推行的"大跃进"，从而扰乱破坏了佤族平静和谐的原始部落末期的生产生活；加之盘踞老挝、缅甸、泰国金三角地区蒋军残部的全面窜扰，国境线上的少数民族被迫大量外逃。我当兵时所在的国防军39师117团驻西双版纳勐海，被分成营连单位前去协助驻守孟连的边防九团、驻守西盟的边防八团，投入保卫边疆的一系列大大小小的前沿战斗。我被团政委耿全思从驻守孟连腊福拉祜寨的连队调到驻守西盟的团部，与战友张允中负责编办《大跃进》小报。就在那期间，我从西盟县新华书店发现并购买了作家出版社出版的新书《在昂美纳部落里》。在紧张的战斗生活中，我用了两三个夜晚，借助寒冷的冬风摇晃着军营马灯的微弱灯光读完小说，深受教育与鼓舞。说来事有凑巧，也是命运有缘，几天后，当我再次翻阅《在昂美纳部落里》时，有幸接到郭国甫奉昆明军区文化部任大卫部长指示发来的电报，调我到军区编辑《部队文艺读物》，参与向国庆十周年文学献礼的有关工作。团首长非常支持，在我又编完新一期《大跃进》小报后，便搭乘运送军用物资的大卡车离开西盟。当我爬上敞篷车顶挥手与战友张允中告别时，不知为什么忍不住流出了眼泪。开车后我伸手摸了摸军用挎包里装着的我经常阅读的云南军旅作家们写的那几本著作——就像是我随身背着的小图书馆，里边有彭荆风的短篇小说集《佧佤部落的火把》、白桦的短篇小说集《边疆的声音》、林予的短篇小说集《森林之歌》、苏策的长篇小说《红河波浪》、徐怀中的长篇小说《我们播种爱情》、公刘的诗集《边地短歌》、周良沛的诗集《枫叶集》，当然还有郭国甫的新著《在昂美纳部落里》，从阿佤山的茫茫云海里、密密森林中驶向澜沧、思茅，驶向昆明，开始我新的文学之路……

在我的文学道路上，从边防战士成长为军旅作家，有许许多多领导、老师、同志教导我、帮助我、培养我，我永远记得他们的名字，对他们我始终感激不尽。而郭国甫则是我众多的恩师中最直接亲近、共事长久的一位。他在"文革"中被迫离开云南部队时，含泪烧毁了他在打洛边界茅屋里的煤油灯下写西双版纳傣族生活的110多万字的长篇小说《向北京合掌》初稿；烧毁了他亲自参加并实地记录的中缅边境勘界作战中的笔记本和在战斗中缴获的蒋军残部的秘密史料等，回到南昌市被分配到商业部门工作。幸亏后来落实政策，调到江西省作家协会，他又继续握笔写作了长篇小说《这里已是早晨》《黎明即将来临》，在耄耋之年又相继写作出版了长篇小说《梦回南国》《百年南亭》等精品力作。由于郭国甫远在他的家乡南昌，我虽然不能经常探望他，但却可以经常拜读他的一部部著作；越读越激发我对他的崇敬与思念。最近，由周良沛主编的一套云南边地文学丛书决定重新出版《在昂美纳部落里》。听到这个好消息，我把1958年冬天购读于阿佤山西盟的这本《在昂美纳部落里》，作为郭国甫的代表，正面竖立在书柜上，像我当兵时那样，向它敬了一个军礼，以表达我对恩师的心意。因为曾经有不止一人、不止一次地问过我："昂美纳，佤族话是什么意思？"我难以准确回答，便转而请教沧源县南腊寨土生土长的，又先后毕业于高等学府以及中国作家协会鲁迅文学院的佤族女诗人、散文家伊蒙红木，请她翻译解释。她收到我的手机短信后迅即发短信回复："昂美纳，翻译的意思可以是：我喜欢你；我想念你；我爱你……"呵，多么美好的佤语"昂美纳"，不禁想起在阿佤山的那些月明星稀之夜，在寨子中心燃烧着篝火的歌舞场上，我常常听到小伙子或小姑娘相互弹琴吹笙对唱情歌时，他或她总是不停地反复吟唱那句想要结束而又不愿结束的尾声："昂美纳，昂美纳……"于是，我理解了"昂美纳"的另一层含义了，这不正是当年驻守阿佤山的边防战士和军旅作家郭国甫对佤族群众、佤族部落曾经说过而至今仍然想说的心里话吗？

是的，为此，我也要对《在昂美纳部落里》这部生命力旺盛的长篇小说，轻声地，但却深情地呼唤着：昂美纳，昂美纳！

2013年3月11日昆明

（原载《人民日报》2013年5月15日；又载《云南日报》2013年8月17日；再载《茶树王》2013年第2期；再载《佤山文化》2013年4期；入选《百家》杂志2014年4期；入选《郭国甫文集》之《在昂美纳部落里》，人民文学出版社2014年4月出版。）

雷漫天人生如琴

漫天雷声曾经在云南高原上随风飘荡。这位小提琴家如雷贯耳的名字，由于生命的戛然消逝而使琴声袅袅消失；无论是对生命或对琴声都已经从渐渐淡出到渺渺遗忘，还有谁记得雷漫天呢？

但是在他离世至今悠长的50年间，你可能还会在某天寂寞的黄昏，在昆明某条古巷尽头的某个老茶馆的某个角落里，听到某几位老人把一壶浓浓的绿茶喝得褪色无味的时候，轻轻松松地谈起一些有味的话题，然后转变成沉重的话题。其中会有位老人用长竹竿烟锅头指指点点地说着，那个雷漫天曾经站在某张茶桌前或某把木椅后拉着他心爱的小提琴，专心专意地为茶客们演奏马思聪的《思乡曲》或法兰西的《马赛曲》；另一位老人则补充说，在雷漫天清幽绵延或悲壮豪放的琴声中，往往会有一位默默无言的女人端着敞开的小提琴盒来向茶客们要求赏钱……

记忆再好的老人也只能在记忆深处保存断断续续的雷漫天拉琴卖唱的身影而无法说出或吟出那些或优美或忧伤或激昂或低沉的琴声了。在雷漫天人生主要经历的20世纪30年代到50年代末期的那些岁月，不像今天拥有这么先进而又普及的摄像、录音、制碟等技术设备，雷漫天和他的琴迷们也没能超越时代水平的局限而为他留下点录像或录音。那么总还有面对战国时代的宝剑而联想舞剑冲锋的勇士，也还有面对抗日时期昆明郊区的瓦房茅屋而缅怀在此栖息过的西南联大雄鹰般的教授吧？难道就没有雷漫天的一件遗物而让后人联想或缅怀那位落魄卖艺、贫病交加息声于小巷深处的小提琴家了吗？

古剑闪耀着勇士生命的光芒，故居蕴藏着文人生命的书香。那么小提琴家雷漫天的小提琴呢？

当年云南省政府所在地五华山的山脚，东边有座长城电影院，院旁有家长城茶馆；西边有座拜祭孔子的文庙，庙内有文化娱乐场所和茶室；雷漫天就常常漂泊在这些个地方为大众吹口琴和演奏小提琴，那一首首昆明郊区的花灯小调或一支支广东乐曲，甚至还有欧洲各国几首名歌或几支名曲的吹奏使之赢得广泛声誉，群众把他称为"天才音乐家"。久而久之，雷漫天的琴声也传到五华山上时任云南省政府主席龙云的耳里，另一位颇有才学的廖新学的油画也映入龙云主席的眼里。这位求贤爱才、希望振兴滇边文化的武将决定将雷漫天、廖新学公费派遣至法国留学深造。于是1933年春天，这两位音乐绘画才子便沿着滇越铁路乘坐窄轨小火车从昆明出发经开远、河口出国，又经越南河内、海防再转乘海轮到达香港。在香港等候远洋海轮期间，同行的旅伴却与他分道扬镳走上了不同的人生旅途。

当然，正如人们所知道的，廖新学赴巴黎学成归来成为云南第一位著名的油画家，至今他的作品仍具很高的艺术价值而被博物馆珍藏。可是雷漫天却因一件事的发生而没有远赴法国。要不他很有可能在巴黎那座艺术之都成长为学院派高雅的音乐家，而不会变成后来如人们所熟悉的混迹于茶馆卖艺的民间音乐家；这不仅是人生命运而且也同时是艺术命运的一种无意的不曾加以选择的选择吧！

那时正好有一支来自英国伦敦的著名乐队在香港演出。雷漫天慕名前往剧场欣赏。音乐会散场后，雷漫天走进乐坛，声称自己的技艺要比英国乐队的小提琴手拉得更好。乐队指挥不知是出于维护自家的声誉，或是想让这位自吹者丢人现眼，竟摊开双臂邀请雷漫天当场演奏。雷漫天虽然身穿中国式的中山装，却以绅士风度从英国乐队小提琴手里接过小提琴，微微弓身行礼之后，便挥弓搭弦跳跃几个音符，随即正式拉起了捷克音乐家德沃夏克访问美国时谱写的《自新大陆》……这是一首忧而不伤，痛而不怨，深而不重的思乡曲，与马思聪的《思乡曲》相比，又是另一种风格，但却更适宜欧洲人欣赏，特别是远离伦敦来到香港的乐队，几乎被感动得人人都流下眼泪……

应该说，是德沃夏克的这支名曲和雷漫天的倾心演奏，这两者的艺术力量共同征服了英国乐队。乐声未息便获得英国乐队和围观听众的喝彩掌声。乐队指挥兴高采烈地邀请雷漫天参加他们在香港的演出活动，并愿给予高薪待遇。

雷漫天高兴得忘乎所以。一是穿棉布中山装的云南人受到穿燕尾服的英国佬的赞赏；二是在昆明穷酸穷怕了；现在既得英镑又能与英国显赫的乐队同台演出，便立即答应，未经请示龙云主席就留在了香港。雷漫天的无纪律无政府行为，惹得被尊称为云南王的龙云颇为生气，便取消了雷漫天公费留学法国的决定。当英国乐队按计划结束在香港的演出活动，雷漫天便也失去"首席小提琴"的身份。身穿黑毛呢西装的雷漫天在香港码头上高举起小提琴为英国乐队的艺友们送行，泪眼迷蒙地眺望着巨型轮船驶向大海深处，才觉得海风越来越大，越来越冷，前程渺茫……

雷漫天手里的那把小提琴是唯一能够温暖他身心的伴侣，是他用英国乐队给他的酬金在香港购买的法国小提琴。不能赴巴黎留学，只有靠法国小提琴的声音来安慰自己并向别人夸耀了。可是雷漫天在英国人殖民统治的香港的花天酒地生活，并不是那么好混的，不久便带着影响他此后人生的某些不良习气，结束了那段光彩而又灰暗的香港生活回到昆明。

昆明毕竟是雷漫天的故乡。昆明人从战国末期的庄蹻入滇开始，便有包容四面八方的广阔胸怀。何况这位从昆明走出去，又走回昆明的小提琴家呢？因而雷漫天在昆明的演艺生活真是如鱼得水。他虽不能穿着燕尾服步入法国人的舞厅，也不能佩带短剑、腰挎手枪走进军阀高官们的大雅之堂，但他却可以时而穿着西装，时而穿着中山装，自由地在任何地方给任何听众演奏小提琴，从而获得掌声和投来铜钱、铜板甚至是银圆、美金的声音……

再说10多年后的某一天，雷漫天仿佛是耍魔术似的突然摇身一变，昆明人看见他不再穿以前穿的那种蓝布中山装，也不再穿过去穿的那种黑毛呢西装了，而是身穿崭新的草绿色军装，头戴缀着红色五角星的军帽，左胸佩着"中国人民解放军"胸章，成为解放军四兵团军政治部所属的文工团的一名团员了。雷漫天身份的改变，不能不说点有关的背景。20世纪50年代初期第四兵团解放云南后，根据兵团司令员陈赓将军的指示精神，军队要大量广泛地招收文艺体育人才入伍，以提升这支英勇善战的军队的文化素质。雷漫天这位曾经在街头拉着小提琴演奏贺绿汀《游击队之歌》和冼星海《我们在太行山上》、郑律成《延安颂》等乐曲欢迎陈赓将军率领部队入城，又在文庙、近日楼、金马碧鸡坊等地为群众娱乐活动拉琴演奏的"天才音乐家"，自然引起了解放军部队文艺单位的关注。再说雷漫天的时来运转，既是碰到了天翻地覆的社会更新，又是碰到了好人发了善心。20世纪40年代末期，接替龙云主席主政云南的是卢汉将军。卢汉将军顺应大势率部起义，云南和平解放。这一和平解放，不仅使云南百姓免遭战祸，也使云南军队转危为安；特别是那些高级将领因弃战而得福。当年曾在龙云主席麾下任师长的龙泽汇，此时是卢汉将军部下一位军长。在收编卢汉将军旧部为暂编十三军时，龙泽汇将军被任命为军长。不久暂编军与解放军正规军合编，龙泽汇任副军长。从龙云时代到卢汉时代，龙泽汇都是一员文武双全、名声显赫的名将。龙泽汇的上司和部下常常在他面前提起音乐家雷漫天，他当然也有所闻并亲自听雷漫天演奏过小提琴乐曲。对于这位10多年前辜负了龙云主席好心栽培而流落街头卖艺为生的音乐家，龙泽汇将军也深表同情。此时20世纪50年代初期正当龙泽汇春风得意之际，当雷漫天找上门来求情，请龙泽汇副军长保举他参军，给他一条新生之路，这位儒雅善良的武将便向军首长作了推荐。有雷漫天的音乐才艺和社会名气，再加上龙副军长的说情，雷漫天就背着"旧社会流落街头、受苦受难的艺人；其历史既不十分复杂、也不十分清白"的鉴定而顺利参军，并且一入伍就给予正营级待遇，仅在文工团长和政委之后，其生活简直是一步从地狱跨上了天堂。那时军部驻扎在军事、交通重镇开远；雷漫天也进入到他的人生之旅和艺术之旅的重镇。他不仅一改老琴奏老调，而且还努力学习新曲，演奏革命音乐，同时还热情帮助新人。当时军文工团有一位年轻的小提琴手名叫聂丽华，是音乐家聂耳的亲侄女。领导很想着力培养聂丽华，让她很快成才。于是就指定雷漫天收聂丽华为特别学员，在小提琴演奏上多加指导。雷漫天都尽职尽责地当起了老师，并因此而受到文工团长的表扬……

我虽然小时候在近日楼前的花坛边，由祖父抱起来骑在肩膀上看过雷漫天演奏小提琴时的热闹场面，也听说他拉的是昆明人爱听的花灯小调，但并不懂音乐，更不懂外国的小提琴与中国的胡琴有不尽相同或很不同的艺术魅力，只是凭感觉判断那个音乐好听不好听。记得在抗日战争时期，有一次日本的飞机来轰炸昆明，祖父背着我在郊外黄土坡跑警报，呜呜的警报声中，看见一位瞎子不跑，就坐在路边的大石头上拉着胡琴，也不管警报响不响，飞机丢不丢炸弹，一直在拉着，那琴声如泣如诉，凄惨哀伤。祖父说，听那琴声真让人肝肠欲断。如此对比之下，我也说不清原因，小时候总觉得胡琴琴让我感到害怕，因而更爱听雷漫天演奏小提琴。每次出去在茶馆或街头一看见雷漫天在拉小提琴，就会拽着祖父的衣角停下来，看着，听着，那琴声更多是逗乐，让人高兴，又好玩。用今天流行的话来说，我小时候就是雷漫天的琴迷"粉丝"了。

当然，我对雷漫天上述身世和故事的了解，更多的是在我长大后于1951年参军到部队里的那些年代。我所在的39师，是十三军下属三个师的部队之一。师部先驻扎宁洱后前移思茅。师文工队的不少队员和师宣传文化科的一些干事就是从军下派的。比如拉小提琴的聂丽华以及20世纪40年代，就用笔名音朗发表过不少诗歌的曾经在昆明学生运动中颇有影响的诗人李广学等，都比较了解雷漫天。因而，我常常听到战友们讲述雷漫天的身世和故事。因为雷漫天是演员，像今天的公众人物那样，自然成为人们的话题，而广泛流传。

然而，好戏还在后头。雷漫天大显身手、大出风采的是参加云南军区、四兵团的文艺演出代表团，出席了1954年西南军区在重庆举行的文艺会演，他表演的小提琴独奏大受欢迎和好评，从而一举夺得优秀节目二等奖。这当然不仅仅是由于雷漫天的技艺，更重要的是当时军队的领导渴贤爱才，只要你有一技之长并为部队官兵作出有益贡献，都会爱护你，重用你。雷漫天正是这样的人物而在军队良好的环境里获得了良好的声誉。完全可以认为，雷漫天在军文工团当解放军的那几年，是雷漫天人生和艺术的黄金时期。那时无论从军队到地方，很多人都知道雷漫天这位乐坛风云人物。

我童年时代对雷漫天的印象，毕竟太遥远了，似乎是一种依稀的梦境；而在部队听到的有关雷漫天的那些传说故事，又恰如天空的云彩，美好却不可捉摸。雷漫天真正在我心中留下深刻印象，是在1954年夏天，也就是"雷漫天小提琴热"最热的时候。那时我由39师借调到云南军区疟疾防治医疗总队，在疟疾流行比较严重的思茅、西双版纳等地的驻军工作了一年后，被集中到昆明进行短期的业务总结和提高培训。一天晚上，我们从圆通寺旁的军营列队出发，步行到国防文化宫观看文艺演出。对我们这些从边防部队远道而来的医务人员，那台晚会的节目可以说是个个精彩，但是就全场来说，鼓掌次数最多、鼓掌声音最响的还是雷漫天出台演奏小提琴这个节目。这也许与部队中流传的雷漫天与龙云主席、龙泽汇军长的故事有关，也许与昆明街天流传的雷漫天与平民乐坛的故事有关，当然更是与西南军区文艺会演中雷漫天获奖载誉的故事有关吧。但不管怎样说，那天晚上雷漫天的小提琴演奏受到了特殊的欢迎，请他奏了一曲再奏一曲；而他所演奏的乐曲又主要是西南军区文艺会演中的诸如《歌唱二郎山》《藏胞歌唱解放军》等歌曲，特别是他本人的获奖节目《从开远到昆明》等久闻其名而平时又听不到的优秀节目，让观众大开眼界，听众大饱耳福。

　　此后不久的一天晚上，我和战友们沿着滇越铁路乘坐小火车军用专列从昆明南站启程奔赴军部驻地开远。一节车厢又一节车厢都坐满了军人。这些部队的调动，是否与我军支援越南正在进行的抗击法国殖民者统治的解放战争有关呢？车厢里开始是部队之间相互拉歌赛唱，一首抗美援朝的《志愿军战歌》连着一首苏联的《共青团员之歌》，此起彼伏的歌唱盖过了列车出站时的广播声。车行不久便发现有军文工团同行，于是便转移拉歌目标，欢迎边纵游击队入编正规军的女高音歌唱家李真唱过《苗家山歌》又唱苏联的《喀秋莎》；接着又欢迎雷漫天演奏小提琴。雷漫天兴高采烈地站在车厢走道上，恭恭敬敬地给大家敬了军礼后，便举起小提琴，先用琴弓在琴弦上弹跳了几下，这才报节目说：我给同志们演奏《从开远到昆明》。话声未落便赢得一阵"好啊好啊"的欢呼声和掌声。当列车开始加速不断地将城市的灯火渐渐抛远，在列车铿铿锵锵的有节奏有规律的行进声中，雷漫天时而用琴弓时而用手指时而用嘴唇在琴弦上拉着弹着吹着，用音乐巧妙地模拟列车呜呜的鸣响汽笛，演绎着列车驶过铁桥、出入隧道、缓慢地爬坡、快速地下坡、左右倾斜弯行以及进站稍停又出站继续前行的种种实况声音，他那惟妙惟肖的生动的音符和以假代真的音乐旋律与列车行驶时发出的声音，融汇，交响，有时辅以脸上的表情和身体的动作，简直让人感到小提琴仿佛变成了列车，而列车又变成了小提琴；无论是列车或小提琴，在雷漫天的手里和心上，都任其随意传神，任其形象逼真地把听众带入了他所创造的情境之中。此外，雷漫天演奏小提琴的方式方法和姿态姿势，又全是出自个人的独创而尤显独特，是其他人想学也无法学会的。比如，在演奏进行当中，他时而把琴身置放在脑后或背在背上，像敦煌壁画中的飞天那样反弹琵琶，他来个反拉小提琴；让你意想不到的是，他时而又用双膝夹紧弓把，用琴弦去摩擦发音，来它个拉者和被拉者的串位；尽管动作怪异而引人发笑，但小提琴演奏出的音乐却依然优美，十分动人……

据说，雷漫天的小提琴曲《从开远到昆明》，最早是由美国的一首《火车进行曲》演变而来。由于雷漫天比较熟悉滇越铁路的实地路段并据此作了改编，特别是用旋律再现列车行进的音响，从而发展了原作，无论从乐曲和演奏上都有创新并被群众接受，因而也就没有内行的音乐人出来计较了。而且乐曲也会因演出场地不同而不尽相同。

那晚上有位曾经在昆明国防剧院听过演奏的战友在听列车上的演奏时，就悄声告诉我，这是雷漫天临时添加的即兴演奏。我当然无法进行比较，只觉得演奏不但声似而且形似神似，这种身临其境的艺术效果，当然是在室内舞台上所无法获得的听觉与视觉结合的感受。

我是在列车的行进声中和雷漫天的演奏声中，慢慢地挤过人群去接近他的。记得小时候我骑在祖父的肩膀在近日楼前的人群中听雷漫天演奏时，见他是满头黑发；如今虽然戴着军帽，但鬓角已露白发；而且那豆大的汗珠一颗颗沿着脸颊滴落下来……在晃动的列车上又如此认真的演奏，雷漫天太累了。据说雷漫天在列车上演奏《从开远到昆明》这支乐曲，只要不到终点站，他还会根据列车的行进而继续演奏下去；列车的声音不怕重复，雷漫天的琴音也不怕重复。就在此时列车驶到一个中途站暂停下来，有位文工团员就说：这小站是列车的休止符号，老雷的演奏也该有休止符号，休息休息了！大家也就欣然响应。雷漫天在一位战友让出的座位上坐下来休息，把小提琴也搁在腿上休息。他喘着粗气，伸手从挎包里掏出军用毛巾擦汗时，我出于仰慕和好奇，对他说：我很想摸摸你的小提琴！他微笑着把小提琴递给了我。我激动地握着琴，用手指在琴弦上弹拨了几下，发出"多多多多多多……"的琴音，也就是那个年代的部队每天必唱的《解放军进行曲》的第一句起音："向前向前向前……"我把耳朵贴近琴厢，还听见回音如缕，感到心满意足，把琴还给他，并向他敬了个军礼，表示感谢！我本想告诉他，我小时候在昆明街头听过他演奏小提琴；但一想，他如今何等风光，又何必再提他卖艺流浪的心酸往事呢？

我们的列车在黎明时分驶达开远车站。站台上简直成了绿色军装流动的江河。雷漫天背起背包，左手拎着他心爱的小提琴，下车后很快便入列归队，消失在整齐的"一二一、一二一"协调步伐的行进声中。我望着雷漫天军人与小提琴家复合的身影，从心里暗暗升起一种敬佩的感情。

与雷漫天在从昆明到开远的军用专列上相遇并面对面听他演奏《从开远到昆明》，是我军旅生涯的一段美好记忆。此后的两三年间，我作为云南军区疟疾防治总队的人员和39师司令部的文化教员，足迹遍及部队防区的思茅、西双版纳、澜沧、西盟佤佤山等地的国境线上，就再也没有机会听到雷漫天的琴声了。直到炎热难熬的1957年夏天，大军区即昆明军区文化部的作家们被卷入深重而痛苦的反右派斗争的漩涡中，《部队文艺读物》缺乏编辑人员，由于我正在师里做建军30周年革命回忆录《星火燎原》的采写工作，有一定的编辑经验，加上我被部队称为"战士出身的小诗人"，便直接被军区文化部调到编辑室工作。那时的反右派斗争热潮不断加温，简直比高温天气还热，小会连大会，揭发加批判，成了闻不到硝烟的你死我活的另一种战争。白天让你感到异常紧张，晚上让你觉得紧张异常。与我同住国防文化宫四号楼一间套房的白桦和邻居彭荆风、林予等就被逼得白天黑夜的开会或写检查写交代。我从边疆部队刚调上来，没有在整风时给党提过任何意见，就用不着检查自己或揭发别人，晚上有空就去看电影。那阵子昆明正举行印度电影周，大小电影院都在放映《流浪者》《两亩地》。一天晚上，我到过去叫长城电影院而已改名为人民电影院看《流浪者》。这是部载歌载舞的故事片，男女主人公唱的歌曲特别感染人。散场后出来路过长城茶馆，听到有人在用小提琴演奏《流浪者》插曲《拉兹之歌》，探头一看，演奏者边拉琴边唱道："到处流浪，到处流浪，命运叫我奔向远方，奔向远方……"我走进茶馆边听边看，演奏者头发花白，满脸皱纹，眼袋下垂，一副衰老病态模样；上身穿着暗蓝中山装，下着绿色旧军裤，脚上穿的军用胶鞋已破绽，大脚趾露在外边；那样子比印度电影里的拉兹还更加落魄破败。我轻声问旁边一位喝茶的老人：那是谁？老人伸出大拇指回答说：大名鼎鼎的乐坛怪才雷漫天呀！

怎么？是雷漫天？我一时有点目瞪口呆。再仔细一看，仍然不敢确认这就是雷漫天。那位在军用专列上演奏小提琴曲《从开远到昆明》的雷漫天就是他吗？三年前雷漫天作为军文工团的一名正营级革命军人，拉琴时多么的意气风发，神采飞扬，受人欢迎，令人尊敬，而如今却怎么会在茶馆里卖艺谋生，走上穷途末路了呢？此前对雷漫天的事已有风闻，但如今却是眼见为实，不禁感叹不已：如果他当年好好听龙云主席的话，赴法国留学归来，不也像画家廖新学那样成为一位"家"了吗？如果他当年好好听龙泽汇将军的话，好好在13军文工团里干，不也是一位深受广大官兵爱戴的军旅小提琴家吗？这一个又一个疑团从我的眼前掠过，而雷漫天依然在边拉琴边唱印度电影里的插曲：

啊，命啊，
我的星辰，请回答我，
为什么这样残酷捉弄我？
到处流浪，到处流浪……

琴声和歌声在拖着哀怨的尾音中袅袅结束。这时从雷漫天身后走出一个中年女人，双手端着小提琴的琴盒走到茶客面前要求赏赐，我虽然没有坐下喝茶，但我也听了他的琴声和歌声，顺手掏出一点钱轻轻地放在深沉的琴盒里。雷漫天可能不便走动，坐在原处不断地向施舍者说着：谢谢，谢谢……

刚才那位喝茶老人又对我说：你别看雷漫天穷馊馊的样子，但他却有穷艺人的骨气。他虽然经常在翠湖公园、圆通寺前、武成路上拉琴求施舍，但他从来不会向行人伸手乞讨。他说他不是乞丐，他只是以音乐艺术表演而苦钱谋生，这在香港大都市都习以为常……我听后只是点头，心里有许多话想说，但那时我说不出一句话来。

我在茶馆里虽然认出了雷漫天，可是雷漫天不可能认出我。从昆明到开远的军用列车上的那一幕，对我是一幅铭刻心中的油画，对雷漫天只不过是一晃而过的风吹。我那时没有穿军装，而是穿着一套用旧军装染成咖啡色的便服。何况当年火车上的短暂相见之后又阔别三年，雷漫天怎么会记得我是谁呢？因为我是搞文学编辑工作的，我常常注意一些小说中为加深记忆而复制细节的技巧，便很客气地借过雷漫天的小提琴，如同当年那样，用手指在琴弦上弹拨出"多多多多多多……"的乐音，也就是《解放军进行曲》的第一句"向前向前向前……"，又把琴厢贴近耳朵听了听余音之后，才把小提琴奉还雷漫天。可是我的苦心白白地浪费了。我重复三年前在从昆明到开远的军用专列上的那个文学细节，并没有引起雷漫天的回忆与联想；他甚至还有可能不知道这就是他曾经唱过多年的《解放军进行曲》的第一句乐音，而以为我只是随便拨拨琴弦的吧！看来他可能是因贫困、衰老、生病而变得有点昏庸了。在那种杂乱纷扰的茶馆里，我的心也感到杂乱纷扰，我相信即便是喝再好再浓的茶也不会淡泊清心了。当我转身想走时，雷漫天仿佛意识到什么，便双手把琴和弓递给我，微笑着说："同志，我看你刚才调弦，不想拉一曲么？"

我抱拳施礼，连声说："谢谢，我不会，不会。"但这时我一眼便看出还是那把小提琴，因为上边贴有原来的号码；可是弓已不是原来的那张弓了。这弓明显的是拉胡琴的马尾弓，不是平整宽大的提琴弓。雷漫天也真有本事，他能用胡琴弓拉小提琴的弦，而且还能拉出那么传神感人的提琴乐声来。见我带着疑问的眼神盯着弓，雷漫天便苦笑着向我解释说："前些日我生病住院，为了救命钱，我把弓卖给一位朋友了……"

我终于忍不住了，用同情的声音问道："你怎么不好好在军队上干呢？"

"唉，说来话长，都怪我，都怪我……"雷漫天边说边摇头，那目光显得哀怨忧伤，叹了口气又接着说，"还是不说了吧，大概我只有卖艺流浪，流浪卖艺的命运吧！"

我不便像三年前那样向他行军礼，便伸出手与他握别，望他保重身体。我沿着正义路再拐顺城街走着走着，真想从记忆中找支歌来唱。但我唱不出。回到国防文化宫四号楼宿舍，时间已经很晚了，睡套房里间的白桦仍借着灯光在唉声叹气地写检查，我不再开灯，摸黑悄悄地躺在外间的床上；可是翻来覆去总是难以入睡，想着印度电影《流浪者》拉兹的命运，想着小提琴家雷漫天的命运，感到夏夜是不正常的漫长，夏夜是不该寒冷的寒冷……

第二天是地方和军队联合在顺城街云南省话剧团的剧场召开反右派斗争的批判大会。开会前我刚好遇到一位从军文工团合编到昆明军区文工团的老战友王公浦。我说起昨晚上在茶馆见到雷漫天的情形，也想印证一下此前的种种风闻，便问他："雷漫天是不是与反胡风运动和肃反运动有牵连？"王公浦十分肯定地说："没有没有。1954年的反胡风运动中，雷漫天说他看过胡风的诗，那是地下党员传给他看的进步文艺呀！也不会因此定他为胡风反革命集团的分子吧！"我又问："不是说他的历史复杂么？"王公浦摇摇头说："不是不是。旧社会来的艺人，谁不复杂呀？问题是既复杂，又清楚。他那些历史，领导也了解，并不计较。"排除了那些年最看重的所谓政治问题，我渐渐摸到一点线索了，便又问道："那为什么把雷漫天作复员处理呢？"王公浦也显得惋惜地叹了口气说道："主要是他在香港、昆明卖艺圈子染上一些坏习气，吸上了大烟。参军到军文工团后，领导很看重他的音乐才华，部队也很喜欢他演的节目；对他总是爱惜、保护，教育。可是他难改恶习，每次领了津贴有了钱后，不是出入于开远小镇越南人开的咖啡馆、歌舞厅，便是在黑暗的小巷里消失了身影，而那些小巷又有人开设着地下烟馆，其行为不说也能明白。为了不在外产生恶劣影响，有损革命军人形象，部队领导让雷漫天在内部戒烟，给他改正的机会，有个戒烟的过程，还特许他到卫生所找医生要上点吗啡片以解急需。你知道，那吗啡片还是从国民党军队那里缴获来的美军急救包里装着的止痛用药品。可是雷漫天烟瘾一发，又不顾一切地跑出去了。加上雷漫天说他过不惯军队严格的生活管理和严肃的纪律约束，多次提出不愿当兵了。领导找他谈话，他总是说："对不起领导，对不起部队！'看来实在难改也实在难留，不得不对雷漫天作了复员处理，还发了复员费。雷漫天回到昆明，也没单位要他，更没组织管他，又过上了那种生活。你说，他这不是自己毁自己吗？……"

话犹未尽，但喇叭呼叫大会开始，只好急忙入场坐下。领导讲过话后，地方上一位反右斗士大步走上主席台发言，批判白桦发表在上海《文汇报》的散文《雪山是静静的吗》。他的发言火力很猛，上纲上线，却无法以理服人。不知怎么的，发言者讲着讲着，看见坐在台下的白桦不以为然地微微一笑，便突然大声吼道："看，白桦还在猖狂地发笑！"另外一群人也跟着高喊起来："叫他站起来，站起来！"那时白桦坐在徐怀中和我的中间，把我俩也吓得不知所措。白桦站起来亮亮相之后，我拉了拉他的手袖示意他坐下。

那天下午本来按预定方案要军区的一位作家上台作大会检查，但这位作家宁愿保持文人和军人的尊严，选择了服安眠药自杀，也不愿去大会上受屈辱，受那些人的批斗。我刚刚读过他发表在《人民日报》副刊上的散文《将军》，那是歌颂军区政治部一位领导的；还看过他发表在《边疆文艺》上的文章《没有共产党就没有新中国》，这样优秀的作家，说他是反党反社会主义的右派，我怎么也想不通，幸好发现及时，把这位自杀的作家送到军区医院进行抢救，才幸免于难。我当天晚上一直在病房守护着他，直到黎明时他苏醒过来，我才哭出声来！由此可见反右斗争的激烈和残酷，我也就没有心思去茶馆里听雷漫天演奏印度电影《流浪者》的插曲了。雷漫天虽然穷困，但他至少还比较自由。卖艺的流浪人，或许比右派分子还少点心灵上的痛苦吧？不久之后，反右斗争以某些人的伟大胜利和一批作家的纷纷落马而暂时告一段落。对失败者不知止境的劳动改造开始了。当军队的右派分子脱下军装，取消军籍下放到农场的时候，我也因为不但没有积极反右反而流泪同情右派，被军区文化部退回39师，于1958年初春下放到西双版纳勐海驻军117团3营9连当兵，进行锻炼改造。那时正值边境一线反右倾大跃进，推行公社化，流窜在泰国、老挝、缅甸交界地金三角的国民党军队残部93师又一次反攻大陆，全面袭击边境，我所在的部队被调往孟连腊福一线，开始了另一种紧张艰苦的战斗生活，晚上被派到界碑附近伏击打仗。那时谁还有心思去想什么雷漫天、雷漫地呢……

直到1958年底，在那个野樱花盛开的冬天，为了向1959年新中国成立10周年文艺作品献礼，昆明军区文化部发电报把我从西盟佤山前线作战部队调到昆明，担任《部队文艺丛书》编辑，我才得以重新回到文学工作岗位。这时我的思想感到轻松愉悦了。一天晚上我去人民电影院看苏联电影《上尉的女儿》，这是根据俄国诗人普希金的长篇小说改编的，果然精彩。散场后又路过长城茶馆，看见那些熟悉的茶桌、茶椅和不熟悉的茶杯、茶客，不禁又想起当年在这里卖艺谋生的雷漫天，便进去打听。问了两位茶客都摇头说不知道，便径直去问老茶倌，他拎起茶壶给一位客人冲杯茶水之后，才轻声地说："雷漫天哪，怪可怜的，前些时去世了。"我又问："他老婆呢？"老茶倌有些感伤地说："那不是他老婆，是跟他同居的女人。多亏那女人心肠好，雷漫天的后事，还是那女人料理的。以后连那女人也不见了……"我又问："雷漫天的那把小提琴呢？"老茶倌摇了摇头说："不知道，有好几位茶客也问过，早卖了吧。"

哎，一位名声远扬的小提琴家，一位人生足迹串连着两个时代的音乐家，一年前卖了原配的小提琴弓，一年后又卖了心爱的小提琴，从出卖琴声到出卖提琴，那一点点、一点点钱，还是没能保住生命。这大概就是雷漫天的命运！如今人亡琴逝，真是人生如琴，琴如人生。本来凡事都有始终，只是始终有不同的始终。而雷漫天的始与终，或许如人们所说的，既是意料之中，又是意想不到的人生悲剧。

似水流年。大概是出于偶然因素或由于必然因缘，我终于在40多年后的一天，与雷漫天的小提琴不期而遇，并且还听见它的琴弦又发出美妙的声音，琴厢依然回响着泉水般流淌的共鸣。那天，曾在我家乡镇沅县任过县长、县委书记，后来又调到云南省教育厅任处长的李毓华打电话给我说，今天是中秋节，我们一起去省委党校看望张守芳老人，她已经90多岁，恐怕来日不多了，见一面是一面。我说，你知道的，张守芳老人在故乡的家，与我家是邻居；她与我父母的年龄不相上下，只是从家族的辈分上，我们叫她守芳姐，是应该去拜望的。

于是，我们约好下午去……

　　说起守芳姐，虽然多年未见面了，但仍感到熟悉和亲切。记得我小时候在故乡县城按板井上小学时，便隐隐约约听大人们说过，守芳姐一直在省城昆明上学读书，还参加过地下党领导的学生运动，与某些神秘的进步人士来往密切，是位革命青年。云南1950年和平解放后，她便正式成为省委党校医务室护士，后来不幸于1957年的政治运动中遭受冤枉，原因是有一次她给党校某领导打针时，由于心惧手抖而下针过猛，那位领导疼得大叫一声，后来就被那些反右先锋把这件小事上纲上线，说她是"以打针发泄对党的不满"，把她打成右派分子，下放到弥勒农场进行劳动改造。她丈夫怕受牵连，与她离了婚，守芳姐便孤身一人带着儿子小平在农场苦苦煎熬20多年。党的十一届三中全会后她才得以平反昭雪，落实政策回到省委党校。但这时她已体弱多病，垂垂老矣！我和李毓华在（20世纪）80年代中期曾去西山脚下的省委党校校本部看过她，闲谈中才了解上述情况。守芳姐说起她青年时追求革命，中年时饱经苦难，老年时安然度日，对那些过往云烟，总是看得那么恬淡平静，一笑了之。

　　与此相关的一件事，我在这里不能不提一笔。有位哲人说过：世界说大也大，说小也小；有位作家写过，真是无巧不成书。守芳姐因为给领导打针而获难的那位领导，多年后也成为我的领导。前些年他要编辑出版一部诗集作为几十年总结人生的一个纪念。他把诗稿送给我，要我看后提点修改意见。我认真读完诗稿后去他家谈了些想法，他很高兴地表示接受。我还写了首读后感的诗歌敬赠于他，他不但收入诗集，还让一家报纸公开发表。由此可见我与他的关系非同一般。那天谈完诗集后，看他精神好，情绪也好，我便趁机说起守芳姐1957年因给他打针而当右派的事。他听后瞪大眼睛，先是大吃一惊，然后又冷静下来，难过地摇着头说："你不说起，我还真不知道这事。最后划右派时我未参与，因为我患肺结核病重，很长时间住院治疗，看来这事是下边干部搞的了。打针哪有不疼的？疼了哪有不叫的？怎么就成了反党呢？唉，荒唐呀！造孽呀！幸好作了平反昭雪，可让人家吃了20多年的苦头呀！有机会请你传达我对守芳同志的道歉，深深的道歉……"我听后也很理解。怪谁呢？那场运动使很多无辜者受苦受难，守芳姐只是其中之一。好在一切都已成为过去。

下午，我和李毓华拎着两盒月饼来到党校职工在市里的宿舍区，找到了守芳姐的家。令人痛心的是，10多年未见面的守芳姐，已经风烛残年，而且双目完全失明。她用颤抖的双手轻轻地拍打着我和毓华的肩膀，来回重复地喊着我俩小时候的乳名。守芳姐年轻时就与我母亲非常熟悉。我仿佛有一种被母爱抚摸的感觉。我忍住眼泪，说明来意，祝她全家中秋节快乐！守芳姐不无伤感地说："中秋的月亮再圆再大再亮，可惜也看不见了。不过看不见月亮心里也快乐，因为现在日子好过啦！"说到这儿，守芳姐估摸着她家人坐惯的位置指着说："瞧，儿子当了驾驶员，开汽车；媳妇是上海知青，有文化，孝顺；孙子就要上大学啦……我嘛，好在耳朵还能听电视，听音乐，听树上的小鸟叫，听儿子、媳妇、孩子说话，唱歌……"

看到守芳姐这么高兴，我就把不久前与那位爱写诗的领导为何见面，如何对她被错划为右派而表示道歉的事说了。守芳姐可能有些意想不到，愣了一下，沉默着，过了一会才说："这倒是让我丢掉压在心上的一块石头了。原来我还以为是领导划我的呢，看来是错怪他了。你要有机会见到他，请代我说，谢谢他的道歉！"

还是守芳姐的儿子小平开惯"车子"会转弯，为改变话题就打岔说："妈，平时你不是爱听我拉小提琴吗？趁两位叔叔来过中秋，我就拉它一曲你最喜欢的乐曲吧……"在小平去取琴调弦的时候，守芳姐说，她儿子少年时代在弥勒农场就跟张越叔叔学会拉小提琴，现在越拉越好，每次听儿子拉琴，都是晚年的一种幸福享受。守芳姐说到这儿，忍不住笑出声来，又特别认真地说：告诉你们一个秘密，小平的这把小提琴，就是雷漫天的那把小提琴。前些时有人出几万块钱想买，小平都舍不得卖……

什么？雷漫天的小提琴？我感到意外，更感到惊喜。我深知雷漫天的人生，也深知雷漫天小提琴的历史，完全可以称得上是名人的文物了！这时小平把小提琴摆在茶几上，指着贴在琴身上的编号标识；又翻来覆去地指着琴盒上的种种特征；然后肯定地说，这就是雷漫天用过几十年的那把小提琴！

我深信不疑，这就是雷漫天的小提琴。当年，雷漫天未能跨过花天酒地的香港，没有如龙云主席所期望的赴法留学，但却在香港买了这把法国小提琴以慰心灵，以表心声。如今在雷漫天逝世40多年后，他心爱的法国小提琴竟然无声无息地现身，怎不让人想探秘其中的历史往事呢？我从小平手上接过小提琴观赏着，抚摸着，不知怎么的，我会突然联想起博物馆里的那把战国时代的武士使用过的宝剑，也会想起昆明郊区龙泉镇上那几间西南联大教授们住过的瓦房茅屋；而这把小提琴不正是雷漫天生前赖以生存、用以苦斗的武器，这琴弦、琴厢、琴盒不正是雷漫天死后的灵魂常来访问的场所么？几十年岁月流逝，虽然琥珀色琴身依旧，却已画着沧海桑田的痕迹。我还是仿照着20世纪50年代那两次——也就是1954年在火车上、1958年在茶馆里那样，用手指在琴弦上拨弹着"多多多多多多……"也就是《解放军进行曲》的"向前向前向前……"的开头乐句，又把耳朵贴近琴厢听听回音，这才把琴还给小平。这个动作完全是一种艺术上的呼应或连接，是一种记忆的再现。我没有说出这三次弹拨琴弦的故事和深层含意，要说则未免话太长，也不是适宜时机，给人的印象只是一般的随手弹拨几下而已。我请小平为他母亲拉上一曲，因为守芳姐正在兴头上，不要冷落老人那火花一闪的意趣。

小平左手把小提琴托起，琴底搭在肩头、右手举起琴弓、细眯着眼睛，便全身心投入地在琴弦上拉了起来。这时我注意到小平使用的琴弓已不是1958年时雷漫天使用的那把二胡弓，而是新配的提琴弓了。老琴、新弓，小平奏出了琴声，充满深情，悠扬动人：

"5 35 í · 7 | 6 í6 5- | 5 12 3 21 |

2---|……"

这虽然是美国人奥特威作的《旅愁》名曲，但在中国老一辈知识分子中却颇为流传，极其熟悉，是李叔同配写歌词的《送别》。守芳姐用手指在琴盒上轻轻地打着节拍，跟着小平拉出的琴声唱道："长亭外，古道边，芳草碧连天，晚风拂柳笛声残，夕阳山外山……"

曲终歌停，小提琴被窗外照进的夕阳涂抹着耀眼的光彩，反射在守芳姐的脸上，那犹如久旱大地龟裂的皱纹，把老人刻画得比实际年龄还要显得苍老；只见从守芳姐深陷的眼眶里流出的泪水，很快被脸上的皱纹吸收干净，不会有泪珠落到地上。初唱《送别》的岁月，实在是走得太过于久远了。守芳姐唱得这么投入，这么深切，这么动情，使听者无不动容。我知道守芳姐与这首《送别》歌曲的填词者李叔同以及这把小提琴的原先主人雷漫天差不多可以称为同时代人，最多只会小几岁。因此《送别》的歌声和琴声在她少女青春时期便入心的了。特别是唱到"天之涯，地之角，知交半零落"时，守芳姐心灵的颤抖似乎也把她脸上的皱纹抽动着，是歌声勾起她追昔的幽思，还是琴声引发她往事的伤感？也许两者都有吧，让这位饱经苦难折磨的老人发出了没有眼泪的泣声。刚才我还想了解一下雷漫天的小提琴是怎样流落到小平手里的经过，但话到嘴边又忍住了。好在小平不会转卖雷漫天的小提琴，此事以后再谈也不迟。为了转移守芳姐的悲情，我们就说些令人高兴的事情。我们说起故乡马夫田坡的橄榄树，说起茂庆文庙前的那棵老榕树；记得我和毓华小时候，守芳姐曾领我们去采过橄榄，去抓着老榕树的气根荡秋千，还比赛谁荡得最高最远。为改变忧伤气氛，小平则在一旁用小提琴奏起我们家乡哀牢山彝族拉祜族跳三跺脚时的舞曲……

当我再一次有机会去小平家采访雷漫天小提琴的故事时，才得知守芳姐已经逝世归天了。小平望着母亲的遗像说，这是她老人家的嘱咐，她要悄悄地走，不让亲友为她悲伤。不知道的，就以为她还在人间好好活着。小平边说边从柜台上端下小提琴，用湿毛巾擦去琴盒上的灰尘，打开琴盖，只见小提琴默默无声地躺着。说明小平是很久没有拉小提琴了吧？话又说回来，小平如果再拉李叔同的《送别》，母亲不在了，拉给谁听，为谁伴奏呢？

我拿出相机给雷漫天小提琴拍过照之后，就让小提琴摆在面前，让它也听听小平讲它的身世。这才了解到，雷漫天小提琴的命运，正如1957年雷漫天所演奏演唱的印度电影《流浪者》插曲所唱的那样：到处流浪，到处流浪……

当年的弥勒农场是相对集中对右派分子进行劳动改造的大型农场。1983年春天，《个旧文艺》举办文学笔会，邀请全国各地的丁玲、陈明、塞先艾、杨沫、茹志鹃、王安忆、白桦、李乔和我等作家与会。从昆明前往个旧途中，汽车从弥勒农场擦边驶过时，笔会主办者蓝芒当年就是在弥勒农场被劳动改造的右派分子。虽然20多年过去，那时他已摘帽改正、平反昭雪多年，但望着农场绿油油的田野，他颇有感慨地说："每当经过这儿，仍然心有余悸，全身一阵阵发冷，连骨头都会疼痛……"而守芳姐和儿子小平就是在弥勒农场度过了漫长苦难的岁月。当然，其中也有苦中作乐的愉快时光。比如小平就迷恋上小提琴的琴声。一个暗淡的黄昏，小平从放学回家的路上，偶然听到一阵凄美悲凉的琴声从一间低矮的小屋里飘出，便站在窗前倾听，又冷又饿的他获得一种心灵的共鸣……

羊群摇着尾巴回厩了，牛群哞哞地叫着回栏了，小平怎么还不回家呢？守芳姐呼唤着儿子的小名，顺路找到窗前，见小平呆呆地站着听琴。妈妈告诉儿子，那是她熟识的张越叔叔在拉《梁山伯与祝英台》。第二天晚上，守芳姐就领着小平去张越家拜师学艺。张越同守芳姐一样，也是同病相怜的右派分子。至于张越为什么当的右派，他一直搞不清楚，但他却是一位出色的小提琴演奏家。他说他是糊里糊涂当右派，明明白白拉提琴，什么马思聪的《思乡曲》、贺绿汀的《嘉陵江上》、郑律成的《延水谣》等全都会拉，而且拉的入神传情，感人至深。他是在省级机关某处的交谊舞乐队拉琴，那些年代领导们都爱跳交谊舞，可能议论过某领导的舞姿吧；之前则是在军文工团当乐手。既然如此，守芳姐问张越可认识雷漫天？张越举起小提琴说：这把琴早先就是雷漫天的。

于是，从张越的口里又引出一个故事中的故事。

张越被打成右派分子下放到弥勒农场进行劳动改造，时不时也利用难得的假期上昆明办点事。那是1958年冬天的一个寒夜。张越去人民电影院看了场苏联电影《幸福生活》出来，还小声哼着电影插曲《红莓花开》，向往着苏联集体农庄美好生活，谁知一抬头看见雷漫天在茶馆里拉琴卖唱，唱的是《莫斯科郊外的晚上》，虽然歌词乐曲表现的是老大哥的幸福，但雷漫天的拉琴唱歌已经是有气无力的了。毕竟是军队的战友，张越便上去往琴盒里投了点钱，坐在一旁等雷漫天拉完唱完了，才与他攀谈起来。此前张越也知道雷漫天从部队复员后，就在昆明的几个茶馆里流浪拉琴，卖唱为生。想不到许久未见，雷漫天已经更加苍老衰弱，满脸病态，步履难移。张越除了向雷漫天空空洞洞地说了句"多多保重"，还能再说什么呢？

又过了一个月，张越从弥勒上昆明办事，便专程去长城茶馆拜访雷漫天。可是一位老茶倌说，雷漫天病重卧床，已有多时没来演唱了。张越感到一阵心凉手冷，几经周折打探，终于找到雷漫天的住处。屋里乱七八糟，雷漫天躺在床上，那女人正在给他喂汤药。他那把心爱的小提琴放在枕边，琴身暗淡无光。雷漫天看见张越，仿佛灵光返照般地有了点精神。他艰难地喘着气，时断时续地说着话。张越等雷漫天说完，便也明白了他的心意。雷漫天没能去成法国留学，便想死后带着他的小提琴一起安葬在昆明郊外的荒山野岭。他一生为小提琴立命，一生为小提琴贫困，死后就让小提琴永远相伴。可是后来一想，小提琴有什么错？小提琴仍然有生命，应当继续为世人歌唱。雷漫天用嘴角努了努枕边的小提琴，又说，算是转让吧，随便给点钱就行了。

张越心想，龙云和军文工团已经为雷漫天开拓了另一种命运和另一种前程，可是他难改恶习，造成了人生悲剧，而如今一切都晚了。

张越含着眼泪，伸出颤抖的双手，从那位女人的手里接过小提琴，再掏出身上所有的钞票、粮票，轻轻地放在雷漫天的枕边，放在原先放小提琴的地方。张越走的时候，左手拎着小提琴，右手举起来搭在额头上，郑重地向雷漫天行了一个军礼。这是雷漫天从老战友那里得到的最后一个军礼。张越看见雷漫天的动作，似乎很想还一个军礼，但他已没有力气举起手来了……

当张越再次来拜访雷漫天的时候，那房间早已换了主人。老邻居告诉张越，与雷漫天为伴的那个女人，把雷漫天送上山以后，便也消失了踪影……

自从知道那把小提琴的来历以后，小平觉得小提琴变得沉重起来。练琴时拉拉，再轻快的乐曲也会感到沉重。但是在练习雷漫天生前最喜欢拉的《思乡曲》和《马赛曲》时，便又感到十分的顺手，仿佛小提琴存有这两首乐曲的声音。那个年代守芳姐很穷，没能给儿子买小提琴，小平就向张越借来那把小提琴，又从木匠师傅处借来各种工具，找了最好的木料，仿照着自制一把小提琴。可是这活计绝不是小平能做的。汗水和鲜血洒在琴身上也无法让它发出美妙的琴音……

不久，中国大地爆发了"文化大革命"。弥勒农场的一个个右派分子都被当作一只只死老虎被批斗，除了学唱语录歌和革命京剧样板戏，谁还敢用小提琴拉靡靡之音？但那时农场里有很多人都知道张越有一把"反动分子雷漫天"留下来的法国小提琴。张越担心哪一天被红卫兵扫四旧扫到门上搜出来烧掉，那不太可惜了吗？就在这痛苦不堪的时刻，一天深夜，小平进了张越家。这一老一小相互道明了各自的担心后，小平请张越把小提琴卖给他，并认为小提琴放在张越家太显眼，迟早会出事，不如转移到他家。小平问张越要多少钱？张越说：5块钱！小平说：我家虽然穷，也不能给得太少。张越伸出五个手指，坚定地说，他不能多要一分钱。当年，他从雷漫天那儿买来时也只给过5块钱。多要了，就对不住雷漫天的英灵……说完，张越钻进床底下，把用麻袋裹着的小提琴交给了小平。小平从衣袋里掏出5块钱，放在张越的手上，然后把小提琴紧紧地抱在怀里，趁着漆黑的夜色潜回家里。老母亲堆放破烂的床下，便成了小提琴的藏身之地。

5块钱！多么沉重的5块钱！在20世纪50年代末期和60年代后期，那5块钱对于雷漫天、对于张越、对于小平和他母亲那样贫穷的人来说，其价值是今天的5块钱的几百倍甚至上千倍了。难怪小平说，今天有人给他几万块钱，他都不愿出卖！这不是金钱所能衡量的。他深知雷漫天小提琴的历史，深知雷漫天的生命意义，这是与那个时代相联系在一起的。他也深知张越当年传琴授艺的高尚品德，深知雷漫天小提琴在"文革"中逃脱了扫四旧时的浩劫，那是老母亲费了多少心血才保存下来的啊！雷漫天小提琴仍然是一把小提琴，但这物质的小提琴已经修炼成灵魂的小提琴，是某种精神的象征。这是任何别的小提琴所无法取代的小提琴。

交谈中，不觉时光流逝，但见夕阳投射在雷漫天的小提琴上，把琴弦辉映得五彩斑斓。我这次不再像过去那样捧起来弹拨"多多多多多多……"即《解放军进行曲》的第一句了，而是把琴递给小平，说，那年中秋节你拉过少年时代就迷恋的乐曲；今天，我想请你拉一曲雷漫天的《从开远到昆明》。小平笑了笑说，他不会，也不可能会。他只是在乘坐小火车从昆明到开远的途中，听母亲说起过这支乐曲。母亲说，在那个年代，《从开远到昆明》是军人和广大群众都知道的名曲，可惜既没有录音也没有曲谱传留下来，已经随着雷漫天的逝世而失传……

　　真是雷漫天的小提琴在，雷漫天的琴声已不再。这正如看见战国时代的宝剑而遥想古代武士，看见抗日战争时期龙泉古镇的瓦房茅屋而缅怀西南联大的教授们那样，看见雷漫天的小提琴而追溯雷漫天的人生和艺术，从中发掘出历史经验，让后人深思，借鉴！当然雷漫天的小提琴还可以演奏今天新的乐曲。

2008年7月于昆明

　　（原载《大家》杂志2009年第1期。）

云南的林则徐记忆

文辉先生真是文涯生辉。由于他20年来的苦苦追寻，近日才使得林则徐156年前在昆明书写黑龙潭和大观楼记游诗的手迹重现彩云之南。正如文辉先生所说：

"珍物不敢自秘，愿公诸同好。"

于是，《昆明日报》2005年7月29日在头版显著位置将林则徐手迹影印件公开发表，令文史学界和广大读者欣喜激动，或聚首交谈，或电话相告，认为这无疑是云南文史研究中的一件幸事。

林则徐的一生，辉煌与惨淡交织，悲壮与苍凉交织，是一位伟大的爱国者和勇敢的民族英雄，当然也是一位历史悲剧人物。人们所熟知的大多是林则徐50多岁时任钦差大臣和湖广总督在虎门销烟与海防前线抗英斗争的丰功伟绩。对外抗敌软弱无能的道光皇帝，对内整人却手硬心狠，竟然把禁烟卫国的有功之臣林则徐当作"替罪羊"革职下放新疆伊犁。林则徐在新疆四年，垦辟屯田，兴办水利，如他后来所说："二万里冰天雪地，支身荷戈，不敢言苦。"林则徐受迫害的不幸遭遇，引起大学士王鼎之不平，多次上书道光，皇帝均未准奏。王鼎气愤不过，上了最后一道奏折，大胆指责皇上和穆彰阿等嫉贤误国，随后悬梁自尽，以无声的死去为林则徐鸣冤呐喊。这时，道光皇帝才为林则徐平反昭雪，先是起用为陕西巡抚，接着又擢升为云贵总督，时为道光二十七年（1847年），林则徐已是积劳成疾的62岁老人了。可是，他刚到昆明上任即远赴澜沧江和怒江之间的滇西永昌（今之保山），处置愈演愈烈的民族械斗动乱。林则徐将这旷日持久的案件很快平息，回到昆明后，常感"衰惫之躯，难以支柱"，本想奏请皇上准予回福建故乡养病，但又忧国忧民，仍勉为其难地坚持公务，为云南人民做了许多好事。

林则徐在昆明两年，一定会有许多史迹可考可寻的吧，但史料匮乏，人们知之甚少。数年前，林则徐的后代子孙、福建省公安厅的作家林斌到昆明开会时，曾向我问起云南是否有林则徐历史遗址。我所能告慰林公后人的只是：昆明和保山都曾立祠以纪念其伟人风范，但百年风云巨变，林公祠也早已不存，还有林则徐在保山和昆明写的一些诗文……

"可有手迹存留云南博物馆？"林斌急切地瞪大了双眼问我。

我说云南没有，北京故宫博物院倒是藏有林则徐诗文书札手迹。这是从1985年为纪念林则徐200周年诞辰由紫禁城出版社出版的《林则徐书札选》一书上得知的。

如今，文辉先生几经周折，几番努力，终于从紫禁城的深宫大院内获得林则徐书写昆明黑龙潭和大观楼两诗的手迹，这不值得云南史界文坛为之鼓掌吗？

林则徐在昆明短短两年，是他漫长人生的最后岁月，所以尤其显得珍贵和值得珍惜。由于林则徐病情加重，再次奏请朝廷获准回乡养病。道光二十九年（1849年）九月，临别昆明时，同人赠言惜离，林则徐启程后写了《黄金时节别苴兰》一诗，表达了他对昆明父老乡亲和山水田园的依恋之情。诗云："黄金时节别苴兰，为感与情忍涕难。程缓不劳催马足，装轻未肯累猪肝。膏肓或起生犹幸，宠辱皆忘卧亦安。独有恫矜仍在抱，忧时长结寸心丹。"且兰为战国楚将庄蹻王滇时建都昆明的市名。这首感人至深、催人泪下的诗，既是林则徐对云南的辞别，也是林则徐对人生的辞别。

特别要指出的是结尾两句："独有恫矜仍在抱，忧时长结寸心丹。"这是指林则徐视民之不安，如痛疾在身。不是说他个人的病痛，而是说人民的疾苦让他痛在心上。如此动情抒怀之作，也只有烈士暮年才能写出。在离滇赴闽的风尘途中，望群山巍巍，听江河滔滔，林则徐百感交集，不禁想起八年前的八月中旬，在由广东流放新疆漫漫驿路上的一间茅屋里，曾经给远在故乡的亲人写过一封家书，信中有两句呕心沥血的联语。林则徐颠簸于云南的秦汉古道的马背上，在细碎的马蹄声和铜铃声中轻声地复诵着那两句联语："苟利国家生死以，岂因祸福避趋之。"让鞍前马后的兵丁们听了都流出泪水。这位儒将带着血丝的声音颤抖的吟唱，道出他对朝廷赤胆忠心，虽然受到不公正待遇，但仍然忧国忧民的坚贞信念。

林则徐1850年从昆明回到福州养病不到半年，在道光皇帝驾崩、咸丰皇帝嗣位期间，朝廷再次起用他为钦差大臣，令他前往广西镇压农民起义。他慨然遵命带病前行，然而此次朝廷之令，却让林则徐走到了几起几落之后的命运的终点。他未能到达广西任上，便在饱经风霜的途中病逝于广东潮州（一说为普宁县）。噩讯传来，云岭披麻白云戴孝，澜沧江呜咽哭泣不已，当时曾有昆明晋宁文人宋嘉俊含泪写了一首七律，在赞颂林则徐治滇有功的同时，还特别指出：

"功德数余论文事，词华彪炳亦千秋。"

可见，林则徐在云南除了政绩卓著外，其诗文亦可彪炳千秋，深受文人墨客敬仰。就以林则徐游黑龙潭和大观楼的两首七律为例。这是林则徐于道光二十九年（1849年）阴历七月十五日中元节前一天，为云南学使孙梧江即赴东部府主考而举行郊游饯别时写的。黑龙潭自古为道观，道教以正月十五日为上元节，七月十五日为中元节，十月十五日为下元节。这三元中，上元为天，中元为地，下元为水，是敬奉天、地、水为三元之气的节日。在敬奉地气之节前夕游览黑龙潭道观，显然不会是巧合，非有识之士不会这样安排。再说此前，嘉庆二十四年（1819年），林则徐34岁时曾以京城翰林院编修的身份，被皇帝钦点为云南学政，来昆明主持云南全省的乡试，其间曾到过黑龙潭游览。所以，这首诗有52字长注："黑龙潭有唐梅二株。嘉庆己卯，徐使滇中尚见之。一株已枯而旁出小茎引一大株犹极蓊郁之盛。"可是，三十年之后故地重游，"今此株便只剩枯根尺许，为之慨然。"

所以，林则徐诗曰："老梅认取陈根在，卅载鸿泥一梦中。"这既是吟咏唐梅之衰残命运，也在叹息自己的沧桑人生。那天，黑龙潭下着小雨，林则徐为孙梧江饯行：应邀同游的还有云南巡抚程晴峰等人，自然要记叙友人之间的情谊，故有诗云："揽胜莫辞衣袂湿，临歧肯放酒杯空？"

游罢黑龙潭，林则徐与友人们，"笋舆穿彻郭东西，载上轻舟息马蹄"，也就是说他们骑马穿城而过来到大观楼，拴马驾轻舟，戏清波于滇池之湾近华浦；又泊舟登楼远眺，然后饮酒于楼下："合乞文星留墨妙，长言休让昔人题。"林则徐诗趣风发，把酒临虚，说你孙髯翁一百八十字长联尽管写得好，也不会不让我们这些文星留下美妙的诗篇吧！确实，林则徐在这首诗中所描绘的大观楼风景"雨后浓园花四壁，水边香绽稻千畦。阑干百尺横波立，楼阁三重压树低"也并不比孙髯翁长联的描写逊色。整首诗意境优雅，情调怡悦，表明林则徐虽然年老体衰病势加重，但仍然保持着对生命和自然的乐观心态。就论其书法风格，笔墨刚劲而潇洒，丰润而飘逸，犹如行云流水，可观可听，视觉的美感和内心的情感都跃于纸上，为后人研究体察林则徐的晚年生活提供了真实的艺术写照和宝贵的历史资料。

林则徐在昆明的诗作当然不止上述两首。据我粗浅的知识，林则徐于同年上半年即道光二十九年（1849年）正月十七日，曾邀约云南巡抚程晴峰等友人畅游昆明近郊万寿寺，也写下了赞赏山茶花的诸如"滇中常见四时花，经冬犹喜红山茶"等数首诗篇。抒写云南山茶花的诗篇，从古到今千万首，然而林则徐的山茶花诗，可以认为是写得较为出色的。如今，林则徐的山茶花诗仍存，虽然不是手迹；万寿寺的主殿也在，但寺中花园早被厂房侵占，那几株林则徐吟诗的山茶花树却变成了泥土……

不久前，中国作家协会组织诗人前往珠江三角洲东莞等地采风。我参与其间，并重点参观访问了林则徐在虎门禁烟的硝烟池以及林则徐率军抗击英军的靖远炮台。同行的一位福建女诗人舒婷觉得广东维护林则徐禁烟抗英遗址，弘扬这位民族英雄的爱国精神。当我讲起林则徐任云贵总督两年间在昆明和保山的故事时，她仿佛感到是一种新发现似的，欣喜之余便问我："我多次到过昆明，怎么没见过也没听说过昆明有什么林则徐的历史遗迹或文化标志呢？"

我无奈地摇了摇头，再也说不出更多的话来。女诗人舒婷则连声叹息："遗憾，为一个城市感到遗憾……"

关于林则徐在昆明的史迹，我不知道要责问历史还是要责问现实。但是我想，作为历史文化名城的昆明，为什么不急切地发掘林则徐这位历史文化名人的遗迹，不积极地树立林则徐的历史文化形象呢？

如今，文辉先生费心尽力地从故宫博物院请来了林则徐游黑龙潭和大观楼两首诗的手迹，真让人产生"鸿泥一梦中"的感觉。不会让林则徐诗的手迹像唐梅那样干萎、枯死了吧？我们要抓紧这个时机，让林则徐加入到赛典赤、郑和、聂耳等伟人的行列之中，以增添昆明的历史文化光彩。我想有关部门如果把林则徐记游黑龙潭和大观楼的两首诗的手迹镌刻于石碑，分别竖立在黑龙潭和大观楼两个公园里，供游客欣赏，其广泛而深远的历史文化影响绝不可低估。

请想想，当人们站在诗碑前朗读林则徐诗句的时候，人们会从中知道林则徐到过云南，会感到林则徐还没有离开云南，依然与云南同在。这将是林则徐在广东禁烟抗英斗争之后的另一种精神力量，也是我们拓展云南的林则徐记忆或记忆林则徐的云南的一种凝固而生动的形式。

附记

《云南的林则徐记忆》发表于《文艺报》2006年2月16日，7天后即2月23日，时任云南省委常委、宣传部长，后任云南省人大常委会常务副主任晏友琼看到，对于文中把林则徐记游黑龙潭、大观楼的两首诗的手迹镌刻立碑，分别竖立两地以增添昆明的林则徐历史文化光彩的建议，作出批示：

"我认为老作家张昆华老师的建议很好，请市委宣传部作一方案。以昆明市为主，需要省委宣传部支持的，我部全力支持。"现黑龙潭已刻立了林则徐记游黑龙潭诗手迹碑。

（原载《云南文艺评论》2005年第2期；又载《云南日报》2005年12月2日；再载《文艺报》2006年2月16日；再载《春城晚报》2006年4月30日；再载《茶树王》杂志2006年第2期；再载《晚霞》杂志2006年第5期；入选散文集《云南的云》，上海文艺出版社2009年3月出版。）

光未然的昆明情结

光未然始终怀念着昆明。这是一位革命者和诗人与昆明的不解的缘分而编织成的不解的情结。我多次见他，他都多次谈起昆明。只要一提起昆明，我就发现他的眼神总会闪耀着一种亲切的光彩……

去年12月18日早晨，全国第七次文代会和全国第六次作代会同时举行开幕式前，党和国家领导人要与全体代表合影，数千名来自全国各地的文艺家、作家在人民大会堂宴会厅排列好队伍，一些年迈体衰的老人或坐着轮椅，或由亲友搀扶着，慢慢地来到前排就座。虽然是寒冷的冬天，但人们喜笑颜开，为能出席这新世纪的文艺界的盛会而显得热情振奋。五年一次的全国文联、全国作协代表大会，人生能有几次出席呢？这时，我看见光年同志——也就是我们所敬爱的诗人光未然穿过大厅向他的座位走来。写有他名字的座位就在我们云南作家代表团所站的位置的左下侧，距离不远。他自然地微笑着，在红地毯上迈着稳健的脚步，那银灰色的头发仿佛是跳荡在黄河上的一朵浪花。因为他是抒写《黄河大合唱》歌词的著名诗人……

我想起这位在一个月前刚刚跨入89岁高龄的老诗人，曾经于11月23日那天写了封信向中国作协主席巴金祝贺98岁生日。信中说："古今中外作家、文人中间，有几位能像您这样长寿、活到百岁还头脑清醒，还天天关心国家大事、世界大事和人类前途？您真是国宝啊！"

我真想用他对巴老的贺词同样地来敬献给他啊！一位89岁，一位98岁，这样高寿的作家还这样相互珍重，相互尊敬，这是中国作家的楷模，中国文坛的福气！

照相过后，我迅速从高台上几大步跳下来，挤过人群找到了他。他高兴地伸出手来与我相握。他的手是那样的温暖，那样的有力。我们边谈边从宴会厅向大会堂走去。就那么短短的十多分钟，那么短短的几十米铺着红地毯的道路，那么短短的谈话中，他说得最多的话还是昆明，还是对那座遥远城市的亲近之情。我知道他最近一次对昆明的造访是在1981年的冬天，也已相隔漫长的20年了，而他第一次结识昆明则是在抗日战争最为艰苦的1942年夏天。他在昆明生活、战斗，历经三度春夏秋冬，直到抗日战争胜利后的1945年才离去。在那长达一千多个日日夜夜里，有多少故人、多少亲友让他难忘，使他眷恋？有多少旧屋、多少往事让他记住，使他回忆？

我不忍心告诉他，在翠湖边北门街上他曾经居住过、工作过多年的北门书屋和李公朴先生的寓所连同那块"重点文物保护碑"也都没有保住而被拆除，只告诉他《云南政协报》的一位诗人陈建群却保存着1944年北门书屋出版的草纸本印刷的《阿细的先鸡》。这本原版的由他记录整理的阿细人史诗，可能已是珍贵的孤本，陈建群想在昆明当面呈送给他。他听后笑了起来，要我对保存者表示感谢，但他觉得恐怕不会有第三次的昆明之行了；不然，能亲眼看看从西伯利亚飞到翠湖过冬的海鸥也是人生的幸事呢。

真是路短话长，其间我还向他介绍了几位云南作家与他相识。走到岔路口快分手时，他特别嘱咐我回昆明后向军旅作家彭荆风、藏族诗人饶阶巴桑等问好。当提起我的战友、他在云大附中教书时的学生李广学生前整理的哈尼族民间故事长诗《洛奇洛耶和扎斯扎依》，虽然他早在1987年就为之写了序言，但至今仍因经费无着而未能出版时，他顿时有些伤感，长长地叹了口气。我看着他慢慢地向主席台走去，背影在鲜花丛中移动着……

在庄严隆重的气氛中大会开始，台上台下齐声高唱国歌的时候，我又看见站在主席台上的光年同志。他的歌声融入了大会堂里上万人的歌声。我唱着，仿佛眼前有火光闪烁。从国歌——《义勇军进行曲》到《黄河大合唱》不就是我们中华民族辉煌的历史歌声和歌声的辉煌历史么？

我不禁想起20年前的10月31日，光年同志在从北京飞到昆明后的第二天，便乘车前往西山拜谒聂耳墓，几天后便写了感人肺腑的诗《聂耳墓前》。诗的第一节就说："昨日穿雾腾云，今日盘山过岭。聂耳，我来看望你，在你雄伟的墓前致敬。"如今，《国歌》和《黄河大合唱》这两首从历史走来还要走向历史的，最能体现中华民族精神的战歌的作者，聂耳、冼星海、田汉都已相继于20世纪的30年代、40年代、60年代去世了！只有他——光未然同志成为跨世纪的老人，依然健在并以89岁高龄的歌声参与几代人的同堂大合唱，这就是盛世里的盛会和盛会中的盛事。我衷心地祝他长寿更长寿……

但让人意想不到和令人十分悲痛的是，我们与光年同志在人民大会堂的合影合唱竟然成了永远的告别。一个月零十天后——2002年1月28日，那位热诚地祝贺巴老98岁生日的光年同志却在北京与世长辞……

听到这一噩耗的当天，我拿出全国六次作代会合影的长卷照片，一眼就找到了光年同志。他依然面带微笑，依然目光有神，我仿佛还听见他那带有鄂腔的普通话在朗诵人生的诗篇……

我找出他写给我的书信和他签名赠送我的诗集《惜春时》和《惜

春文谈》《江海日记》等著作，翻看他一张张遗像，翻阅他一篇篇诗文，当我读到他由海天出版社1998年9月出版的《文坛回春纪事》第349页时，不禁悲情心涌，泪水纵横。这是他1982年4月21日写的一段日记："今天看了张昆华的中篇小说《蓝色象鼻湖》，也是去年秋天赠我的，现在才看。此书好看，有很好的散文描写，富于知识性和吸引力，鼓励青少年勇敢冒险、克服困难的精神，人物描写不集中，但却是很好的青少年读物。"

这个对《蓝色象鼻湖》既有肯定又指出不足的评价，我后悔在他生前怎么就没有看到，如今我想向他说声"谢谢"，可他却再也听不见了！

夜里，滇池吹来早春的风从窗外的树梢上轻轻地掠过，我在灯下默默地想着，光年同志89年的生命历程，真是把一生都献给了中国人民的革命事业和文学事业了。他1913年11月1日出生于湖北老河口市，12岁便参加党领导下的革命活动，14岁加入共青团，16岁转为中共党员。1935年"一二·九"运动爆发后，他在武汉组织拓荒剧团，从事抗日救亡宣传。1936年5月，年仅22岁的他便创作了表现东北爱国青年参加义勇军抗日的戏剧《阿银姑娘》，其序曲歌词《五月的鲜花》经阎述诗谱写新曲后，很快传遍了长城内外、大江南北。同年，他转到上海进行抗日救亡的文化活动，开始与冼星海合作创作革命歌曲。"八·一三"淞沪战争爆发后，他回到武汉，又与冼星海共同创作了《赞美新中国》《拓荒歌》等歌曲而为群众广泛传唱。1938年春，党中央指派他参加新成立的国民政府军委会政治部第三厅工作，在周恩来、郭沫若的直接领导下任干事，负责10个抗敌演剧队和孩子剧团的组织宣传工作，培养训练了大批文艺骨干。1938年9月，他带着周恩来亲自签发的"国民政府军委会政治部西北战地宣传工作视察员"的委任状，带领着演剧三队赴晋西一带的吕梁抗日游击区进行宣传演出活动，直到1939年1月在行军途中坠马摔伤，左臂关节粉碎性骨折而送往延安治疗。这期间他两次渡过黄河，惊叹壶口瀑布万丈奔腾的气势，获得了中华民族的魂魄与精神的形象，进而才在延安与冼星海合作创作了《黄河大合唱》。这红日般光焰灿烂的作品问世时，他才刚刚跨过25岁。由于延安医疗条件限制，他被从大西北转送到大西南的成都进行治疗。伤愈后他于1939年9月来到重庆参加文化工作委员会工作，其间创作了长篇叙事诗《屈原》，深受文化界的好评。1941年皖南事变后，经周恩来亲自安排，他远赴缅甸开展反法西斯的文化宣传工作，主编《新知周刊》，团结了大批华侨青年。当缅甸沦陷于日军的轰炸和铁蹄之下，他身背在仰光出版的25期杂志，带领一群抗日的文化人士和华侨青年，从缅北的密支那小道，越过高黎贡山，渡过怒江，经保山、下关，历尽艰险于1942年夏天到达昆明时，他头上戴着《五月的鲜花》和《黄河大合唱》的桂冠，声望已经很高。尽管日机不断来轰炸昆明，但是从西南联大的教授到云大附中的学子，从街头巷尾的市民到报馆茶室的文人，都在唱着"五月的鲜花，开遍了原野，鲜花掩盖着志士的鲜血"，唱着"风在吼，马在叫，黄河在咆哮"……他却在这阵阵歌声中，又全身心地投入到这座抗日战争大后方城市里的抗日文化宣传第一线的战斗中去了。

他遵照指示加入民主同盟，与民盟领导人李公朴、闻一多先生等密切合作，进行了广泛的统一战线工作，赢得了民主人士的尊重，扩大了党在知识分子中间的影响。他担任北门书屋出版社编辑和《民主增刊》编辑，出版了大量进步文化书籍。他在云大附中教书，带领学生们开展戏剧、歌咏活动和诗歌朗诵，向青年学生传播革命文化火种。城里风声紧时，他转移到远郊路南中学当老师，教学之余还搜集、整理、出版了长期流传在民间的叙事长诗《阿细的先鸡》，开创了我国整理少数民族文学遗产的先河。抗战胜利后，国民党加紧了对革命文化人士的迫害，他在李公朴夫妇的协助下，逃脱了特务的追捕，撤离昆明，几经波折惊险，才到达北平。可是，他亲密的战友、民主斗士李公朴、闻一多先生却倒在了国民党特务的枪口之下，用他们的鲜血染红了昆明的土地，用他们的生命发出了黄河惊涛的怒吼……

正因为有着这段艰苦而光荣的历史，有着李公朴、闻一多用鲜血和生命写下的不朽诗篇，光年同志才在阔别36年之后于1981年11月重返昆明。他偕同夫人黄叶绿——当年云大附中的学生，满怀深情地重温着他在昆明逝去的青春岁月，寻找着他在昆明留下的战斗足迹。他去聂耳墓前吟诵"我曾在藤泽市的海滨，向大海呼唤你的英灵"的诗句；他去北门书屋出版社旧址抹去小楼栏杆的灰尘；他去学院坡巷寻找李公朴遇难处；他去西仓坡叩问闻一多中弹倒下的地方；他去昆明师院的李公朴、闻一多墓前敬献鲜花；他去龙头村，找到金汁河，找到云大附中女高一的教室，却怎么也找不见当年住过的瓦窑村里的旧居；他与云大附中当年的青年学生而现在都已经老态龙钟的李广学、段必贵、李琼英、李爱媛等10多位老同学合影、聚谈、唱歌；他去石林呼唤"阿诗玛"，去路南访查了当年的县中和云大附中的校址；探明了他一直牵挂着的他的学生阿细青年毕荣亮的死因；他在旧地重温了阿细人给他吟唱和翻译《阿细的先鸡》的情景，寻觅着那棵古树，那堆篝火，那把大三弦咣当咣当的琴声……

他在1981年冬天，用30天的时间重返1942年至1945年间的三年岁月，更加紧密地编织着他从青年到古稀之年的昆明情结。如今，他虽然已经渐行渐远，永远也不会再访昆明了，但他却把一位革命者和诗人的情结留给了昆明。我深信他的昆明情结，也会像《五月的鲜花》和《黄河大合唱》一样，值得我们昆明人世世代代相传下去，歌唱下去。

（原载《云南日报》2002年3月1日；又载《海内与海外》杂志2002年6期；入选《1913—2013纪念张光年诞辰百年》文集《回忆张光年》，中国作家协会编，作家出版社2013年10月出版。）

问候你的灵魂

——记植物学家蔡希陶

春回大地，又将迎来一年一度的植树节。作为一个植物学家，你不愿选择在芳草竞发、万木复苏的日子里离开人世。但是，死神紧紧地抓住了你……

快9年了吧。那一年的3月21日，由昆明植物研究所的老工人——从1931年起就做你的忠实助手的邱炳云，挥动你生前使用过的那把锄头，开掘着你挚爱着的这片土地，把你的骨灰，银灰色的骨灰，很轻很轻的像一朵朵云一样的骨灰，洒在这棵水杉树下，去抚爱千千万万条须根……

没有哭声，只有悼念你的同事们流下的无声的泪水，犹如心灵之泉伴随你飘落在苏醒了的春天的土地上。没有哀乐，只有布谷鸟从黑龙潭的森林里传来几声清新的啼鸣，为你送行，送你到九泉之下去对水杉树作永久永久的奉献。那时，有一位植物学家说，你不是去泥土里安息，去沉睡，而是去水杉树上获取另一种欣欣向荣的生命形式。

植物园里，有你生前培育"云烟一号"母种的苗床；有你生前引种的山茶、杜鹃、报春三大名花；有你生前栽植的许许多多树木、花卉和经济作物。但是，你的骨灰太少太少，你虽然同样地热爱它们，却无法分身去一一依偎它们。而且，根据你临终前的嘱咐，还分了一份骨灰，去安葬在遥远的西双版纳，在小勐仑罗梭江畔的葫芦岛上，在热带植物研究所你发现和引种的那棵稀罕而珍贵的龙血树下……

50年来，你开拓创办了昆明黑龙潭和西双版纳小勐仑两个植物园，死后也紧紧地拥抱着这两个植物园，再也不分开了。

8年后的3月21日，记着你的骨灰撒向泥土的时辰，我来祭奠你。黑龙潭植物园春色灿烂，吸引了很多游人。小学生们喜欢去看如火如霞的茶花；姑娘们则微笑着在紫杜鹃丛中留下芳容；从边防前哨归来的战士们却在赞美蓝色报春花像老山夜空的繁星……我想，你会为这些赏花者的高兴而感到高兴。也许，他们只知道春花的可爱，却并不知道可敬可亲的育花人是谁，因为每一种花的花瓣上，都没有写着你的名字。

而我，沿着铺满青苔的小径，一步一步，轻轻地来到这棵水杉树下，来到埋着你骨灰的土地前默默地鞠躬。秋冬的落叶仍覆盖着大地，在向哺育过它们的母亲倾诉往日的风寒。我伸手拨开落叶，裸露出诚实的高原红土——正如你肌肤的颜色。我叩了叩土地，想唤醒你，告诉你春的讯息。可我一想，这，你比我早知道的。我仰起头来，水杉树的枝干上缀满了翡翠般的嫩叶，宛若透明的人体经络；那枝干，那叶片，在风中晃动着，在闪耀着你的生命的光彩，似乎在表明你的呼吸不是已经赋予这棵水杉树了吗？除了少数人，谁能想得到这里竟然埋葬着一位非凡的植物学家呢？没有坟茔，没有石碑，没有墓志铭。素素朴朴，简简单单，清清白白，只有这棵充满了生机的水杉树，作为你的化身，在这里悄悄地挺立。

在很久很久以前，我曾经在这棵水杉树下——那时，它还没有这样高大，这般壮美——听你说过：水杉，是绿树变成化石；化石又复活为绿树。在半个世纪以前，科学家们只能从中生代下白垩纪地层中看到水杉的化石。于是，植物学教科书上写着：几十万年前，在欧洲大陆、西伯利亚、北美、朝鲜、日本以及中国的东北等广大的区域，都生长着秀美的水杉森林。后来，北半球北部冰川降临，水杉因受不住严寒而冻死灭绝。几万年了，都看不见水杉的活立木……

可是，20世纪40年代初期，在我国的湖北省利川县和四川省万县谋道溪发现了小片水杉天然林。这意外的发现震惊了整个世界。这棵水杉，就是你在50多年前从利川县的水杉坝引来，亲手种植在这儿的。此后，这棵母树生育了众多的"儿女子孙"，如今已在云南各地扎根成长。在昆明喧闹的人行道上，在麻栗坡宁静的烈士陵园里，在西双版纳鲜花常开的校园中，在高黎贡山曲折盘旋的公路旁，我都看到了它们欢快的身影，也仿佛看到了你光芒四射的创业精神。

由此而使我常常想起：1978年的春天，徐迟约着我，去昆明市昆华医院的病房里看你。徐迟坐在你的病榻边沿，向你讲起，20世纪30年代，你在北平静生生物调查所做练习生的时候，发表过一篇小说，题目叫作《蒲公英》，结尾颇有诗一般的意境：数不清的蒲公英花籽，举着一把把洁白的小伞，乘着和煦的春风飞向四面八方，徐徐飘落在广阔的大地上，繁衍着更多的蒲公英……

我记得，那时，你病得很重，已不能下床走动。听着徐迟在讲述你青年时代的理想，你一言不发地望着我们。但我看见，你的眼睛里，闪动着晶莹的泪花；你的心，是想变成数不清的蒲公英花籽，张开轻盈的雪绒绒的翅膀，向北京，向大凉山，向黑龙潭，向西双版纳……向你曾经留下过足迹的所有的地方飞翔吗？我以为，在作家面前，你不会为自己的选择而感到遗憾——你本可以成为作家，但最终没有成为作家，而成为创造卓著的植物学家……

今天，我从黑龙潭植物园的各个角落，采来一枝枝金黄色的蒲公英花，插在洒着你的骨灰的红土地上、水杉树下，并代表写过《生命之树常绿》的徐迟，问候你的灵魂……

插完了蒲公英花，我听见水杉树在风中发出飒飒的响声。这就是对于我来祭奠你的回应吗？

（原载《人民日报》1990年3月12日；又载《人民文学》1991年3期；入选《中国散文精品分类鉴赏辞典》，南京出版社1992年12月出版；入选《多情的远山》，上海文艺出版社1994年9月出版；入选《中国散文集萃·野玫瑰》，广西民族出版社1996年5月出版。）

一个人和两棵树的故事

　　位于黑龙潭畔的中国科学院昆明植物研究所植物园内，一棵水杉树的树脚前竖立着一座巨大的花岗岩，岩面镶嵌着一块青云色的大理石碑，碑上镌刻着："1911—1981蔡希陶教授纪念碑"。

　　1981年3月9日傍晚，植物学家蔡希陶停止了呼吸。再过三天，就是他70岁诞辰的日子！

　　蔡希陶于1938年2月到达昆明，以北平静生生物调查所的名义建立工作站，不久由他领导的云南农林植物研究所正式成立。因经费无着，生活困难，蔡希陶就约几个朋友集资开办小农场，靠种菜养花到城里出售来维持生活。一次，他听说美国的一个科学研究机构想购买一批云南的山茶花，便与冯国楣等同事东奔西跑收购了一些山茶花航邮寄去，想不到事后却收到从美国汇来的900美元。这在当时可是一笔大款了。蔡希陶没有用它添置生活用品，却买下100多亩土地扩大了农林所的科研种植基地。此后，云南农林研究所改为中国科学院昆明植物研究所，蔡希陶任所长。研究所逐步发展壮大，无论是生产实践与科学实验都处于领先地位，还培养了不少植物科研的栋梁人才。1958年，蔡希陶离开他创办了20年的中国科学院昆明植物研究所，远赴西双版纳，在荒凉的小勐仑葫芦岛上创办了中国科学院小勐仑热带植物研究所，亲任所长。几十年来，蔡希陶出入于高山峡谷、茫茫林海，生前默默地倾心于植物研究，去世之后默默地与绿树为伴。

　　1981年3月21日，在蔡希陶逝世后的第12天，遵照他生前的愿望，请来自1931年起就从四川宜宾金沙江边跟随蔡希陶50年的老工人邱炳云，用蔡希陶生前种过地的锄头，在昆明植物研究所植物园里的这棵由蔡希陶亲自从湖北移植而来的水杉树下，掘开了红色泥土的表层，把蔡希陶的一半骨灰，播撒在水杉树的根系上……

　　蔡希陶的一生，在植物分类学、植物资源学研究领域的贡献是重要而巨大的；在植物花卉比如橡胶、美登木、油瓜以及云南多种名花的开发利用上也有卓越的成就和辉煌的贡献。但他为什么特别珍爱水杉树呢？这是因为植物学教科书上曾经写道：几十万年前的北半球北部降临冰川，水杉类植物从此灭绝了。人们只能从中生代下白垩地层中采掘到它的化石。可是在20世纪40年代初期，我国植物学家却在湖北利川县找到了水杉活立木。并非化石复活，而是水杉依旧。这棵水杉树就是当时蔡希陶从发现地移来种植的。我最难忘的是蔡希陶曾经站在这棵树下，用双手抚摸着树身对我说过：水杉树活立木的发现，其意义不仅在于推翻了古今中外植物学上的某种定论，改写了历史，更在于表明植物的生命力是多么的坚强，无论多么沉重的灾难都无法灭绝它们。可能它们会倒下，会暂时死去，但几十年后，几百年后，它们也许又会逐渐苏醒，恢复生命，重新站立起来，在地球上保持着它们物种的存在和尊严。

　　在蔡希陶这位植物学家的心里，植物的生命与人类的生命是同等的重要，同等的宝贵；人类与植物应当成为相亲相爱的朋友，在地球这座大家园里相依为命，和谐共处。因而蔡希陶把他的一半骨灰贡献给水杉树，让水杉树继续接受他对植物的热爱之情，以宣告他的生命已经转移到植物的生命线上，并未从此安息。

那么，蔡希陶的另一半骨灰又埋在哪里呢？

要回答这个问题，就要从远在云南边境的孟连讲起了。在孟连娜允古镇傣族土司署宫殿后面的龙山上，有一片生长着龙血树的原始森林。从龙血古树身上采下的红色树脂，就是珍贵的血竭。血竭和用血竭配伍的几十种特效药材的施治运用，在我国传统医药史上，始于南北朝时期，自唐代起便有文献记载。《本草纲目》有权威的条目，称血竭为"活血圣药"。但1500多年来，我国用量很大的血竭都要从阿拉伯各国进口，而且外国药学专家也曾说过：中国不可能有生产血竭的资源。可是这个断言却被蔡希陶否定了。在20世纪的70年代初期，蔡希陶刚刚从"文革"的浩劫中解脱出来，便带病去深山密林中查访，终于在孟连龙山的这片热带雨林中发现了龙血树。当时，他惊喜得抱住树身流出了眼泪。

后来，蔡希陶从孟连龙山上将一株龙血树移植到小勐仑热带植物研究所植物园里。

1973年5月，我在《云南日报》当记者时，来到小勐仑植物研究所植物园采访，蔡希陶曾用双手抚摸着这株龙血树的树身对我说：这树从孟连移栽时已有上百年的树龄了，但对龙血树来说还只是童年时代，因为它的寿命可长达六千多年啊！

蔡希陶去世后，他的另一半骨灰，就埋在这棵龙血树下！在这棵龙血树前自自然然地坐落着两尊岩石，右边的岩石上同样镌刻着"1911—1981蔡希陶教授纪念碑"。这个史实只有当年的当事者知道。根据蔡希陶生前的遗嘱，当时只有少数亲属朋友来完成他这特殊的简朴而隆重的葬礼。有人记得，在掩埋蔡希陶这另一半骨灰的时候，龙血树的树身上沁出一滴滴红色树脂，犹如悲痛的血泪；龙血树那低垂着的长长的叶片，在风中摇荡着，仿佛是一面面绿色的祭旗。

如今，这棵龙血树长得更加高大，枝繁叶茂，生机勃勃。每到西双版纳傣历新年，傣家人在欢度盛大的泼水节时，常常要敲打着象脚鼓和芒锣来到龙血树跟前，他们用红绿黄蓝等各种颜色的塑料小桶从水池里提起一桶桶清水，一齐向龙血树、纪念碑石和掩埋着蔡希陶骨灰的这片黑色的土地泼起水来，表示怀念。傣族乡亲们说：蔡希陶老波涛（傣语：大爹），1958年到这座荒岛上建起植物园以来，在研究植物、保护自然、发展生产、参观旅游等方面给傣家人带来的好处是多多的啰！给蔡老波涛最喜欢的龙血树泼水，也是对他表示衷心的感谢呢！

在傣家人泼出祝福水的同时，用棕叶扇遮住半边脸的老赞哈（傣族歌手）在龙血树前深情地唱道：

> 蔡老波涛啊，
> 龙血树生长在你的心上，
> 你也活在龙血树的绿叶子上……

相信此时远在昆明黑龙潭畔的昆明植物园里的那棵水杉树，也一定会听见西双版纳小勐仑植物园里的傣家人的歌声了。因为这两棵树并不是蔡希陶的坟墓，而是蔡希陶的化身；它俩虽然相距很远，但却亲如一人，同属一个生命！

（原载《生态经济》杂志2002年5期；又载《中国民族报》2002年8月9日；又载《纵横》杂志2005年1期；再载《版纳》杂志2005年2期。）

永远的南行

又一颗文坛巨星陨落了！噩耗从成都传来：12月5日，艾芜老先生不幸逝世！我顿时感到浑身寒栗，泪水夺眶而出。我们对艾老第四次南行的期待，已成为永久的期待了。悲痛之中不由想起前些日与艾老的一次会面。

我们一群云南作家到了成都，在飞拉萨之前，碰巧遇到一个星期天。时已临近中秋佳节，便拎着两盒云南月饼去拜访艾老。早已得知艾老在几年前安了心脏起搏器，后来又摔折了腿，长期住院治疗，只有星期天早上才接回家里小住。艾老的时间是有限而宝贵的，但他老人家还乐意会见我们，这大概是由于我们是来自云南，而云南又被艾老称之为"第二故乡"，对乡亲们自然要分外恩惠吧。

88岁高龄的艾老早已坐在客厅中间的一把藤椅上等候我们。他为不能起身相迎而表示抱歉。一一握手介绍后，艾老高兴地说："这几年云南作家多起来了！"虽然看上去艾老的脸色苍白，身虚体弱，但一提起云南，目光便放射出亲切的神韵。或许是我们的小礼物引他忆起云南的月亮，他仰了仰头说："云南的月亮，真是又大又圆又亮……"

悠悠眷恋，向我们敞开了老人的情怀。艾老1925年夏天至1927年夏天的第一次南行，留下了边地文学的经典著作《南行记》；1961年9月至1962年4月的第二次南行写出了《南行记续篇》；1981年春天的第三次南行又有《南行记新篇》问世。半个多世纪以来，艾老不仅用他坚韧的双脚，而且用他不倦的笔为我们云南开拓出了一条独特的人生道路和独特的文学道路，饱含着他心血智慧的一系列南行小说，使我们从中获取营养，这怎不让人更加敬重艾老呢！

面对病中的艾老，我默想良久。说不说他第四次南行的愿望呢？说了会使他想起青春岁月而感到欢欣么？或者会让他觉得此生心愿难圆而悲叹不已呢？我忍不住还是说了："艾老，我们希望您第四次南行，用四川滑竿抬您去云南……"

艾老仿佛有些茫然，不便明确回答，嘴角流出一丝苦涩的微笑。他略微侧身过去，伸出枯瘦的右手用指头抹了抹那张古旧的书桌。桌面有灰尘，在他抹过之后，泛起几道青色的光辉。为改变气氛，我们纷纷说起：艾老第一次离开四川到云南，在昭通买了两双草鞋，穿一双，背一双，想不到在昆明被人偷去了那双舍不得穿的新草鞋。历史常常发生巧合。60多年后来昆明拍电视剧《南行记》的导演，在晚上入睡时也被人偷去了鞋……艾老听后乐了起来，又说起1961年重返昆明的第一件事就是去看他在昆明上《人生哲学第一课》的街道、小巷、客栈，吃一碗当年吃不起的凉米线……有人又说起：1981年初春，艾老在楚雄遇到一对彝族青年男女结婚，便掏出随身使用的一支圆珠笔相送；到大理正逢元宵节，艾老观赏了火红的茶花，吃了甜甜的汤圆；在瑞丽艾老认识了四川知青小陈，当小伙子后来回成都结婚时，艾老用红纸包了喜钱亲自送到桂王桥新郎家……

我们云南作家在成都的这次秋天的拜访竟然成了最后的话别。

虽然艾老不会再来云南了，但他将永远指导着我们"南行"的文学创作！

1992年12月

（原载《云南日报》1992年12月12日，入选散文丛书《多情的远山》，上海文艺出版社1994年9月出版。）

梦回云杉坪

今年1月13日的夕阳是否有些异样？喷洒到我胸怀的是一缕缕金黄色暖光，犹如冬天里降临的一丝丝春雨令人感到温柔。是那暮霭似画的时刻，我收到来自遥远国度的一封书信。英文书写的寄信地址是加拿大多伦多，信封背面印有三只鸽子的尾巴闪开三片枫叶的图案——在这精巧别致的信徽的左下方，有一行手写的苍劲朴实的汉字："不久回外双溪，再来信请寄台北市士林故宫博物院图书馆转，可也。"

虽未署名，我即刻明白，是台湾著名学者李霖灿先生来函。李老今年该是82岁高龄了吧，不说别的，仅凭他对东巴文化研究的卓越成就，他的书信无疑将是不可多得的当代文物。我喜不自禁地急忙拆开，站在路旁就拜读起来。天空中恰好有一群从万里冰封的西伯利亚荒原飞到昆明市中心翠湖来避寒过冬的海鸥刷刷地低翔盘旋，把一片片带音的翅影投射到信上，宛若那漂泊的时光……

"一九九四年十一月十三日来信辗转于加拿大收到"，挂衔名为"丽江人李霖灿"的这位东巴学者，在他印制在贺年卡的近照上，自然而亲切地写道，"谢谢你寄来的美丽照片，十分珍贵，附寄一纸问候近佳……"还用丽江么些（今称纳西）族古老的象形文字书写了一行只可意会而读不出声的"新年祝福之辞"，末尾这样画着的意思，就是"李霖灿鞠躬"。这封英、汉、纳西象形文字三合璧的充满着文化内涵和美感的书信，不是十分难得的吗？但要说清我寄给他的"美丽照片"的来龙去脉，却也是并不那么容易的。

前些年，我在图书馆翻看到抗日战争时期昆明出版的由沈从文先生主编的《今日评论》。这本陈旧不堪的杂志上却有一篇内容仍然十分新颖的散文像鲜花一样吸引了我，这就是李霖灿先生1943年6月5日写作的散文《锦绣谷——雪山最胜处》。那美丽的"锦绣谷"和在谷中发生的纳西族青年男女为爱而殉情的悲怆哀怨的故事仿佛是一个令人向往，但又是非常遥远的梦。

其实"锦绣谷"以及随之又改名为"云杉坪"的"雪山最胜处"，都是李霖灿先生他们52年前那次——也是他们至今仍然是唯一的一次游览时即兴取的地名。在那以前没有任何著名文人去过。那片圣地最早是自由散漫的牧童和牛羊一起发现的，照纳西族象形文字的写法是读做"达乍谷"，意为地神下降的小草原。这在东巴经书上就有记载，因为自古以来那地方就与宗教信仰和情死习俗有关。

为着造访达乍谷——也就是后来人们都惯常称之为云杉坪的小草原，我在想象中期待过漫长的岁月。当这样的时机终于来临，我便乘坐日夜兼程的大客车，在淅淅沥沥的秋雨拍落红叶的黄昏，离开滇池之滨的省城闹市，又在漆黑的午夜穿越唐代南诏古国的废都大理，于次日黎明经过遥遥100多里的艰苦行程到达了始建于宋末元初的历史文化名城丽江——就是李霖灿先生自称为"丽江人"的丽江。跨出车门，一夕一夜的惺忪困乏立刻便与长旅风尘一起抖落。因为我一眼便看到了气候反差组合的奇妙美景：一排挺拔的亚热带骄子棕榈树伸出它那扇形叶掌毫不费力地托起了一列积雪晶莹得泛起绿光的雪山诸峰，那就是只能令人仰慕而从未让人登上过主峰的玉龙雪山。

玉龙雪山是北半球纬度最南的现代海洋性冰川雪山，地处云岭山脉中段，身边虽是炎热的长江上游的金沙江河谷，但山巅积雪终年不化。它之所以有"玉龙"的尊称，是因为最南端最高的海拔5596米的主峰酷似龙首昂然屹立，接下来向北逶迤的12座雪峰恰如身披银鳞的龙脊山山相连，远远望去很像一条腾空的巨龙，而那片使纳西族青年男女痴情着魔地选定为殉情之地的云杉坪，便在这条慈祥而丰饶的玉龙的怀抱之中，更具有扑朔迷离的诱惑力。

1992年10月10日是我终生难忘的美好日子，我们乘汽车从海拔2400米的丽江坝子出发，与玉龙雪山并肩齐驱，百多里的路程始终是银屏彩画般贴在车窗。来到雪山东麓的白水河畔，便弃车步行登山。这是牛羊和牧人踏出来的小路，时而蜿蜒绕道，时而攀爬陡峭，但都沉没于茫茫林海之中；偶尔从林梢露出半面雪岭，像是少女的笑脸。凉风自云端送下，牧笛声声伴和着的牛铃叮叮，好似断断续续的山涧小溪。经过两个多小时的慢步登高攀爬，我们终于由低处向高处瞧见了飘荡在坪边四围的一棵棵雄伟的云杉树……

几个快步冲进云杉坪的坪口，我虽已饥渴无力，但我只要心还在跳，还在喘气，我就要向它跑去，以便早一秒钟投入那如梦似幻的红黄青蓝紫白绿等光彩一齐闪耀的万花筒里。云杉坪是美的招手，美的呼唤，美的磁场的吸引，使我激动，欢欣，仿佛生命已经属于云杉坪。当我跑到坪上，喜不自禁地还以年过半百之躯在草地上连连打滚，像羊羔牛犊一样撒野放情。我为什么不呢？鲜花像层层云彩铺在足下；而云彩却又宛若朵朵鲜花掠过头顶；雪山则似明镜摆在眼前；云杉树犹如绿玉串成的珠链挂在颈间……疯狂过后，我静下心来仔细观看，其实这片海拔高达3200米的草坪是个干涸了的冰湖。冬天它仍是冰雪的宫殿，而此时它很像一只神话中王母娘娘遗落人间的大花篮。一转念又觉得还是东巴经说它是"玉龙第三国"最富想象力。云杉坪既不是人间的，也不是仙界的，而是人间与仙界的爱神相恋才孕育诞生出的"第三国"！这美梦般的"第三国"，便是由雪山、森林、花草、圆坪所组合的物质世界和由宗教、文学、艺术所创造的精神世界而托举起的既不虚渺又不实际、既有欢乐又有悲伤、既充满生的魅力又辐射死的诱惑的纳西族青年男女们为爱而甘愿情死的云杉坪。那些相爱而不能结合、不能同生的情侣，背着父母悄悄地约定，背上最好的食物，穿着最美的衣裳，走很远的路，爬很高的山，来到这片鲜花和芳草交欢，冰川与绿树共映光辉的圆坪，向着太阳跳舞，迎着月光唱调。当流星滑落的时候，一齐动手给篝火添柴加木把烈火烧得红红旺旺的，用火光的闪烁驱赶毒蛇猛兽，然后面带微笑，四只手端起一个木碗，你一口我一口喝下草乌煮成的药水，相互伸出臂膀紧紧地拥抱着，让生命发动最后的冲击。没有羞涩，没有恐惧，只有爱情的音韵和旋律、雪山和树林的颠倒、星星和月亮的倾斜，慢慢地闭起眼睛，轻轻地停止呼吸……

一位身披毡子手握竹笛的老牧人给我指点了一处殉情之地。当年那情欲之火和杉木之火共同燃烧的灰烬已被绿茵茵的草叶和红灼灼的花朵所掩盖。只是这里的花草比别处的花草显得更要茂盛和漂亮。唯一可作证的是那片开着蓝色小花的草乌，高出花草一头，在秋风中凄然摇曳。也许是情侣们挖来的草乌没有煮食那么多，剩下的便自行繁殖起来。这些草乌的花朵叶茎根块似乎并不知道，正是它们的祖先以剧毒的药性结束了人们的爱情悲剧……

云杉坪是美诞生的圣堂，又是美毁灭的舞台；是因为它太美，人们才想在这儿死的么？我实在无法细细评说，只摘下两朵草乌花夹在笔记本里，默默地告别了云杉坪。

当我返回丽江古城，来到玉泉公园内的东巴文化研究室参观访问，立即被灿烂的东巴文化照耀得目眩心跳。因为我看见和感觉到纳西族祖先1000多年前所创造的无价的文化财富，使任何珠宝都会黯然失色。我敢说，全世界至今仍唯一活着的纳西象形文字及其所画写的东巴经书，是中国的国宝，华人的文宝，人类的字宝。纳西人由图腾崇拜进而信奉原始巫教，巫师被尊称为东巴，意即智者。由东巴们发展原始巫教而创建起来的宗教就叫作东巴教。东巴在宗教的各种活动仪式中念咒或诵经所创造出来记载语言的图画般的象形文字，纳西话叫思究鲁究，意为木石之痕迹，就是人们通常所说的东巴文。经过李霖灿先生到各地考察和找了许多东巴访问，他编著译注的象形文字共有2016个，除去重复的至少也有1800个。东巴们运用这些丰富多彩的象形文字画写刻印了东巴经1500多种，共约20000多册。浩如烟海的东巴经是纳西族古代社会的百科全书，亦是现代人研究人类学、宗教学和历史文化的"活化石"。世界各国研究东巴文化的学者犹如众星拱月，然而还是中华民族的优秀子孙为祖国的文化赢得了最大的光荣。也就是说海内外研究东巴文化的学者当中，功夫最深、成就最大、贡献最多的应当首推李霖灿先生。

迎着玉龙雪山吹来的秋风，在古老的麻栗树飒飒作响的伴奏声中，我翻阅着李霖灿先生不断由台北寄赠丽江东巴文化研究室的几本著作，诸如《么些象形文字字典》《标音文字字典》《么些经典译注九种》《么些研究论文集》，以及散文著作《玉龙大雪山》《阳春白雪集》等，加上纳西朋友的介绍，我深深地被海峡那边的"么些先生"的智慧和感情震撼了。由于李霖灿先生博学，精通象形文字和东巴经，人们敬佩地称他为"大东巴"。正是他的这些权威著作使欧美和东方各国的许多学者以及无数游客如流水般地涌到丽江研究东巴文化，观赏玉龙雪山美景。李霖灿先生在一篇文章中说："我对美丽的玉龙大雪山情有深眷……我喜爱这里的一切，不但时时思念，他日化去，我的精灵魂魄必定会栖息于斯，因为我在这里度过了我最美丽的年轻时光……

抗日战争时期，李霖灿先生是由西湖岸边迁至滇池之滨的杭州艺术专科学校学画的学生。他1939年初夏到丽江本是写生画画，但一接触到图画般的象形文字，便含泪把画箱埋藏于玉龙雪山白雪深处，转而研究么些东巴文化。直到1943年，他以四年时光辗转流连纳西族聚居的玉龙雪山周围、金沙江流域和滇川康藏交界处，全身心地投入到深奥无穷的东巴文化天地里。20世纪40年代末期，他移居台湾，任职故宫博物院副院长，在研究中国绘画的同时，仍孜孜不倦地研究么些象形文字和东巴文化，成为国际东巴论坛上一致公认的大学者。

问起李霖灿先生近况时，东巴文化研究室的李静生先生反过来问我："你没有看见云杉坪西北边沿的那座花岗石吗？"

"是有一座心形的墨绿色巨石呀！"我记得正是那座祥和稳重的石头把鲜花盛开的草坪和深邃的云杉树林连成为一片别致的风景。

"半年前，也就是4月16日那天，是我和杨福泉、杨世光一起登上云杉坪把李霖灿先生的一绺头发埋在那座石头下面的……"

"什么？"我惊喜地跳了起来，转身就想走出东巴文化展览馆，重上云杉坪去拜谒那座石头。但一看时间已不允许了，夕阳被玉龙雪山吞没，那连绵起伏的诸峰在云霞中悠悠地飘浮……

原来，李霖灿先生在78岁诞辰那天，望断云山，想到年迈之躯已很难前往丽江，便在台北外双溪寓所绿雪斋对着明镜剪下一绺黑白相间的头发夹在特制的信函中，遥寄德国科隆大学，给在那里研究东巴文化的丽江纳西族青年学者杨福泉先生，请这位同行在回乡之便时把他的头发埋在玉龙雪山上，以借丝丝头发倾诉他对东巴故园的思恋之情……

　　我把那座埋着李霖灿先生头发的花岗石当作一本东巴经书放在心灵深处，返回昆明。事有凑巧，7个月之后，也就是1993年初夏，我又重访丽江。5月16日那天，我真有路熟山轻、心急路近的感觉，穿过几片盛开着粉红色花朵的大树杜鹃林，丢下几座松杉栗树混生的山岭，很快就登上了彩霞笼罩、鲜花覆盖的云杉坪。也许是离别不久而思念又太深，我一眼就望见了那梦里寻它千百度的花岗石，便急忙跑到跟前。这从远古以来就是么些先民视为图腾而顶礼膜拜的石头，莫不是天空的一颗明星滑落而在此安身的陨石吧。石上闪耀着雪光、花彩、树影，使我感到那都是它生命之脉的跳动。石跟脚前有去年春天纳西族东巴学子们掘穴埋发的三根黄栗木棍，还有花叶已化为泥土而剩下来的杜鹃树枝；再默忆和对照我采访过的几位埋发者的描述，我敢肯定了，这就是埋藏着李霖灿先生那一绺黑白相间的头发的石头，这就是接纳了远在台湾的东巴赤子对玉龙雪山眷恋皈依之情的石头……

　　50年前李霖灿先生首次登临云杉坪时，他一定站在这座石头上凝望过雪山上的万古冰川，50年后掩埋着已是耄耋之年的李霖灿先生的头发的石头，已成为一种东巴精神的标志和永远也解不开的玉龙雪山情结了。我仿佛看到了那作为李霖灿先生的精血与灵魂、智慧与恋情的化身的头发在石头下放射着光芒。我就近采了几朵红花献在石头上并虔诚地鞠躬致敬。

　　离此不远便是去年秋天那位老牧人给我讲述的纳西族青年男女情死之地。不知为什么我会自然地把李霖灿先生对玉龙雪山的爱与殉情男女对玉龙第三国的爱做比较。从埋画箱到埋头发，李霖灿先生不但发现、挖掘，并且还通过学习与创造进而弘扬了中华东巴文化的辉煌。这当然是有别于以情死去寻求乌托邦玉龙第三国的那种爱的另一种更为伟大而美丽的爱。因为这种爱能够在文化中永存并滋养人类的精神花朵。

我举起相机摄下埋藏着李霖灿先生头发的石头，只见玉龙雪山站在旁边微笑。我忽然想到：玉龙雪山那白的雪、青的崖，不正像李霖灿先生寄自台湾的那黑白相间的头发吗？

（散文《梦回云杉坪》1996年3月以原先的题目《东巴故园情》荣获中央台第八届"海峡情"海内外华人征文一等奖，由中央文史馆馆长萧乾在京颁奖会上授予奖证；原载《云南日报》1995年9月8日副刊，荣获《云南日报》优秀文学奖；又载《香港文学》1995年12期；又载台湾台南四川同乡会年刊1996年年刊；入选《中国文学》英文、法文版1996年2期；又载台湾《中国大陆》杂志1996年4期；冰心以此文为题书写的散文集《梦回云杉坪》1996年由北京华龄出版社出版；入选散文集《彩云南》，云南省作家协会编，云南美术出版社1997年12月出版；入选《中国少数民族文学经典文库》，云南人民出版社1999年出版；入选"西部文化散文"丛书《鸟和云彩相爱》，百花文艺出版社2000年10月出版。）

当《双眼井之恋》获奖……

当我的短篇小说集《双眼井之恋》荣获中国作家协会、国家民委联合举办的全国第五届少数民族文学创作"骏马"奖，并飞赴北京出席去年11月17日上午在人民大会堂举行的颁奖大会——当晚中央电视台在新闻联播节目的黄金时间作了报道，亲友们从电视上看到我捧着获奖证书和奖牌站在主席台正中面对观众微笑，纷纷打电话向我表示祝贺。我确实为此觉得高兴。我们获奖者没住什么宾馆，就住中国作协招待所，望窗外，北京与昆明的夜空连在一起，明月繁星共放光彩……

我深深地感谢为我编辑出版了《双眼井之恋》并使我获奖、又祝贺我获奖的人们！但与此同时我又沉入了伤感的往事……

颁奖大会后的第二天，在京的几位"滇军文友"为我举行过祝贺的欢宴，在驱车返回中国作协新大楼的途中，穿过木樨地高架桥的时候，在灿烂的星空下向南凝视着那一幢高楼，那熟悉而亲切的高楼的那一扇窗口是漆黑的，没有透出往日的橘红色灯光……

我心底顿时涌起一股寒意，并非是隆冬引起的战栗。木樨地高架桥从半空切割而过，高楼瞬间即逝，像一片饱含风雪的浓云。那高楼的那扇窗户又仿佛化成一行动情的文字在我的眼前闪烁着：

"泪花融不开雪花……"

这是荒煤先生80高龄之际在那座高楼里的那扇窗前为《双眼井之恋》写序的标题啊！车向东行驶着，我默默地念着这个标题，不禁流出了眼泪……

在我至今已出版的25本文学著作中，只有3位文学前辈为我写过序。除荒煤先生之外，就是冯牧先生为我的中篇小说集《不愿文面的女人》和散文集《多情的远山》写过两篇序，再有就是哈华先生为我的中篇小说集《爱情不是狩猎》作过序了。生命有情而岁月无情，三位老先生都已仙逝。幸亏冯牧、哈华都在生前看到了他们为我作序的三本书的出版，而唯有荒煤先生没有见到《双眼井之恋》的成书出版，更没有等到此书的获"骏马"奖了。

这能不在我心上刻下一道伤痕么？

话题得从1993年初秋说起。那时，"云南作家丛书"的编者对我说，为了展示云南作家队伍及其创作成果，要我编选一本书稿加盟第一辑，很快便可在年底前出版。我当然感到十分高兴并深表谢意。在到处一片"出书难、难出书"的怨声中，有人出来做出书的好事，能不热烈鼓掌么？我便赶忙从我已经发表过的短篇小说中编选了《双眼井之恋》交给编者，并复印一份寄请荒煤先生作序。

荒煤是我的领导和老师冯牧的领导和老师。他不仅是著名的文艺理论家、戏剧家、散文家，而且早在20世纪30年代就以短篇小说享誉文坛，我很小就读过他的《忧郁的歌》《长江上》，并崇拜不已。如果我的短篇小说创作能得到这位德高望重文坛巨匠指点，那是非常荣幸的事。

但荒煤已是耄耋之年，他想写的作品想编的书还很多，而且多年前就听冯牧讲过，为了集中时间和精力写作，荒煤早已"罢序"了。我能得到例外吗？

可是让我喜出望外的事终于降临了。荒煤先生很快就读完了我那部厚厚的24万字的短篇小说集并于1993年10月26日写好了序言。3天之后他在序文的结尾空白处给我写了封短信：

"昆华同志：

序写毕寄上。时间匆忙，不及再抄写清楚。发排时，字句有那不当之处再仔细酌定。

收到稿后，请来信简告，以免悬念。并告书快出版时，我可先将序言在文艺报或光明日报发一下。（你先在昆明发亦可）

匆此。你那些复印稿是否需要寄回？

陈荒煤

1993年10月29日

我站立在秋风中将序言连读了两遍，充满了季节的成熟与收获的喜悦之情。荒煤在序言中写道：

"我认识昆华很久了，可是，直到今天，我读罢他的短篇小说集《双眼井之恋》，我才能说对他的心有了一点了解。

"……我对昆华这部短篇小说集很赞赏。我喜欢这部优秀的作品。我这个年逾80的老人，在读小说集时，尤其是读到《雪花》《炊烟》《让我告诉你》时，我不禁感到热泪盈眶，因而对这个序言写下了这个篇名：

"泪花融不开雪花。

"这也是真实的情感。

"昆华是一位诗人，因而他的小说也往往充满了诗情画意，善于抒情，却内蕴较深，使人物某些坎坷的命运更加增长了令人胸怀激荡的情愫。这又是昆华小说有自己独特风格的一个重要特征，但愿他能发扬这种优美的风格连续写下去。"

我将这篇十分珍贵而难得的序言的复印件交给"云南作家丛书"的编者，盼望着《双眼井之恋》能早日问世。可是当1993年的岁末第一辑的10本书出来后一看，没有我的这本。据说是因为我已出版了不少书，便由编者先安排了地州的一位青年女作家先出书。我的《双眼井之恋》列入第二辑在1994年作为带头书出版。给没出过书的处女作家让路，我当然没有意见，我乐意等待着。

一年后的秋叶变红时，一天，彭荆风打电话告诉我，荒煤为我的《双眼井之恋》写的序言《泪花融不开雪花》在1994年11月5日出版的《文艺报》二版"文学评论"专刊头条位置发表了！我连忙找来看了。这喜悦暂时冲走了书还没有出版的淡淡的忧虑，接着《云南文艺评论》杂志和《云南当代文学》报也相继发表了这篇序言，这当然也给了我很大的鼓舞，使我能熬过那等待出书的漫长岁月。

此后，1995年7月，作为人民文学出版社"文学评论家丛书"的带头书——荒煤先生的文学评论集《点燃灵魂的一簇圣火》出版了。我收到荒煤签名赠我的这本书，翻开一看，就收有《泪花融不开雪花》。我急了，拿着荒煤写的书去找"云南作家丛书"的编者，催促说，本该是作序的书先出的，现在荒煤先生都已收进评论集出版了，《双眼井之恋》何时能出版呢？

编者回答说：快啦！快啦！

这"快"却是很慢的。不久荒煤先生因病住进了北京医院。1996年3月下旬，我因散文《东巴故园情》即《梦回云杉坪》荣获中央台第八届"海峡情"征文一等奖并赴京出席颁奖大会。领奖之后的29日下午，我去医院探望病中的荒煤先生。我带去一本刚刚出版的由荒煤先生题写书名的《远行的冯牧》。老人用枯瘦的双手翻看着书目，那都是些他熟知的作家们写的悼念冯牧逝世的文章。渐渐地荒煤的眼里沁出了泪水。那时冯牧辞世不到半年，再过几天便是清明节，老人难免动情、伤心。前几天，荒煤刚刚同意接替冯牧担任《中国作家》杂志的主编。他说也许这只是纪念冯牧的一种方式，而他也管不了什么事，甚至不久也将会跟着冯牧去远行的……

我拿出一盒云南文山州的名贵药材三七送给他，并用他的笔写下了三七的功能和服法，供他和他的医生参考。接着我送他一本由冯牧最后为之作序的《尚文书法集》，翻开套红的首页请他看，那苍劲而充满生命力的"夕阳红"三个大字，给他的脸上映射着一道道红光。我告诉他，尚文是在河南开封由冯牧动员参军的一位报人，现在已是80高龄，是云南著名的书法家。冯牧的这篇序言是在病榻上用无力的手慢慢地写完的。

也许是由此引起荒煤先生的思考吧，他顺便就问起他写序的《双眼井之恋》出书了没有？

我有些羞愧地低下头，用编者多次告诉过我的那句话回答着：快了！快了！

回昆明后我把这次拜访荒煤先生的心情向编者说了。我十分难过地说，看来荒煤先生患了不治之症，将不久于人世。我希望能在他生前看到《双眼井之恋》出版……

半年之后的10月25日凌晨，荒煤先生不幸永远地离开了我们！我连夜含着眼泪写了悼念先生的文章《荒煤与阿诗玛》。这篇文章先后在《春城晚报》《光明日报》《人民政协报》《天津日报》发表，以略表我对老人的尊敬与哀思。

唉！荒煤先生始终未能在生前看到他为之作序的《双眼井之恋》的成书出版。也许他对此并不十分在意。这只是我的一点心愿吧！可是于我来说这却是一个无法弥补的遗憾，或者是令人痛心的抱歉！如今，唯一能报慰荒煤先生的是他所热情评论过的、为之作序的《双眼井之恋》获得了国家级的文学大奖，并没有辜负了他老人家的期望。因此，当我乘车从木樨地荒煤先生故居大楼窗前的高架桥经过的时候，我甚至还这样想：评委们之所以给《双眼井之恋》获奖，是否受到了荒煤的序言的影响呢？

　　那么，我首先应当感谢的还是荒煤先生！

　　（原载《云南日报》1998年1月17日；入选荣获中国散文学会冰心文学奖的《漂泊的家园》，云南人民出版社2004年5月出版。）

流淌在丽江天地间的文学长河

——阅读《王丕震全集》有感

谁都知道丽江有座玉龙雪山，还有条长江上游金沙江。那真是山高水长的地方。

如今，在玉龙雪山身旁，站立起一位文学巨人，在金沙江边，涌出了一条文学长河，那就是山一般高的王丕震，水一样长的王丕震创作的一系列历史小说……

这样的比喻似乎并不显得夸张。想想，王丕震这位坚忍不拔的丽江纳西族儿子，在蒙冤劳改20多年，跨出牢狱之后，在他62岁到81岁的19年间，用他生命的最后岁月，以每天平均手写4000多字的速度，以书写2650多万字的记录，创作出了42部长篇历史小说，为中国上下五千年间的79位帝王将相、42位才子佳人、5位现代名人以及难以计数的各种各类人物，用文学塑造了他们的形象，记录了他们的历史，重现了他们所处的社会生活……

记得1994年9月20日，中国作家协会组织的由冯牧率领的全国作家代表团到达丽江访问。冯牧是旧地重游。在头年的5月16日，我曾陪同他到丽江纳西族女作家赵银棠府上拜访。那时他就听赵银棠说过丽江有位比她写得多的老作家王丕震了。这次又来丽江，冯牧便很想见见在台湾出版了多部历史小说因而在海外华人中享有盛名的王丕震。经我联系后，约请王丕震与冯牧在丽江宾馆会见并做了简短交谈。这两位相互敬仰的老人的第一次握手，想不到也是最后一次握手。那晚恰值中秋佳节，冯牧与来自黑龙江、吉林、辽宁、河北、北京等地的作家们要去老城欣赏宣科主持的纳西古乐演奏音乐会，冯牧本想邀请王丕震同去，哪知王老先生惜时如金，要回家去赶写他要急着交稿的长篇小说。冯牧看着王丕震转身而去的背影，感叹地说道："真是奇才、奇才……"

冯牧与王丕震这次短暂会见，说明远在丽江的王丕震的文学创作，已经引起中国作协领导的重视与敬佩了。这是值得提起的一段文坛佳话。

想起丽江往事，面对《王丕震全集》（80卷，中国文史出版社2009年版）一本本书的叠累，仿佛这就是王丕震的雕塑形象，或者也可以当作王丕震生命的化身！这么高这么多的长篇历史小说，别说是一笔一画地用手来书写了，就是一本一本地从头阅读，也得用几年的时间吧！

于是，在时间和空间上，我有了丽江的天和地的感觉。

第一，是顶天立地的奇才。要说王丕震是个天才，恐怕有点犯忌。若说他是个地才，又有点俗气，还是用冯牧当年的评价，称他为奇才最为适宜。看看他是怎么奇的：他出身于私塾教师家庭，从小受古诗文和历史故事熏陶；18岁前在丽江读初中，19岁跟随本乡本土的抗日名将李汝炳赴陕西考入军校，后任炮兵教官、西南行政长官署秘书；1950年考入西南农学院读兽医专业，毕业后到玉溪农校任教，后在江川兽医站工作，其间被错划为右派劳改并判刑10年；1982年60岁时冤案平反，才得以回丽江故乡养鸡糊口，62岁开始文学创作。从上述人生经历看，王丕震有多少时间来学习和熟知中国数千年的历史文化呢？又有多少岁月来查寻和阅读大量的历史文献和文学名著呢？就别说写作那两千多万字了，就是那几百位历史人物的生平事迹、朝代背景、社会生活又是怎么搞清楚、弄明白的呢？而且在他所写的142部长篇小说中，就有85部作品不打草稿、不作修改、一气呵成便将手稿直接寄给出版社出书，这在古今中外的作家中都可能是绝无仅有的了。因此，说他是顶天立地的奇才，不会引起任何争议吧？

第二，《王丕震全集》是惊天动地的著作。此前，我只读过王丕震62岁时写的处女作《则天女皇》，后来又读了《陈圆圆》。因为他的作品大都在台湾出版，不容易看到，这次顺着全集的第一卷翻起，用了很长时间才翻到80卷，连走马观花都说不上，只不过是快速翻翻而已。从《唐尧与虞舜》数起，一直数到《博士洛克》，也就是说王丕震的手笔是从史前一直写到当代久居丽江的那位外国籍著名学者，几乎写完写尽了我们所有知道的和有所不知道的历史上众多的知名人物了。看看吧，从夏禹王、周文王、周武王到孔子、屈原、司马迁；从滇王庄蹻、汉武帝、秦始皇到陶渊明、杜甫、苏东坡；从曹操、李世民、宋太祖到徐霞客、郑和、林则徐；从辛弃疾、李清照、柳永到成吉思汗、朱元璋、康熙；从勾践、夫差、刘邦到李鸿章、蔡锷、唐继尧……简直成了应有尽有的历史名人的百科全书了。我说不出浩如烟海的文学史上，除了王丕震，还有哪一位作家用小说写过这么多的历史名人。把这些历史名人一个个都变成文学形象，让他们在曲折动人的故事中复活，这不是惊天动地的著作么？

第三，《王丕震全集》是上天入地的文学长河。王丕震的身心虽然饱经苦难与折磨，但他的胸怀始终蕴藏爱国的炽热感情。出狱归乡后，如曹操诗吟："烈士暮年，壮心不已。"何以体现他晚年的人生价值呢？仅靠养鸡度日，能维持自家生活，却无法报效社会，他毅然选择了文学创作。但不是写他身旁的黑龙潭、白沙村、束河镇的风景风物风情，而是写他心中的祖国，祖国的历史。历史是祖国的文化，文化是祖国的灵魂，而祖国的历史文化则是各个时期的人物创造的、继承的、弘扬的。只有通过人物表现历史文化，才能生动、鲜明、集中，也只有通过文学表现人物，才能形象、典型、通俗地描绘他心中的祖国，表达其赤子之情。于是他默默地从每一个字写起，一直写到手不能握笔，写到心脏停止跳动。19年的写作生涯，他何曾得过什么文学大奖？何曾开过什么作品研讨会？然而，正是丽江有关部门和有关领导，特别是丽江中国西部研究发展促进会，在关注着他，理解着他。在他辞世之后，便能迅速而全面地对他作出公正而真实的评价：王丕震用他19年的匆匆流逝的时光，在历史小说创作中引领了诸多的"第一"，留下了诸多的童话般的文学奇迹。大家认为，王丕震生前创作的142部长篇历史小说，不仅能够为丽江古城和纳西族争光，而且完全可以称得上是云南的、中国的一份珍贵的文化遗产。于是，为建设促成丽江所特有的一条文学长河的工程而开始了艰辛细致的劳动。经过五年来的长期努力，通过许多同志的积极奉献，王丕震生前连做梦都没有想到过的《王丕震全集》终于在共和国诞辰六十年的喜庆日子里粲然问世。这便是流淌着数百位中国历史名人浪花的文学长河；这条文学长河的流程与中国五千年的历史一样长，一样远，一样反映着太阳月亮的光芒，一样鸣响着岁月的涛声。

我们感到遗憾的，只是王丕震不能亲眼看到这条文学长河了，但长河的波浪可以变成一朵朵彩云，上天去告慰王丕震在天之灵魂；长河的水脉可以入地，去抚摸王丕震在地之铁骨……

在丽江的天地间，这条文学长河将会奔腾不息！

（原载《云南日报》2010年4月16日；入选文史集《文坛奇才王丕震》，云南人民出版社2021年11月出版。）

李乔的故事

一、文学命运

对于彝族作家李乔，不知从何年何月起，我们便已习惯地尊称他为乔公了。在云南当今作家中，高龄高产的首席非他莫属。他曾以史诗般的反映凉山彝民现实生活的四部长篇小说《欢笑的金沙江》——即《醒了的土地》《早来的春天》《呼啸的山风》和《破晓的山野》而享誉文坛。跨入耄耋之期仍笔耕不辍，于近年奇迹般地推出《未完的梦》《彝家将张冲传奇》等著作，又赢得读者的惊喜和钦敬。

他的笔头流出许许多多的故事，犹如凉山峡谷中一条条飘浮着野花和云霞的溪水滋润着人们的心田。他当然也有着他漫长的人生故事，在敞开的小说长卷之外，作家总是拥有个人的朦胧天地，甚至是十分神秘的世界。

那是关于他写作中的故事的故事……

由于贫困，1929年春天，李乔被迫从昆明东陆大学预科退学，漂泊到上海。一个举目无亲的20岁的彝族青年，与一些流浪汉挤在江湾一幢不用出房租的破屋里。当时那个黄浦江之滨的畸形都市，进步的新文学创作颇有鲜美的空气，李乔曾步行30里路到市区聆听鲁迅先生的演讲。一次，他从报上看到创造社潘汉年、叶灵风主编的《现代小说》杂志征求无名作家处女作3篇，每篇给30元大洋的大奖。这奖金可够一年的生活了。他耐着饥饿和严寒，凭着少年时代在个旧锡矿当砂丁的亲身感受，很快写出了20000多字的处女作《未完成的争斗》。说不清是预料之外还是期待之中，编辑部致函李乔：小说应征上了！然而，这喜讯只不过是昙花一现。正高兴的时候，创造社被查封。小说下落不明，奖金也化为泡影……

1980年盛夏，李乔接到北京师范大学一位教师来信，说他们负责编辑的《中国现代作家处女作选》收录了这部小说。李乔激动得难以入眠，连夜写信去请他们复印寄来，但之后音讯杳无。

不觉又是10年光阴消逝。1990年11月下旬，乔公得知《未完成的争斗》找到了，他喜出望外，很快，浙江省图书馆复印寄来了《现代小说》第三卷刊载的《未完成的争斗》铅印稿。乔公捧着它，感叹不已地对我说："这部小说是从天堂还是地狱翻出来的？经过几次天火和地火的焚烧？如今终于找到他，这60年前生下的'儿子'我要好好地看他一下……"

然而，乔公还有另一个"儿子"却永远地埋葬在异国他乡，只有那无尽的思念在牵动着老人的心弦了。

大上海虽大，但并没有李乔立足之地，他又回到故土，在石屏小学教书。1937年春天，他写了散文《异龙湖》——那是他家乡的母亲般的湖——寄给他从未晤面但却十分崇敬的茅盾先生。稿中附一信，说他正在写一部反映个旧锡矿生活的长篇小说《走厂》，想请先生指教，不知可否。想不到茅盾先生的复信竟是如此迅速，分外热情："……你的散文已刊于开明书店编辑出版的《中学生》杂志……"末了，茅盾先生不无幽默地写道："你的小说如果你不怕麻烦，尽管寄来！"

李乔就着菜油灯昏黄的光亮，写完《走厂》的最后一个字，便匆匆寄往上海……

校园里一个盛满凉风的傍晚，李乔收到了茅盾先生的来信，称他的小说"……平顺有余，波俏不足，惟书中故事人物甚为可爱，已交天马书店编入文学丛书出版，主编巴人，我替你写了序言，有何意见，请快来信……"

李乔含着热泪写了复信，深表感谢。谁知风云难测，信寄出后便爆发卢沟桥事变，紧接着上海也被日军侵占。国事家事那么令人繁忙忧虑，但茅盾先生仍不忘这个万里之外的少数民族作者，给他来了信，说《走厂》因时局纷乱，暂时出不了书……

国难当头。李乔投笔从戎，跑到湖北追上了云南子弟兵组建的六十军，奋身闯入抗击日寇的台儿庄大战的烽火硝烟里……

岁月漫漫，记忆悠悠，10多个春秋一晃过去。事也碰巧，人民文学出版社社长巴人，偶然从《人民文学》杂志上看到李乔写的短篇小说《拉猛回来了》，便投书信向他谈起当年的那部书稿，并致歉意。

李乔才得知1937年夏天的往事：上海失陷，巴人带着《走厂》和别的书稿逃到南洋群岛避难。但南洋不久也遭战祸。为防备日军搜查，巴人将《走厂》等书稿交与郁达夫保管。当时郁达夫隐姓埋名化装成商人在一个小岛上开了个小酒馆，便把这批书稿藏在后园的地窖中。郁达夫最终未逃脱日寇的残害。直到抗战胜利，1946年春暖花开之际，巴人返回旧地找出埋藏的箱子，可惜书稿已全部朽烂……

李乔立即回函，说《走厂》的命运，并非仅只是他个人的心血失落，不值得计较，最为可敬的是巴人和郁达夫先生在危急中逃离上海时，宁愿忍痛抛弃许多值钱的贵重物品，而携带着他那微不足道的习作一起漂洋过海以待出头之日，这才是应当十分感谢的……

巴人接信后即签名题赠李乔一部《文学论稿》并鼓励他努力创

作。李乔便根据自己在凉山民族工作队的生活体验，写了《欢笑的金沙江》，于1955年登程赴京，拜访巴人。次年，由巴人题写书名的这部长篇小说出版问世。李乔也随之而一举成名。

由此可知，李乔的文学创作虽然起始于个旧矿山，但他的奠基和顶峰之作，却是在小凉山上获得的创作源泉。那些奔腾不息的山泉把他的文学引入金沙江，引入长江，流向全国，流向大海。但是如果没有那部写锡矿砂丁生活的《走厂》，如果没有茅盾，没有巴人，那么李乔的文学命运又将是怎样的呢？

二、夫妻老伴

李乔的妻子，直到她于1984年默默地去世，我仍然说不出她的名字。

在云南作家协会的院子里，人们对她称呼不一，叫她大嫂、大婶、大妈、奶奶的都有。逢到需要填写什么表格，她的"本人成分"一栏内，常常写的是"家庭妇女"。在背地里，我们一般称她为"乔公的老伴"。

乔公，这位从20世纪30年代就从事写作的老作家著有《欢笑的金沙江》等多部长篇小说和数部短篇小说、散文集。在1984年底召开的中国作协第四次会员代表大会上，他被选为理事。当我们在人民大会堂听到"创作自由"将得到切实保证的时候，我看到李乔的眼眶里闪动着泪花。我想，此时此刻，他也许又想起了刚刚去世的妻子。李乔和老伴曾一起尝过没有创作自由的痛苦。在那黑白颠倒的日子里，作为作家的妻子，她心上的负担和痛苦，也许比李乔本人还沉重。但是，和丈夫朝夕共处的漫长岁月使她懂得，一个作家倘若离开创作，就等于停止他的生命。因此，无论创作条件多恶劣，她也从没有从他手中夺取那支辛勤耕耘的笔，而是默默地为他沏上一杯茉莉花香茶，为他披上一件御寒的衣衫，为他抹去桌上的灰尘……

我见过，年轻的诗人，把他的情诗当作春天的花环献给他的恋人；也见过，中年作家，把他的小说作为秋天的枫叶献给为国捐躯的烈士。可是，当看到李乔，这位年逾古稀的老作家，把自己一生的作品献给他临终的老伴时，我的心被震动了。

那是1984年这次去北京开会前不久的一天，老伴还像往常一样为他摆好了饭菜，看到他开始动筷以后，自己却什么也没吃就出去了。她说脊背有些疼痛，去找邻居家老奶捏一捏，不会有什么大病。晚上回来，她照老奶们说的，喝了一碗胡椒炖酒就躺下了。可是，第二天一早，李乔走进她的房间，一看，啊！全是血，枕头、被头、地上全被染红了，李乔吓呆了。等他反应过来后，赶紧找人把老伴送进医院，医生诊断后，认为没有必要再对老作家保密，当着他的面在病历上写了两个字：肝癌！

李乔知道，这就是一张死亡通知书。他忍着内心的悲痛把老伴送进病房，而老伴还轻声地叮嘱他：

"你爱吃的腌萝卜刚泡上，要过两天才能吃……"

很快，她昏迷过去了。

当她再一次清醒过来，睁开了眼。仿佛是在期待着什么，同时也在给予着什么，但她已不能讲一句话，只有目光还能表达内心的感情。

李乔坐在她身边，挨近她的脸，向她说道："你不是说愿把遗体送回家乡石屏安葬吗？这个要求，我一定照办！"

她的下颏动了动，表示满意。

"你嫁给我，帮我成家立业，我写的书里，有你的心血，我，感谢你。"

这时，她已不能点头了，但仍然尽力扭动着上身。站在床边的女儿李秀猛然明白妈妈的举动了。她想起家乡的风俗，认为穿着毛衣去世，来世会变成羊。李乔和女儿一齐动手为她脱去了身上的毛衣。李乔又含着眼泪对老伴说："我将为你烧上一炷香，把我一生的作品献给你……"这时，只见一颗晶莹的泪珠，像朝露，晃动在她的眼角，折射出早晨的阳光。也许，听到作为作家的丈夫这一句发自肺腑的话，她的灵魂得到了最大的安慰和奖赏，她一生所希望过的，都已得到了满足，剧烈的疼痛也好像有所减轻，她的面部表情趋于平静了。

这位平凡的彝族妇女，安详地闭上了眼睛。

55年前，作为新郎和新娘，李乔曾为她揭去了美丽的面巾。此时，李乔为她送终，把那洁白的床单拉了上去，为她遮盖了遗容。

面对长眠的妻子，李乔后退一步，深深地、虔诚地鞠了三个躬……

几天后，我走进李乔的家，屋里显得冷落、空寂、凄楚。李乔正在烧火做饭，而这一切家务事，过去，他是不必问津的。老伴一旦离去，他才感到她对于他，是那样的重要，那样的不可缺少。

"我已经两天两夜不曾合眼了！自从她去世后，她总是出现在我眼前，向我伸出那双满是皱纹的干枯的手，问我，需要什么？我说，我需要你，需要你……你怎么丢下我走了呢？"

坐下后，李乔一席话，把他自己和我都说出了眼泪。

"55年的夫妻啊！生活中怎么能没有矛盾，可是，她一走，她的一切好处都涌上心头，只记得她的好处，曾经有过的一切不愉快的事，全忘了，全丢了，真真实实地……"李乔用手背揩去了泪水。

"以前，我不相信'意识流'，现在，我相信了，真有'意识流'。我睡不着，总在想她，想她的一生，从一个小姑娘嫁给我，直到她在我面前紧紧地闭上眼睛。她这是积劳成疾，为我啊！可是，我又给了她什么呢？我总想，假如我们重新生活，我会……"

为避免哭出声来，我顺手拿起一本李乔写的《欢笑的金沙江》翻看着。不知怎么的，我眼前出现幻影，总觉得书中的字里行间跳跃着李乔老伴这位无名者的饱经沧桑的容颜或者说她的生命和劳动早已融会其间了。

我怕李乔说得太多，伤了身体，便希望他节哀珍重。当我起身告辞时，看见他的案头摆着一盆兰花：绿叶青葱，花香四溢。我不禁想起他的老伴。她不正如这兰花，仍伴随着他暮年的生活和创作么？

三、生活道路

李乔老伴的去世，对他当然是沉重的打击。但他在女儿的照料下，又坚强地挺立起来了。当然他最大的精神力量是文学给予他的。如果说他的文学道路是在小凉山上，那么他的生活道路则是在五华山下。1998年8月10日的《春城晚报》发表了我写的《祝李乔九十华诞》的诗，是这样概括他的人生的：

> 少年背筐去走厂，
> 青春燃烧台儿庄，
> 凉山跑马心不惑，
> 九十金沙欢笑江。

当天晚上我把发表这首诗的报纸送到乔公手上时，我握着他温厚的大手对老人说："祝您活到百岁，活到下个世纪……"

乔公却用他的一首诗回答说：

笔耕年年欠收获，
汗水涔涔比墨多，
愚公已将山移去，
老朽执笔叹奈何！

说完乔公哈哈大笑了，此后他因起夜在床边跌断腿骨，但又站立起来，五华山下又见他拄着拐杖在翠湖边散步了！毕竟年迈体衰，不久又染疾住院。我去病房看望他老人家时，他神志清醒，还能背诵大观楼孙髯翁的180字长联。我深信老人是会再一次站立起来的。想不到这位跨世纪的老作家却再也没能走出医院，而是闭目长眠，去与他的老伴相会了。

2002年4月18日乔公去世的当天，我怀着沉痛的心情，含着眼泪写下三首悼念他的诗，发表在《春城晚报》2002年4月25日的"大观"副刊上：

一

异龙湖畔乌么巢，
宣统元年出李乔，
九十四道文星光，
划破云霞风萧萧。

二

石屏御寒春来早，
宁蒗跑马任挥毫，

书尽彝家火塘暖，

凉山杜鹃花如潮。

三

笔耕世纪浪滔滔，

伏案平生自逍遥，

常见翠湖老树绿，

仍留金沙江欢笑。

　　李乔94岁的人生岁月，有半个多世纪的时光是在五华山下度过的。五华山可以为这位德高望重的老作家作证。他在"九十感言"中引用的爱因斯坦的名言："人生的价值在于对人类、对世界、对社会的贡献。贡献愈大，人生的价值也愈大。"他已经体现出巨大的人生价值了。

　　（原载《中国妇女报》1985年2月6日；又载《羊城晚报》1991年2月1日；再载《云南日报》1991年3月16日；入选散文集《秀拥五华》，云南民族出版社2003年5月出版；入选散文集《漂泊的家园》，云南人民出版社2004年5月出版。）